Mary
Higgins
Clark

D0106760

PLAZA & JANES

Jet

Mary Higgins Clark

Mientra mi preciosa duerme

Traducción de
César Aira

PLAZA & JANES EDITORES, S. A.

Título original: *While My Pretty One Sleeps*
Diseño de la portada: Método, S. L.

Quinta edición en biblioteca de autor: marzo, 1996
(Primera con esta portada)

© 1989, Mary Higgins Clark
© de la traducción, César Aira
© 1990, Plaza & Janés Editores, S. A.
Enric Granados, 86-88. 08008 Barcelona

Printed in Spain – Impreso en España

ISBN: 84-01-49184-3 (col. Jet)
ISBN: 84-01-49304-8 (vol. 184/4)
Depósito legal: B. 14.058 - 1996

Impreso en Litografía Rosés, S. A.
Progrés, 54-60. Gavà (Barcelona)

L 49304A

Para mis nietos más recientes,
Courtney Marilyn Clark
y
David Frederick Clark,
con el mismo amor y deleite

CAPÍTULO PRIMERO

Condujo cautelosamente por la autopista hacia el Parque Estatal Morrison. Los casi 65 kilómetros desde Manhattan al Condado Rockland habían sido una pesadilla. Aun cuando ya eran las seis, no había señales del amanecer. La nieve que había empezado a caer con la noche había seguido haciéndolo, y ahora se acumulaba implacablemente contra el parabrisas. Las nubes allá arriba, pesadas y grises, eran como enormes globos inflados al máximo. El pronóstico había hablado de una nevada ligera que «cesaría después de la medianoche». Como siempre, se habían equivocado.

Pero estaba cerca de la entrada al parque y, con la tormenta, probablemente no habría nadie paseando o corriendo. Había pasado a un coche patrulla de rutas 19 kilómetros atrás pero el vehículo lo había superado con la luz roja destellando, probablemente en camino a algún accidente en alguna parte. Ciertamente, la Policía no tenía motivos para pensar siquiera en el contenido del portaequipajes del coche de él; ni el más mínimo motivo para sospechar que en el portaequipajes, bajo unas maletas, una bolsa plástica contenía el cadáver de una famosa escritora de sesenta y un años, Ethel Lambston, comprimida en el rincón contra la rueda de repuesto.

Salió de la autopista y recorrió la breve distancia hasta el aparcamiento. Tal como había esperado, estaba casi vacío.

Sólo unos pocos coches aquí y allá, y cubiertos de nieve. Algunos idiotas que habían acampado, supuso. Lo importante sería no tropezarse con ellos.

Al bajar del coche miró con cuidado a su alrededor. Nadie. La nieve se acumulaba en formas ondulantes. Cuando él se marchara, aquélla cubriría sus huellas, cubriría cualquier marca que dejara hasta el sitio donde depositaría a la mujer. Si tenía suerte, cuando la descubrieran ya no quedaría mucho por descubrir.

Primero fue solo al sitio. Tenía buen oído, y en esta ocasión trató de aguzarlo más que nunca, de obligarlo a meterse por entre los silbidos del viento y los crujidos de las ramas ya cargadas de nieve. En esa dirección había un sendero abrupto. Pasado éste, sobre una pronunciada pendiente había un montículo de rocas apoyadas sobre una capa de piedras sueltas. Muy poca gente se molestaba en subir hasta aquí. Era terreno prohibido para jinetes: la compañía que alquilaba los caballos en el parque no quería que las amas de casa suburbanas, sus principales clientes, se rompieran el cuello.

Un año atrás él había sido lo suficientemente curioso como para escalar hasta aquí, y se había apoyado en una roca; su mano resbaló, y sintió la abertura detrás de la piedra. No la entrada a una caverna, sino una formación natural de forma cóncava. Ya entonces se le ocurrió la idea de que sería un perfecto escondite para meter algo.

Era agotador llegar ahora, con la nieve transformándose en hielo bajo sus pies, pero resbalando y patinando, llegó. El espacio hueco seguía allí, un poco más pequeño de lo que lo recordaba, pero pudo meter el cadáver. El paso siguiente era el peor. De regreso al coche, tendría que tomar infinitas precauciones para evitar cualquier riesgo de ser visto. Había aparcado en un ángulo, de modo que nadie que entrara pudiera ver directamente qué estaba sacando él del portaequipajes, y de todos modos una bolsa plástica en sí no era nada sospechoso.

En vida, Ethel había sido engañosamente delgada. Pero al levantar el cuerpo amortajado en el plástico, pensó que sus ropas caras habían ocultado un esqueleto de huesos pesados. Trató de echarse la bolsa al hombro pero, perversa en la muerte como lo había sido en vida, Ethel debía de haber iniciado el proceso de rigor mortis. Su cuerpo se negaba a disponerse en posturas manipulables. Al fin él terminó llevando la bolsa, a medias arrastrándola y a medias cargándola, hasta la pendiente, y a partir de allí, con fuerzas que sacó no supo bien de dónde, logró subirla por las rocas resbaladizas hasta el sitio.

Su plan original había sido dejarla en la bolsa. Pero en el último momento cambió de opinión. Los investigadores de los laboratorios policiales se estaban volviendo demasiado listos. Podían encontrar pruebas en cualquier cosa, fibras de ropas o de alfombras o cabello humano, elementos que ni siquiera se veían a simple vista.

Ignorando el frío, las ráfagas de viento que le golpeaba la frente y los copos de nieve que transformaban sus mejillas y mentón en trozos de hielo, colocó la bolsa en posición sobre la cueva y comenzó a cortar. No cedía. Resistencia extra, pensó con humor negro, recordando la publicidad. Empujó ferozmente, y una mueca de triunfo se dibujó en su rostro cuando el cuerpo de Ethel salió a la vista.

El traje de lana blanca estaba manchado de sangre. El cuello de la blusa se metía en el agujero abierto en la garganta. Un ojo estaba ligeramente abierto. Bajo la luz creciente del amanecer, parecía menos ciego que contemplativo. La boca, que en vida de Ethel no conoció el descanso, estaba fruncida como si se dispusiera a emitir otra de sus frases interminables. La última que logró escupir había sido su error fatal, se dijo él con sombría satisfacción.

Aun con los guantes, odiaba tocarla. Hacía casi catorce horas que estaba muerta. Le pareció que del cuerpo emanaba un débil olor dulzón. Con súbito disgusto empujó el cuerpo hacia abajo y comenzó a deslizarle rocas encima. La apertura era mayor de lo que había creído, pero las rocas quedaban firmes en su lugar encima del cadáver. No se moverían bajo los pies de ningún montañero aficionado.

s regresar a la ciudad. El tráfico se
y él trataba de mantener la distancia
ículos. Prefería evitar una abolladura.
die tendría ninguna razón para saber
do de la ciudad.
e acuerdo a lo planeado. Se detuvo
a de segundo en la Novena Avenida, y se
plástico.

3 1833 02919 6224

A las ocho estaba entregando el coche en la gasolinera de la Décima Avenida que alquilaba automóviles viejos. Sólo mediante pago en efectivo. Él sabía que no guardaban registros.

A las diez, recién duchado y cambiado, estaba en su casa, tomando bourbon puro y tratando de librarse de un súbito nerviosismo escalofriante. Volvía a vivir, con el pensamiento, cada instante del lapso transcurrido desde el día anterior, cuando había estado en el apartamento de Ethel, escuchando el sarcasmo, las burlas, las amenazas de ésta.

Después, ella había comprendido. Al ver la daga antigua que tenía sobre el escritorio, en manos de él. Su rostro se llenó de miedo y empezó a retroceder.

La euforia de cortar esa garganta, de verla tambalearse caminando hacia atrás, pasando por el arco de la cocina, y caer en el piso de baldosas de cerámica.

Seguía asombrado de la calma con que había actuado. Había echado el cerrojo de la puerta de modo que impidiese que, por uno de esos increíbles trucos del destino, justo en ese momento entraran el superintendente del edificio o algún amigo que tuviese la llave. Todos sabían lo excéntrica que podía ser Ethel. Si alguien que intentase abrir con la llave encontraba que la puerta estaba con cerrojo por dentro, supondrían que ella no quería ser molestada.

Después se había desnudado, incluso de la ropa interior, y se había puesto guantes. Ethel había estado planeando viajar a alguna parte a escribir un libro. Si lograba sacarla del apartamento, la gente creería que había viajado. No la echarían de menos en semanas, en meses.

Ahora, sorbiendo un trago de bourbon, pensó en cómo había elegido la ropa del armario, la había cambiado, desde el caftán manchado de sangre, a las medias que le puso, metiéndole los brazos en las mangas de la blusa y la chaqueta, abotonándole la falda, quitándole las joyas, poniéndole los zapatos que calzó con violencia en sus pies. Frunció el ceño al recordar la forma en que la había sostenido de modo que la sangre cayera sobre la blusa y el traje sastre. Pero era necesario. Cuando la hallaran, si la hallaban, tendrían que pensar que había muerto con ese atuendo.

Había recordado la precaución de cortar las etiquetas que habrían significado una identificación inmediata. Había encontrado la larga bolsa plástica en el armario, probablemente usada por una lavandería para devolver un vestido largo. Había metido el cadáver en la bolsa, luego limpió las manchas de sangre que habían salpicado la alfombra oriental, lavó el piso de la cocina con «Clorox», colocó en las maletas ropa y accesorios, en todo momento corriendo una frenética carrera contra el tiempo...

Volvió a llenar el vaso con bourbon, hasta el borde, recordando el momento en que había sonado el teléfono. El contestador automático se había puesto en marcha, con el sonido de la pronunciación rápida y cortante de Ethel: «Deje un mensaje. Cuando yo quiera, si quiero, lo llamaré.» Aquello había hecho que sus nervios aullaran. El que llamaba cortó la comunicación sin hablar, y él desconectó el aparato. No quería que quedara un registro grabado de llamadas, y quizá de recordatorios de citas incumplidas.

Ethel tenía el apartamento de la planta baja de un edificio de cuatro pisos. La entrada privada estaba a la izquierda de la escalera que llevaba a la entrada principal del edificio. La puerta, de hecho, estaba oculta a la vista de quien pasara por la calle. El único período de vulnerabilidad eran los doce escalones desde la puerta a la acera.

En el apartamento, se había sentido relativamente seguro. La parte más difícil había llegado cuando, después de esconder bajo la cama el cuerpo de Ethel cuidadosamente envuelto, abrió la puerta del frente. El aire había estado muy frío y húmedo; ya se sentía la nieve a punto de empezar a caer. El viento había entrado, cortante, en la vivienda. Había cerrado la puerta de inmediato. Eran apenas unos minutos pasadas las seis. Las calles estaban muy concurridas de gente que volvía del trabajo a sus casas. Había esperado casi dos horas más, después salió, cerró la puerta con doble vuelta de llave, y fue a ese establecimiento de alquiler barato de coches. Volvió en el vehículo al apartamento de Ethel. Tuvo suerte. Pudo aparcar casi frente al edificio de piedra parda. Estaba oscuro, y la calle desierta.

En dos viajes cargó todo el equipaje en el portaequipajes.

El tercer viaje fue el peor. Se levantó el cuello del abrigo, se puso una vieja gorra que encontró en el piso del coche alquilado, y sacó la bolsa de plástico con el cadáver de Ethel. El momento en el que cerró de un golpe el portaequipajes del coche le trajo la primera sensación de seguridad.

Pero había sido un infierno volver a entrar en el apartamento para asegurarse de que no había rastros de sangre, y ningún indicio de que él había estado allí. Cada nervio del cuerpo le gritaba que se apresurase a ir al parque a deshacerse del cadáver, pero sabía que era una locura no esperar. La Policía podía tomar nota de alguien tratando de introducirse en el parque por la noche. En lugar de eso, dejó el coche en la calle a seis travesías de distancia, siguió su rutina normal, y a las cinco partió, con el primerísimo tráfico de la mañana.

Ahora todo estaba bien, se dijo. ¡Estaba a *salvo*!

Fue en el momento en que vaciaba el último sorbo reconfortante de bourbon, cuando recordó el único, pero terrible error, que había cometido; y supo exactamente quién lo detectaría, casi inevitablemente.

Neeve Kearny.

CAPÍTULO II

La radio se encendió a las seis y media. Neeve tendió la mano derecha, que buscó ciegamente el botón para apagar la voz del locutor cargada de una insistente alegría, pero se inmovilizó cuando la importancia de lo que estaba oyendo penetró en su conciencia. Durante la noche habían caído sobre la ciudad veinte centímetros de nieve. No conducir salvo que fuera absolutamente necesario. El aparcamiento de las calles, suspendido. Se anunciaría el cierre de los colegios. Según el pronóstico, la nevada seguiría hasta última hora de la tarde.

«Fantástico», pensó Neeve recostándose y subiéndose la manta hasta el cuello. Odiaba no poder hacer su carrera de todas las mañanas. Después frunció el ceño, pensando en los cambios que habría que completar hoy. Dos de las costureras vivían en Nueva Jersey y no podrían llegar. Lo que significaba que le convenía ir temprano a la tienda y ver cómo podía acomodar los horarios de Betty, la única costurera que tendría a mano. Betty vivía en la Calle 82, esquina Calle 2, y podía caminar las seis travesías que la separaban del local por mal que estuviera el tiempo.

Odiando el momento en que abandonaba la calidez de la cama, hizo a un lado las sábanas, cruzó la habitación corriendo, y buscó en el armario la vieja bata de toalla que

14

su padre, Myles, insistía en que era una reliquia del tiempo de las Cruzadas.

—Si cualquiera de las mujeres que pagan esos fantásticos precios por tus vestidos, te viera con ese harapo, volverían a comprar la ropa en «Klein's».

—«Klein's» cerró hace veinte años, y si me vieran con este harapo, pensarían que soy una excéntrica —le había respondido ella—. Y eso sería un buen complemento a mi fama.

Se ató el cinturón, experimentando el usual deseo fugaz de haber heredado la delgadez de su madre en lugar del cuerpo robusto y de hombros anchos de sus antepasados celtas, y después se echó hacia atrás el pelo rizado, negro como el carbón, que era la marca de fábrica de la familia Rosetti. También tenía los ojos de los Rosetti, de iris color jerez, y más oscuros hacia los bordes hasta contrastar nítidamente con el blanco, grandes e interrogativos bajo pestañas negrísimas. Pero el color de la tez era el blanco lechoso de los celtas, con una nubecilla de pecas alrededor de la nariz recta. La boca, amplia y generosa, y los dientes fuertes eran una clara herencia de Myles Kearny.

Seis años antes, cuando se graduó en la Universidad y persuadió a Myles de que no tenía intenciones de mudarse, la joven insistió en redecorar su dormitorio. Tras una serie de cuidadosas compras en «Sotheby's» y «Christie's», había logrado un conjunto ecléctico de cama de bronce, armario antiguo y cómoda de Bombay, silla victoriana y vieja alfombra persa de brillo multicolor. En cambio, la colcha y los almohadones eran blancos; el retapizado de la silla se hizo en terciopelo color turquesa, el mismo turquesa que ribeteaba la alfombra; el blanco de las paredes hacía de fondo para las excelentes pinturas y grabados que venían por herencia en la familia materna. La revista *Women's Wear Daily* la había fotografiado en su habitación, que había calificado de alegremente elegante, con el impar toque Neeve Kearny.

Metió los pies en las pantuflas que Myles llamaba botitas y levantó de un tirón la cortina de la ventana. Decidió que no era necesario ser un genio en meteorología para afirmar que se trataba de una nevada de importancia. Su dormitorio, en el edificio «Schwab», en la Calle 74 y Riverside Drive, daba al Hudson; pero ahora apenas si podía adivinar los edificios al otro lado del río, en Nueva Jersey. La autopista Henry Hudson estaba cubierta de nieve y llena ya de un tránsito cauteloso.

Indudablemente, los sacrificados trabajadores de la ciudad se habían levantado temprano.

Myles ya estaba en la cocina y había puesto la cafetera al fuego. Neeve lo besó en la mejilla haciendo un esfuerzo por no decir nada respecto de lo cansado que parecía su padre. Eso significaba que, una vez más, no había podido dormir bien. Lamentó que la terquedad le impidiera consentir en tomar una pastilla para dormir.

—¿Cómo está hoy la Leyenda? —le preguntó. Desde su retiro, un año antes, el periodismo se refería constantemente a él como «el legendario jefe de Policía de Nueva York». Él odiaba ese tratamiento.

En esa ocasión ignoró la pregunta, la miró, y se dibujó en su rostro un gesto de perplejidad:

—No me dirás que no vas a correr por el Central Park —exclamó—. ¿Qué son treinta centímetros de nieve para la indómita Neeve?

Durante años habían corrido juntos. Ahora que él ya no podía hacerlo, se preocupaba por esas carreras matinales de ella. Pero, sospechaba Neeve, nunca *dejaba* de estar preocupado por ella.

Buscó en la nevera la jarra de zumo de naranja. Sin preguntarle, le sirvió a su padre un vaso alto, llenó uno más pequeño para ella, y empezó a hacer tostadas. Myles, antes, disfrutaba de un desayuno nutritivo, pero ahora el tocino y los huevos habían sido prohibidos en su dieta. Lo mismo que el queso y la carne y, según sus palabras, «la mitad de la comida que te hace desear comer». Un ataque al corazón de proporciones enormes, había restringido su dieta, además de poner punto final a su carrera.

Desayunaron en un silencio afable repartiéndose, por un acuerdo tácito, las páginas del *Times*. Pero al levantar la vista, Neeve advirtió que Myles no estaba leyendo. Miraba el diario sin verlo. La tostada y el zumo seguían intactos ante él. Sólo la taza de café mostraba alguna señal de haber sido tocada. Neeve dejó sobre la mesa la segunda sección del diario.

—Muy bien —dijo—. Dímelo. ¿Es que te sientes mal? Por Dios, tenía la esperanza de que no se te ocurriera la mala idea de jugar al sufriente silencioso.

—No, estoy bien —dijo Myles—. Al menos si te refieres a esos dolores de pecho. No es nada de eso. —Arrojó el diario al suelo y cogió la taza de café—. Nicky Sepetti sale de la cárcel hoy.

Neeve tragó saliva.

—¿No le habían negado la libertad condicional el año pasado?

—El año pasado fue la cuarta vez que la pidió. Ahora ha terminado de cumplir la condena, día por día. Con un descuento por buena conducta. Esta noche estará en Nueva York. —Un odio frío endurecía los rasgos de Myles.

—Papá, mírate al espejo. Trata de contenerte, o te provocarás otro ataque al corazón. —Neeve advirtió que le temblaban las manos. Se aferró al borde de la mesa, con la esperanza de que Myles no notara el miedo que la había embargado—. No me importa si Sepetti hizo o no esa amenaza cuando lo sentenciaron. Pasaste años tratando de conectarlo con… —Su voz se apagó. Luego continuó—: Y no ha aparecido una sola prueba en ese sentido. Y sobre todo, por Dios, no te atrevas a empezar a preocuparte por mí solo porque él esté de vuelta en la calle.

Su padre había sido quien metió tras las rejas al jefe de la familia mafiosa Sepetti, Nicky Sepetti. Cuando se le leyó su sentencia, el tribunal le preguntó a Nicky si tenía algo que decir. El hombre se había dirigido a Myles:

—Dicen que usted ha hecho tan buen trabajo conmigo, que lo harán jefe de Policía. Felicitaciones. Muy bueno el artículo en el *Post* sobre usted y su familia. Cuide a su esposa y a su hija. Podrían necesitar protección.

Dos semanas después, Myles juraba el cargo de jefe de Policía. Un mes después, el cadáver de su joven esposa, la madre de Neeve, Renata Rosetti Kearny, de treinta y cuatro años, fue hallado en el Central Park con el cuello cortado. El crimen no se resolvió nunca.

Neeve no discutió cuando Myles insistió en que llamara a un taxi para ir al trabajo.

—No puedes caminar con esta nieve —le dijo.

—No es la nieve, y los dos lo sabemos —replicó ella. Al darle el beso de despedida, le rodeó el cuello con los brazos y se estrechó contra él—: Myles, lo único por lo que tenemos que preocuparnos es tu salud. Nicky Sepetti no querrá volver a la cárcel. Apuesto a que si sabe cómo rezar, estará pidiendo que no me pase nada durante mucho, mucho tiempo. Eres la única persona en todo Nueva York que no cree que a mamá la mató un atracador cuando ella se resistió a darle el bolso. Es probable que ella empezara a gritarle en italiano, y el atracador se asustara. Así que, por favor olvídate de Nicky Sepetti y deja que el cielo se ocupe de quien nos haya arrebatado a mamá. ¿De acuerdo? ¿Me lo prometes?

La afirmación que él hizo con la cabeza no la tranquilizó demasiado.

—Vete de una vez —le dijo él—. El taxi ya te está cobrando la espera, y mis programas de preguntas y respuestas empezarán en cualquier momento.

Las máquinas quitanieve habían hecho un intento tímido, lo que Myles llamaba una lamida, al tratar de limpiar parcialmente la Avenida West End. Mientras el coche se arrastraba y resbalaba por las calles resbaladizas, y giraba en la calle que atravesaba el parque de oeste a este a la altura de la Calle 81, Neeve se encontró a sí misma deseando lo que no había ocurrido. Que hubieran encontrado al asesino de su madre. Quizás así, con el tiempo, la herida de Myles se habría cerrado, como se había cerrado en ella. Pero no lo habían atrapado, y él seguía teniendo una llaga abierta, enconándose. Seguía culpándose de haber causado, de algún modo, la muerte de Renata. Todos estos años los había pasado culpándose por no haber tomado en serio la amenaza. No soportaba la idea de que, con los inmensos recursos del Departamento de Policía de la ciudad de Nueva York, todos a su disposición, no hubiera podido identificar al asesino que había realizado lo que, según su más profunda convicción, había sido una orden de Sepetti. Era la única necesidad incumplida de su vida: encontrar a ese asesino, hacer pagar a Sepetti por la muerte de Renata.

Neeve se estremeció. Hacía frío dentro del taxi. El taxista debió de ver su estremecimiento por el espejo retrovisor, porque le dijo:

—Lo siento, señora, pero la calefacción no funciona muy bien.

—No se preocupe. —Miró por la ventanilla, para impedir que se iniciara una conversación. Los «si» retrospectivos no querían cesar en su mente. Si el asesino hubiera sido atrapado y procesado años atrás, Myles habría podido seguir adelante con su vida. A los sesenta y ocho años seguía siendo un hombre atractivo, y a lo largo de los años habían sido muchas las mujeres que tuvieron una sonrisa especial para el jefe de Policía, delgado y de hombros anchos, con una cabeza vigorosa coronada por una cabellera prematuramente blanca, los intensos ojos azules y la sonrisa inesperadamente cálida.

Estaba tan absorta en sus pensamientos que ni siquiera advirtió el momento en el que el taxi se detuvo frente a la tienda. «La Casa de Neeve», decía en grandes letras sobre la arcada color marfil y azul. Los escaparates, que daban tanto a la Avenida Madison como a la Calle 84, estaban húmedos de copos de nieve, pero no impedían la visión de los vestidos primaverales en seda, de corte impecable, sobre maniquíes de posturas lánguidas. Había sido idea de ella encargar paraguas que parecieran parasoles. Sobre los hombros de los maniquíes había impermeables del mismo color de uno de los dibujos del estampado de las telas de los vestidos.

—¿Trabaja aquí? —le preguntó el taxista cuando ella le pagaba—. Parece caro.

Neeve asintió sin hacer comentarios mientras pensaba:

soy la dueña, amigo. Era una idea que seguía asombrándola. Seis años antes, el negocio que había en este sitio había quebrado. Fue un viejo amigo de su padre, el famoso diseñador Anthony della Salva, quien la animó a lanzarse:

—Eres joven —le había dicho, sin utilizar el pesado acento italiano que era parte fundamental de su personaje—. Eso es una ventaja. Has estado en el negocio de la moda desde que saliste de la escuela. Y mejor que eso, tienes habilidad, y tienes olfato. Te prestaré el dinero para empezar. Si no funciona, me devolverás sólo lo que puedas, pero funcionará. Tienes lo que hace falta para que funcione. Además, necesito otro local para vender mi ropa. —Esto último no era cierto, y ambos lo sabían, pero ella le agradeció la mentira.

Myles se había opuesto rotundamente a que aceptara un préstamo de Sal. Pero ella se había aferrado a la oportunidad. Era algo que había heredado de Renata, además del cabello y los ojos: un sentido de la moda muy desarrollado. El año anterior había terminado de devolverle el préstamo a Sal, insistiendo en agregar intereses a las tasas normales.

No le sorprendió encontrar a Betty ya trabajando en el cuarto de costura. Betty tenía la cabeza baja, y su gesto de concentración era un dibujo permanente de arrugas en la frente y el entrecejo. Sus manos delgadas y arrugadas manejaban la aguja con la habilidad de un cirujano. Estaba cosiendo el dobladillo de una blusa de complicado diseño. El tinte rojo chillón del cabello acentuaba la palidez del rostro. Neeve odiaba pensar que Betty ya tenía más de setenta años. No quería pensar en el día en que decidiera jubilarse.

—Pensé que sería mejor que empezara temprano —dijo Betty—. Hoy tenemos que hacer una cantidad horrible de entregas.

Neeve se quitó los guantes y desanudó la bufanda:

—No me lo recuerdes. Y Ethel Lambston insiste en que lo quiere todo para esta tarde.

—Sí. Tengo lo suyo listo para hacerlo en cuanto termine esto. No nos compensaría escuchar su cháchara en el caso de que no tuviéramos listo para que se lleve cada trapo que ha comprado.

—Debería haber más clientes como ella —observó Neeve.

—Supongo que sí —asintió Betty—. Y, a propósito, me alegra que convencieras a la señora Yates de que comprara esto. El otro que se probó la hacía parecer una vaca pastando.

—También costaba mil quinientos dólares más, pero no pude dejar que lo comprara. Tarde o temprano se iba a mirar bien al espejo. Lo que ella necesita es una falda suave y amplia.

Hubo una cantidad sorprendente de compradoras a las que no detuvo la nieve y lo resbaladizo de las aceras. Las dos vendedoras no habrían bastado, por lo que Neeve pasó la jornada en la planta de ventas. Era lo que más le gustaba del negocio, pero en el último año se había visto obligada a limitar su atención personal a unas pocas clientes especiales.

Al mediodía fue a su oficina, en la parte de atrás, para comer un bocadillo y tomar café, y aprovechó para llamar a casa.

Myles sonaba un poco más tranquilo.

—Podría haber ganado catorce mil dólares y una camioneta «Champion» en *La Ruleta de la Fortuna* —anunció—. Acerté tantas veces que hasta debería haber aceptado ese perro Dálmata de seiscientos dólares que tienen el descaro de incluir entre los premios.

—Bueno, se nota que te sientes mejor —observó Neeve.

—Estuve hablando con los muchachos en el centro. Han puesto buenos elementos a vigilar a Sepetti. Dicen que está muy enfermo y que no le queda para mucho. —Había satisfacción en su voz al decirlo.

—Y probablemente también te recordaron que ellos no creen que él haya tenido nada que ver con la muerte de mamá. —No quiso esperar la respuesta—. Es una buena noche para comer pasta. Hay salsa en abundancia en el congelador. Sácala, ¿eh?

Neeve se sentía algo más tranquilizada al colgar. Tragó el último bocado del sandwich de pavo, bebió el resto del café y volvió al salón de ventas. Tres de los seis probadores estaban ocupados. Su mirada experimentada recorrió cada detalle.

La entrada de la Avenida Madison daba al área de accesorios. Neeve sabía que uno de los motivos clave de su éxito era la disponibilidad, en el lugar, de joyas, carteras, zapatos, sombreros y pañuelos, lo cual hacía que una cliente que compraba un vestido, no tuviera que salir a buscar aquí y allá los accesorios correspondientes. El interior del negocio estaba decorado en distintos matices de color marfil, con acentos de rosa en el tapizado de los sofás y sillas. La ropa informal y los accesorios estaban dispuestos en espaciosos apartados, a unos dos pasos de distancia de las vitrinas de exposición. Salvo por los maniquíes exquisitamente vestidos, no había prendas a la vista. La cliente potencial era invitada a sentarse, y una empleada le traía trajes y vestidos para que eligiera.

El método se lo había aconsejado Sal:

—De otro modo entrará gente nada más que para tocar los vestidos. Empieza exclusiva, cielo, y sigue exclusiva —le había dicho, y, como siempre, había tenido razón.

Los colores, el marfil y el rosa, habían sido decisión de Neeve.

—Cuando una mujer se mire en el espejo, no quiero que el fondo disminuya el efecto de los vestidos —le había dicho al decorador de interiores, cuya idea inicial había sido llenarlo todo de manchas de colores.

A medida que transcurría la tarde, disminuía la cantidad de clientes. A las tres, emergió Betty del cuarto de costura.

—Lo de Lambston está listo —le dijo a Neeve.

Neeve se ocupó personalmente de acomodar la entrega para Ethel Lambston. Todo ropa de primavera. Ethel era una sesentona, periodista *freelance*, y escritora con un *bestseller* en su haber.

—Escribo sobre cualquier tema que exista —le había

confiado a Neeve el día de la inauguración del negocio—. Y lo hago con una mirada nueva, interrogativa. Soy cualquier mujer viendo algo por primera vez, o desde un ángulo nuevo. Escribo sobre sexo y relaciones y animales y hospitales y organizaciones y el negocio inmobiliario y los partidos políticos y… —Se había quedado sin aliento, los ojos azules brillantes, el pelo rubioblanco agitándose alrededor del rostro—. El problema es que, como trabajo con tanta intensidad en lo que hago, no tengo un minuto para mí. Si me compro un vestido negro, termino poniéndomelo con zapatos marrones. Escucha, tú aquí lo tienes todo. Qué buena idea. Me conviene.

En los últimos seis años, Ethel Lambston se había vuelto una cliente valiosa. Insistía en que Neeve eligiera cada cosa que compraba, así como los accesorios… Y le pedía que le hiciera listas de qué iba con qué. Vivía en la planta baja de un viejo edificio de piedra parda en la 82 Oeste, y Neeve solía pasar por allí para ayudar a Ethel a decidir qué ropa conservar de una temporada para la siguiente, y cuál descartar.

La última vez que Neeve había visitado el guardarropa de Ethel, había sido tres semanas antes. Al día siguiente Ethel vino a la tienda y encargó ropa nueva.

—Casi he terminado ese artículo sobre el mundo de la moda por el que te entrevisté —le había dicho a Neeve—. Muchísima gente se pondrá furiosa conmigo cuando se publique, pero a ti te gustará. Te hago una buena cantidad de publicidad gratis.

Al hacer su selección, sólo en una prenda su opinión había diferido de la de Neeve.

—No quiero venderte esto. Es un «Gordon Steuber». Ya no venderé más ropa de él. No sé cómo está éste aquí todavía. No soporto a ese hombre.

Ethel había soltado la risa:

—Espera a leer lo que escribí sobre él. Lo crucifiqué. Pero quiero el traje. Su ropa me queda bien.

Ahora, mientras Neeve colocaba las prendas en bolsas reforzadas, sentía los labios apretados al ver el traje de «Steuber». Seis semanas antes, la mujer que hacía la limpieza en el negocio le había pedido que hablara con una amiga que estaba en problemas. La amiga, una mexicana, le contó a Neeve que había trabajado en un taller clandestino que tenía Gordon Steuber en el Bronx Sur.

—No tenemos tarjetas verdes. Él nos amenaza con entregarnos a las autoridades. La semana pasada yo estuve enferma. Falté, y él nos despidió a mí y a mi hija y no nos paga lo que nos debe.

La mujer no parecía tener más de treinta años.

—¡Su hija! —había exclamado Neeve—. ¿Qué edad tiene?

—Catorce años.

Neeve había cancelado el pedido que le había hecho a Gordon Steuber, y le envió una copia del poema de Elizabeth Barret Browning, el cual ayudó a cambiar las leyes sobre trabajo infantil en Inglaterra. Subrayó los versos que decían: «Pero los niños, los niños, oh hermanos míos, los niños lloran amargamente.»

Algún empleado de Steuber le pasó el dato al *Women's Wear Daily*. La revista publicó el poema en la primera página, junto a la furiosa carta de Neeve a Steuber, y a un pedido que hacían los editores para que los minoristas boicotearan a fabricantes que estuvieran transgrediendo la ley.

Anthony della Salva se había mostrado preocupado:

—Neeve, se corre la voz de que Steuber tiene mucho más que un taller clandestino que esconder. Gracias a lo que tú removiste, los federales están empezando a meter la nariz en los pagos de sus impuestos.

—Maravilloso —había replicado Neeve—. Y si está estafando también en eso, espero que lo descubran.

Bien, decidió mientras acomodaba el traje de «Steuber» en la bolsa, ésta sería la última prenda de él que se vendería en su negocio. Estaba ansiosa por leer el artículo de Ethel sobre el mundo de la moda. Sabía que pronto aparecería un número de *Contemporary Woman*, la revista en la que colaboraba Ethel.

Por último, Neeve hizo la lista que siempre le pedía Ethel. Traje de noche de seda azul; blusa de seda blanca; bisutería de la caja A. Conjunto rosa y gris; zapatos de tacón alto grises, bolso a juego; bisutería en caja B. Vestido de cóctel negro... Había ocho conjuntos en total. Con los accesorios, sumaban casi siete mil dólares. Ethel gastaba esa cifra tres o cuatro veces al año. Le había contado confidencialmente a Neeve, que al divorciarse, veintidós años antes, había obtenido una suma importante de su marido, y la había invertido con prudencia.

—Y además, sigo cobrando mil dólares mensuales de él, de por vida —había dicho riéndose—. Cuando nos separamos le iba muy bien, y no quiso hacer economías. Les dijo a sus abogados que cualquier suma era buena con tal de librarse de mí. Ante el juzgado declaró que si yo volvía a casarme, el tipo tendría que ser un sordo como una tapia. Quizá yo habría sido piadosa, de no ser por esa broma. Volvió a casarse y tiene tres hijas, y desde que la Avenida Columbus se puso de moda, su bar ha estado en problemas. De vez en cuando me llama y me pide ayuda, pero le digo que todavía no he encontrado a ningún sordo.

En ese momento, Neeve había estado más inclinada a sentir antipatía que simpatía por Ethel. Pero después, Ethel agregó, con nostalgia:

—Siempre quise tener una familia. Nos separamos cuando yo tenía treinta y siete años. Durante los cinco años que estuvimos casados, no quiso darme un hijo.

Neeve se había impuesto la obligación de leer los artículos de Ethel, y no tardó en advertir que, aunque podía ser una mujer conversadora en exceso, y aparentemente con poco cerebro, era también una escritora excelente. Fuera cual fuere el tema que tocaba, siempre quedaba en claro que la investigación previa había sido responsable y exhaustiva.

Con ayuda de la recepcionista, Neeve cerró las grandes bolsas de la ropa. Bisutería y zapatos fueron empaquetados en cajas individuales, y luego reunidas en bolsas de papel marfil y rosa con la marca «La Casa de Neeve». Con un suspiro de alivio, fue al teléfono y marcó el número del apartamento de Ethel.

No hubo respuesta. Ethel tampoco había dejado puesto el contestador automático. Neeve decidió que probablemente llegaría en cualquier momento, sin aliento y con el taxi esperándola afuera.

A las cuatro ya no había clientes en el negocio, y Neeve mandó a todo el mundo a su casa. «Maldita Ethel», pensó. A ella también le habría gustado irse a su casa. Seguía nevando de forma constante. Más tarde se haría difícil conseguir un taxi. Llamó a Ethel a las cuatro y media, a las cinco, a las cinco y media. ¿Y ahora qué? se preguntó. Entonces tuvo una idea. Esperaría hasta las seis y treinta, la hora usual de cierre, y después entregaría personalmente las cosas de Ethel, camino a su casa. Seguramente podría dejárselas al portero. De ese modo, si Ethel tenía planes de viaje inminentes, tendría su nuevo guardarropa.

La compañía de taxis a la que llamó se mostró vacilante antes de aceptar el viaje:

—Estamos diciendo a todos nuestros taxis que vuelvan aquí, señora. Conducir es un problema serio. Pero deme su nombre y su número de teléfono. —Cuando oyó el nombre el empleado cambió por completo su tono de voz—. ¡Neeve Kearny! ¿Por qué no me dijo que era la hija del jefe? Por supuesto que volverá a su casa en taxi.

El taxi llegó a las siete menos veinte. Avanzaron centímetro a centímetro por las calles ya casi intransitables. El conductor no se mostró feliz de tener que hacer una parada adicional.

—Señora, no puedo esperar más.

Nadie respondía en el apartamento de Ethel. Neeve llamó en vano al portero. Había otros cuatro apartamentos en el edificio, pero no tenía idea de quiénes vivían en ellos y no podía correr el riesgo de dejarle la ropa a extraños. Al fin, arrancó una página de su libreta y en el reverso escribió una nota que deslizó bajo la puerta de Ethel: «Tengo tus compras. Llámame cuando vuelvas.» Agregó su número telefónico bajo la firma. Después, abrumada por el peso de las bolsas y cajas, volvió al taxi.

Dentro del apartamento de Ethel Lambston, una mano tomó la nota que Neeve había introducido debajo de la puerta, la leyó, la hizo a un lado, y prosiguió su busca periódica de los billetes de cien dólares que Ethel escondía habitualmente bajo las alfombras o entre los almohadones del sofá, el dinero al que se refería jocosamente como «la pensión de Seamus el gusano».

Myles Kearny no podía quitarse de encima la devorante preocupación que había venido creciendo dentro de él durante semanas. Su abuela tenía una especie de sexto sentido. «Tengo un sentimiento —decía—: Vienen problemas.» Myles recordaba vívidamente aquella vez, cuando él tenía diez años y su abuela había recibido una fotografía de su primo de Irlanda. Había gritado: «Tiene muerte en los ojos.» Dos horas después sonaba el teléfono. Su primo había muerto en un accidente.

Diecisiete años atrás, Myles había desoído la amenaza de Sepetti. La Mafia tenía su propio código. Nunca atacaban a las esposas o hijos de sus enemigos. Y después, Renata había muerto. A las tres de la tarde, atravesando el Central Park para recoger a Neeve en el Colegio Sagrado Corazón, la habían asesinado. Había sido un día de noviembre frío y ventoso. El parque estaba desierto. No hubo testigos que dijeran quién había persuadido u obligado a Renata a salirse del camino y entrar en el área de detrás del museo.

Él estaba en su oficina cuando lo habían llamado del colegio, a las cuatro y media. La señora Kearny no había venido a recoger a Neeve. Habían llamado a la casa, pero no estaba allí. ¿Había algún problema? Al colgar el teléfono, Myles ya sabía, con aturdidora certeza, que algo terrible le había sucedido a Renata. Diez minutos después la Policía estaba registrando el Central Park. Él iba de camino cuando

27

lo llamaron por la radio del coche para decirle que habían encontrado el cadáver.

Al llegar al parque, un cordón de policías estaba manteniendo a raya a los curiosos. La Prensa ya había llegado. Recordaba cómo lo habían cegado los flashes cuando caminaba hacia el sitio en el que se hallaba el cadáver. Herb Schwartz, su asistente, ya estaba allí.

—No la mires ahora, Myles —le rogó.

Pero él se había sacudido de encima el brazo con el que Herb intentaba detenerlo, se había arrodillado en el suelo helado, y había levantado la sábana que la cubría. Podría haber estado durmiendo. La cara todavía hermosa en ese descanso final, sin rastro de la expresión de terror que había visto grabada en tantos rostros de víctimas. Tenía los ojos cerrados. ¿Los había cerrado ella misma en ese momento último, o se los había cerrado Herb? Al principio pensó que tenía un pañuelo rojo al cuello. Negación. Era un experimentado contemplador de víctimas fatales, pero en ese momento toda su profesionalidad lo abandonó. No quería ver que alguien había cortado a la altura de la yugular, y después había ampliado transversalmente el tajo rodeando toda la garganta. El cuello del anorak de esquí, blanco, que llevaba ella, estaba carmesí de sangre. La capucha había caído, y el rostro estaba enmarcado por esa masa de cabello tan negro. Los pantalones de esquiar rojos, el rojo de su sangre, el anorak blanco y la nieve endurecida bajo su cuerpo..., aun en la muerte, había parecido una fotografía de moda.

Él habría querido apretarla contra sí, infundirle vida, pero sabía que no debía moverla. Se había contentado con besarle las mejillas y los ojos y los labios. Le había rozado el cuello y la mano quedó manchada de sangre, y él había pensado: Nos encontramos en la sangre, nos despedimos en la sangre.

El día de Pearl Harbor él era un policía de veintiún años, y a la mañana siguiente se había alistado en el Ejército. Tres años después, estaba con el Quinto Ejército de Mark Clark en la batalla de Italia. La habían tomado ciudad por ciudad. En Pontici había entrado en una iglesia que parecía desierta. Un momento después había oído una explosión, y le había empezado a manar sangre de la frente. Había dado media vuelta, para ver a un soldado alemán acuclillado tras el altar. Logró matarlo antes de desvanecerse.

Volvió en sí cuando una pequeña mano lo sacudía:

—Venga conmigo —susurró en su oído una voz, en un inglés con fuerte acento italiano. Él, a duras penas podía pensar a través de las oleadas de dolor que le llenaban la cabeza. Tenía los ojos pegados por la sangre seca. Fuera la oscuridad era total. Los sonidos de disparos eran lejanos, a la izquierda. La niña (de algún modo él notó que era una niña), lo condujo por callejones desiertos. Recordaba haberse preguntado adónde lo estaría llevando, y por qué esa niña estaba sola. Oyó el ruido de sus propias botas de campaña contra unos escalones de piedra, el gemido de una puerta abriéndose, después unos susurros rápidos e intensos, la explicación de la niña. Ahora ella hablaba en italiano. No comprendió lo que estaba diciendo. Después, sintió un brazo que lo sostenía y lo recostaba en una cama. Se desvaneció y despertó intermitentemente, consciente de manos suaves que le lavaban y vendaban la cabeza. Su primer recuerdo claro fue el de un médico del Ejército que lo examinaba.

—No sabe la suerte que tuvo —le decía—. Ayer nos obligaron a retroceder. No fue nada bueno para los que no lo consiguieron.

Después de la guerra, Myles había aprovechado las ventajas que se les dieron a los excombatientes, y había asistido a la Universidad. La Fordham Rose Hill estaba a unos pocos kilómetros del Bronx, donde había crecido. Su padre, capitán de Policía, se había mostrado escéptico:

—Todo lo que pudimos conseguir fue hacerte llegar al final de la enseñanza secundaria —observó—. No es que no hayas sido bendecido con un buen cerebro, pero nunca elegiste meter la nariz entre las tapas de un libro.

Cuatro años después, al graduarse *magna cum laude*, Myles había iniciado estudios de Derecho. Su padre, aunque complacido, le advirtió:

—Todavía tienes un policía dentro de ti. No te olvides de ese policía cuando recibas todos tus títulos.

La facultad de Derecho. Trabajo en un bufete. Independización. Fue por entonces cuando comprendió que era demasiado fácil para un buen abogado, sacar en libertad a un cliente culpable. Y no tenía estómago para soportarlo. Se propuso ser fiscal y lo logró. Eso fue en 1958. Tenía treinta y siete años en ese entonces. Con los años había salido con muchísimas chicas, y luego las había visto casarse con otros, una tras otra. Pero cada vez que él mismo se había acercado al matrimonio, una voz secreta le había susurrado al oído: «Hay más. Espera un poco.»

La idea de volver a Italia fue gradual.

—Que te hayan metido un tiro en Europa no es equivalente a una gira de estudios —le dijo su madre, aprobándolo cuando, en una cena en casa, él mencionó sus planes. Y después ella misma le preguntó—: ¿Por qué no buscas a esa familia que te escondió en Pontici? No creo que hayas estado en condiciones de agradecérselo como debías, en aquel momento.

Seguía bendiciendo a su madre por ese consejo. Porque cuando llamó a la puerta de la casa de aquella familia, la que le abrió fue Renata. Renata, que para entonces tenía veintitrés años, no diez. Renata, que increíblemente le dijo:

—Sé quién eres. Yo te traje a casa aquella noche.

—¿Cómo pudiste recordarme? —preguntó él.

—Mi padre me tomó una fotografía contigo, antes de que te llevaran. Siempre la he conservado en mi cómoda.

Se casaban tres semanas después. Los once años que siguieron, fueron los más felices de su vida.

Myles fue a la ventana y miró hacia fuera. Técnicamente, la primavera había llegado una semana antes, pero nadie se había molestado en transmitirle la noticia a la Madre

Naturaleza. Trató de no recordar cuánto le había gustado a Renata caminar en la nieve.

Aclaró la taza de café y el plato de ensalada, y los puso en el lavavajillas. «Si todos los atunes del mundo desaparecieran, ¿qué tendría para almorzar la gente que hacía dieta?», se preguntó. Quizá volverían a las buenas y viejas hamburguesas. Ante la idea la boca se le hizo agua. Pero también le recordó que se suponía que debía descongelar la salsa para la pasta.

A las seis empezó a preparar la cena. Sacó de la nevera lo necesario para una ensalada, y con manos hábiles deshojó la lechuga, cortó cebollas, e hizo tiras delgadas de los pimientos verdes. Sonrió para sí al recordar cómo, en su primera juventud, había creído que una ensalada era un poco de lechuga y tomate embebidos en mayonesa. Su madre había sido una mujer maravillosa, pero su vocación en la vida evidentemente no había sido la cocina. La carne, por ejemplo, la cocinaba «hasta que murieran todos los gérmenes», de modo que las chuletas y los filetes quedaban tan secos y duros que eran más apropiados para practicar golpes de kárate que para cortarlos con cuchillo.

Fue Renata quien lo introdujo en las sutilezas de los sabores, en la alegría de las pastas, la delicadeza del salmón, las ensaladas ligeramente picantes y perfumadas por el ajo. Neeve había heredado el talento culinario de su madre, pero Myles reconocía que él también había aprendido, al menos, a hacer una buena ensalada.

A las siete menos diez empezó a preocuparse activamente por Neeve. Probablemente habría pocos taxis en la calle. Dios querido, no permitas que venga caminando a través del parque en una noche como ésta. Trató de llamar al negocio, pero el teléfono no respondía. Para cuando ella irrumpió con las bolsas y cajas bajo el brazo, él ya estaba dispuesto a llamar al cuartel general y pedir que registraran el parque. Pero se habría cortado la lengua antes que decírselo.

En lugar de eso, al ayudarla a descargarse de las cajas, logró parecer sorprendido:

—¿Es Navidad otra vez? —preguntó—. ¿De Neeve a Neeve, con amor? ¿Te gratificaste con las ganancias de hoy?

—No seas tonto, Myles —dijo Neeve, sin mucho humor—. Te diré una cosa, Ethel Lambston puede ser una buena cliente, pero también es una carga. —Mientras dejaba las cajas encima del sofá, le hizo el relato de sus intentos de entregar la ropa de Ethel.

Myles pareció alarmado:

—¡Ethel Lambston! ¿No es aquella charlatana que vino a tu fiesta de Navidad?

—La misma. —Siguiendo un impulso repentino, Neeve había invitado a Ethel a la fiesta que todas las Navidades ella y Myles daban en el apartamento. Después de arrinconar al obispo Stanton contra la pared y explicarle por qué la Iglesia Católica ya no tenía importancia en el siglo xx, Ethel había advertido que Myles era viudo, y ya no se había movido de su lado en todo el resto de la noche.

—No me importa que para ello tengas que acampar frente a la puerta de su casa durante los próximos dos años —le advirtió Myles—, pero haz lo que sea necesario para que esa mujer no vuelva a poner los pies aquí.

CAPÍTULO III

Romperse la espalda trabajando por el salario mínimo más propinas, en un restaurante de la Calle 83 Este y Lexington, no era la idea que tenía Denny Adler de pasarlo bien. Pero Denny tenía un problema. Estaba en libertad condicional. El oficial de Policía que estaba a cargo de su custodia, Mike Toohey, era un cerdo que amaba la autoridad que le daba el Estado de Nueva York. Denny sabía que si no tenía un empleo, no podría gastar un centavo sin que Toohey le preguntara de dónde lo había sacado, así que trabajaba, y odiaba cada minuto de su trabajo.

Alquilaba un cuartucho en un mugriento edificio de la Primera Avenida y la Calle 105. Lo que el oficial a cargo de su custodia *no sabía*, era que la mayor parte del tiempo que Denny no pasaba en su empleo, lo pasaba en las calles. Cambiaba de emplazamiento y de disfraz cada pocos días. A veces se vestía como un vagabundo, con ropa sucia y zapatillas rotas, se pasaba hollín por la cara y el pelo, y cogía un sitio contra alguna pared, con un cartón en las manos que decía «AYUDA, TENGO HAMBRE».

Éste era uno de los mejores cebos.

Otras veces se ponía unos viejos pantalones caqui y una boina gris. Anteojos negros, un bastón, y un cartel en la chaqueta: «VETERANO DE GUERRA SIN HOGAR». Y a sus pies una olla que no tardaba en llenarse de monedas.

Denny conseguía mucho cambio suelto de ese modo. Carecía de la emoción que tenía planear un trabajo de verdad, pero era algo que le mantenía en actividad. Sólo una o dos veces, después de desvalijar de unos pocos dólares a algún otro mendigo, había cedido a la tentación de vapulearlo. Pero a la Policía no le importaba mayormente que golpearan o apuñalaran a mendigos o vagabundos, así que el ejercicio prácticamente no conllevaba riesgos.

Su libertad condicional terminaría en tres meses, y entonces podría desaparecer y decidir dónde estaba la acción más conveniente. Incluso el oficial a cargo, estaba relajando su vigilancia. Los sábados por la mañana, Toohey llamaba por teléfono al restaurante. Denny podía imaginarse a Mike, con su cuerpo informe derrumbado sobre el escritorio de su informe oficina:

—Estuve hablando con tu patrón, Denny. Me dice que eres uno de sus empleados de más confianza.

—Gracias, señor. —Si Denny hubiera estado de pie ante el escritorio de Toohey, se habría frotado las manos en un gesto de nerviosa gratitud. Habría obligado a asomar a sus ojos claros un velo de humedad, y habría forzado a sus labios delgados a una mueca de éxtasis. En lugar de eso, se limitó a formular con la boca una muda obscenidad que no transmitió el teléfono.

—Denny, este lunes no importa si no te presentas a informar. Tengo mucho que hacer, y tú eres uno de los hombres en los que sé que puedo confiar. Te veré la próxima semana.

—Sí señor. —Denny colgó. La sombra de una sonrisa produjo finas arrugas debajo de sus pómulos prominentes. La mitad de sus treinta y siete años los había pasado preso o en libertad vigilada, a partir de su primer robo domiciliario cuando tenía doce años. Su piel tenía una palidez grisácea, de cárcel, que se le había hecho permanente.

Paseó la mirada en derredor por el restaurante, las nauseabundas mesitas para helados con sillas de alambre, la barra de formica blanca, los carteles de platos especiales, los clientes bien vestidos y absortos en sus periódicos, sobre un desayuno de cereales o tostadas francesas. Un grito del dueño interrumpió su fantasía sobre lo que querría hacer con este sitio, y con Mike Toohey:

—¡Eh, Adler, muévete! ¡Esos pedidos no se entregarán solos!

—¡Sí, señor! —Esos «sí, señor» ya habían entrado en la cuenta regresiva, pensó Denny, al tiempo que tomaba su chaqueta y la caja con las bolsas de papel.

Cuando volvió, el dueño estaba atendiendo al teléfono.

—Te dije que no quería llamadas personales en horas de trabajo. —Puso con violencia el receptor en la mano de Denny.

El único que lo llamaba era Mike Toohey. Denny murmuró su nombre y oyó un pesado «Hola, Denny». Reconoció la voz de inmediato. El Gran Charley Santino. Diez años atrás Denny había compartido una celda, en Attica, con el Gran Charley, y en ocasiones había hecho algunos trabajos para él. Sabía que Charley tenía importantes contactos en la Mafia.

Denny ignoró la expresión de «rápido con eso» que había en la cara de su patrón. Había apenas un par de clientes en la barra a esta hora. Las mesas estaban vacías. Tenía la satisfactoria certeza de que, fuera lo que fuera lo que quería Charley, aquello sería interesante. Automáticamente se volvió hacia la pared y puso una mano sobre el receptor.

—¿Sí?

—Mañana. A las once. Parque Bryant detrás de la biblioteca. Busca un «Chevy» negro 84.

Denny lucía, sin saberlo, una amplia sonrisa cuando el clic indicó que la comunicación se había cortado.

A lo largo del fin de semana de nieve, Seamus Lambston se quedó solo en el apartamento familiar en la Calle 71 y la Avenida West End. El viernes a la tarde, llamó a su barman:

—Estoy enfermo. Que Matty se haga cargo de todo hasta el lunes.

Había dormido profundamente el viernes por la noche, con el sueño de los emocionalmente agotados, pero se despertó el sábado con un sentimiento de terror extremo.

Ruth se había marchado a Boston en coche, el jueves, y se quedaría hasta el domingo. Jeannie, su hija menor, estaba en el primer curso en la Universidad de Massachusetts. El cheque que envió Seamus para el semestre de primavera fue devuelto. Ruth había conseguido un préstamo de emergencia en su oficina y corrió a depositar el dinero para pagarlo. Después de la llamada quejumbrosa de Jeannie, tuvieron una pelea que debió de oírse a cinco calles de distancia.

—Maldito sea, Ruth, estoy haciendo lo que puedo —había gritado él—. Los negocios van mal. Con tres chicas en la Universidad, ¿es culpa mía si estamos tocando el fondo del barril? ¿Te crees que puedo fabricar el dinero?

Se habían enfrentado hasta quedar exhaustos y sin esperanzas. Él se había sentido avergonzado por la mirada de disgusto que había en los ojos de ella. Seamus sabía que los años no habían sido benévolos con él. Tenía sesenta y dos. Su metro setenta y cinco no había tenido más horizonte que la barra de los bares. Tenía un vientre prominente que ya no cedería; su cabello, en otro tiempo espeso y color arena, ahora era escaso y de un amarillo sucio; las gafas para leer acentuaban la hinchazón del rostro. A veces se miraba al espejo, y luego contemplaba la fotografía de Ruth y él, el día de la boda. Los dos elegantes, los dos al borde de los cuarenta, segundo matrimonio para ambos, felices, contentos el uno del otro. El bar había funcionado bien entonces, muy bien, y aunque lo había tenido que hipotecar todo, había estado seguro de que se recuperaría plenamente en un par de años. Los modales tranquilos y callados de Ruth, eran una bendición después de Ethel. «La paz bien vale cada centavo que me cueste», le dijo al abogado que se había opuesto al pago de una pensión vitalicia para Ethel.

Se había sentido muy feliz cuando nació Marcy. Inesperadamente, le siguió Linda dos años después. Fue menos grato recibir a Jeannie, nacida cuando él y Ruth pasaban los cuarenta y cinco.

El cuerpo esbelto de Ruth se había vuelto robusto. A medida que el alquiler del bar se duplicaba y triplicaba, y los viejos clientes se mudaban de barrio, el rostro sereno de ella había adquirido un aire de preocupación permanente. Deseaba tanto darle cosas a las hijas, cosas que no podían permitirse. Con frecuencia él le decía:

—¿Por qué no darles un hogar feliz, en lugar de todas esas porquerías?

Estos últimos años, con los gastos de estudios, había sido una tortura. Simplemente, el dinero no alcanzaba. Y esos mil dólares mensuales que debía pagarle a Ethel hasta que se casara o muriese, eran el hueso en disputa, un hueso que Ruth masticaba incesantemente.

—Vuelve a la corte, por todos los cielos —le insistía—. Dile al juez que no puedes pagar la educación de tus hijas, mientras esa parásita se está haciendo rica. Ella no *necesita* tu dinero. Tiene más de lo que podrá gastar en toda la vida.

El último estallido, la última semana, había sido el peor. Ruth leyó en el *Post* que Ethel acababa de firmar un contrato con una editorial, por un nuevo libro, con un anticipo de medio millón. Ethel manifestaba que el libro en cuestión sería «un cartucho de dinamita arrojado al mundo de la moda».

Para Ruth, fue la gota que desbordó el vaso. Eso y el cheque rechazado.

—Ve a ver a esa, esa… —Ruth nunca usaba palabras obscenas. Pero la palabra que dejó sin pronunciar fue tan clara como si la hubiera gritado—. Dile que yo iré a los columnistas de chismes y les diré que ella te está desangrando. ¡Doce mil dólares al año, desde hace más de veinte años! —La voz de Ruth se hacía más aguda a cada sílaba—. Quiero dejar de trabajar. Tengo sesenta y dos años. Las chicas pronto se casarán y se irán. Y nos iremos a la tumba sin haber disfrutado un minuto de la vida. ¡Dile que si quiere salir en los diarios, saldrá! Esas revistas elegantes encontrarán muy interesante que una de sus escritoras feministas viva chantajeando a su ex marido.

—No es chantaje. Es una pensión. —Seamus había tratado de sonar razonable—. Pero sí, iré a verla.

Ruth volvería el domingo por la tarde. Al mediodía, ese domingo, Seamus salió de su letargo y empezó a limpiar el apartamento. Dos años atrás habían renunciado a la mujer que venía a limpiar una vez por semana. Ahora lo hacían entre ellos dos, con las quejas de Ruth como acompañamiento constante:

—Justo lo que necesitaba, después de viajar aplastada toda la semana en el Metro de la Séptima Avenida, pasarme los fines de semana empujando una aspiradora.

La última semana había estallado en lágrimas:

—Estoy tan cansada.

A las cuatro de la tarde, el apartamento estaba presentable. Necesitaba pintura. El piso de linóleo de la cocina estaba gastado. El edificio había sido vendido a los ex inquilinos, pero ellos no habían podido comprar. Veinte años allí, y nada que mostrar como no fueran los recibos de alquiler.

Seamus dispuso queso y vino en la mesa de cóctel, en el living. Los muebles estaban viejos y en mal estado, pero bajo la luz suave de la tarde no se veían tan mal. En tres años más Jeannie terminaría. Marcy estaba en el último año. Linda a mitad de camino. Pensó que estaba deseando que la vida pasara de una vez.

Cuanto más se acercaba el momento de que llegara Ruth, más le temblaban las manos. ¿Ella notaría algo distinto *en él*?

Llegó a las cinco y cuarto.

—El tráfico estaba terrible —anunció, con voz trémula.

—¿Les diste el cheque certificado y les diste una explicación acerca del otro? —preguntó él, tratando de ignorar el tono de voz de su esposa. Era su tono preparatorio para una disputa.

—Claro que lo hice. Y te diré una cosa, el tesorero se mostró escandalizado cuando le dije que Ethel Lambston te había estado cobrando pensión alimenticia todos estos años. Hace seis meses tuvieron a Ethel conferenciando en un colegio, gritando en favor de la igualdad de la mujer.

Ruth aceptó el vaso de vino que le tendía, y bebió un largo trago.

Con sorpresa, Seamus advirtió que en algún momento, sin quererlo, Ruth había tomado el hábito de Ethel de mojarse los labios con la lengua después de pronunciar una frase enojada. ¿Sería cierto que uno se casaba siempre con la misma persona? La mera idea le hizo desear soltar una carcajada histérica.

—Bueno, veamos. ¿La viste? —soltó Ruth.

Un gran agotamiento se abatió sobre Seamus. El recuerdo de la escena final.

—Sí, la vi.

—Y...

Eligió con cuidado las palabras:

—Tenías razón. No desea que se sepa que ha estado cobrando una pensión alimenticia todos estos años. Me soltará.

Ruth depositó en la mesa el vaso de vino, el rostro transfigurado:

—No lo creo. ¿Cómo la convenciste?

La risa hiriente y burlona de Ethel ante las amenazas y ruegos de su ex marido. El rayo de furia primitiva que lo había recorrido, la mirada de terror en los ojos de ella... Su amenaza final... Oh, Dios...

—Ahora, cuando Ethel compre sus carísimas ropas de Neeve Kearny y coma en restaurantes de lujo, no serás *tú* quien lo pagará. —La risa triunfante de Ruth resonó en los oídos de su marido, mientras sus palabras penetraban en su conciencia.

Seamus dejó también el vaso de vino.

—¡Qué te ha hecho decir eso? —le preguntó a su esposa sin levantar la voz.

El sábado por la mañana la nieve había dejado de caer y las calles estaban más o menos transitables. Neeve llevó toda la ropa de Ethel de vuelta a la tienda.

Betty se apresuró a ayudarla.

—¿No me dirás que no le gustó *nada*?

—¿Cómo voy a saberlo? —preguntó Neeve—. No había señal de ella en su casa. Te juro, Betty, que cuando pienso en lo que nos apresuramos, podría dar todas esas puntadas alrededor del cuello de esa mujer.

Fue un día atareado. Habían sacado un pequeño anuncio en el *Times*, con una foto de los vestidos estampados y los impermeables, y la respuesta de la clientela fue entusiasta. A Neeve le brillaban los ojos al ver a sus empleadas hacer facturas por sumas suculentas. Una vez más, bendijo a Sal por haberla ayudado a lanzarse, seis años atrás.

A las dos, Eugenia, una negra que había sido modelo y ahora era la segunda al mando, le recordó a su jefa que no había hecho una pausa para almorzar:

—Tengo algo de yogur en la nevera —le ofreció.

Neeve acababa de ayudar a una de sus clientes personales a elegir un vestido de cuatro mil dólares para la boda de la hija. Sonrió:

—Sabes que odio el yogur. Pídeme un sandwich de atún y una «Coca-Cola» baja en calorías, ¿eh?

Diez minutos después, cuando le traían el pedido a su oficina, advirtió que estaba muerta de hambre.

—El mejor atún de Nueva York, Denny —le dijo al empleado del restaurante.

—Si usted lo dice, señorita Kearny. —El rostro pálido del hombre se arrugó en una sonrisa de agradecimiento.

Mientras almorzaba, velozmente, Neeve marcó el número de Ethel. Una vez más, Ethel no contestaba. A lo largo de toda la tarde la recepcionista continuó llamándola. Cuando se disponía a cerrar, Neeve le dijo a Betty:

—Me llevaré sus cosas a casa otra vez. No quiero echar a perder el domingo volviendo aquí, sólo porque Ethel decida, de pronto, que tiene que tomar un avión y lo necesita todo en diez minutos.

—Conociéndola, es capaz de hacer que el avión vuelva a buscarla, si lo pierde —respondió Betty.

Se rieron, pero después Betty agregó, más juiciosa:

—Sabes, Neeve, a veces una tiene esos presentimientos inexplicables. Y ahora están funcionando. Por insoportable que sea nuestra Ethel, nunca antes hizo algo así.

El sábado a la noche, Neeve y Myles fueron al «Met» a oír a Pavarotti.

—Deberías haber salido con un joven —protestó Myles cuando el camarero del «Ginger Man» les daba los menús de la cena, después del teatro.

Neeve lo miró:

—Escucha, Myles, salgo mucho. Lo sabes. Cuando aparezca algo importante, no lo dejaré escapar, como hiciste tú y mamá. ¿Qué te parece si ahora pedimos langosta?

Por lo general, Myles asistía a la primera misa del domingo. Neeve dormía hasta tarde, y prefería ir a la misa pontificia en la catedral. Le sorprendió encontrar a Myles en la cocina, en bata, cuando se levantó.

—¿Abandonando la fe? —le preguntó.

—No, pensé en ir contigo hoy. —Trató de hacerlo sonar casual.

—¿Eso tiene algo que ver con la salida de prisión de Nicky Sepetti? —Neeve suspiró—. No te molestes en contestar.

Tras la misa decidieron almorzar en el «Café des Artistes», y después vieron una película en el cine del barrio. Al volver al apartamento, Neeve volvió a marcar el número de Ethel Lambston, dejó sonar el teléfono media docena de veces, se encogió de hombros, y llevó a cabo la habitual carrera de los domingos, con Myles, para ver quién terminaba antes las palabras cruzadas del *Times*.

—Un día hermoso y sin problemas —comentó Neeve cuando se inclinaba a darle a Myles el beso de buenas noches, después de ver las noticias de las once por la Televisión.

Ella captó una mirada especial en sus ojos.

—No lo digas —le advirtió.

Myles apretó los labios. Sabía que su hija tenía razón. Había estado a punto de decir:

—Aunque haga buen tiempo mañana, preferiría que no salieras a correr sola.

El sonar persistente del teléfono en el apartamento de Ethel Lambston no pasó inadvertido.

Douglas Brown, el sobrino de veintiocho años de Ethel, se había mudado al apartamento el viernes a la tarde. Había vacilado en correr el riesgo, pero sabía que podía probar que se había visto obligado a hacerlo, al vencer ese día su propio subarrendamiento ilegal.

«Necesitaba un lugar donde estar hasta que encontrara un nuevo apartamento.» Tal sería su explicación.

Supuso que sería mejor no responder al teléfono. La frecuencia de las llamadas lo irritaba, pero no quería hacer pública su presencia. Ethel nunca quería que él respondiera a las llamadas.

—No te interesa quién me llama —le había dicho. Podía haberle dicho lo mismo a otras personas.

Estaba seguro de que había sido una decisión prudente no responder a la llamada de la puerta el viernes por la noche. La nota deslizada bajo la puerta se refería a unas ropas que Ethel había comprado.

Doug sonrió con gesto nada agradable. Ésa debía de ser la tarea que Ethel le había preparado.

El domingo por la mañana, Denny Adler esperó con impaciencia bajo el viento fuerte y frío. A las once en punto vio un «Chevy» negro que se aproximaba. Con pasos largos fue desde el abrigo relativo del parque Bryant hacia la calle. El coche se acercó a la acera. Denny abrió la puerta del lado del acompañante y entró. Cuando cerraba la puerta el coche ya estaba en movimiento.

En los años pasados desde su estadía en la cárcel de Attica, el Gran Charley había engordado y encanecido. El volante quedaba apretado entre los pliegues de su estómago.

—Hola —dijo Denny, sin esperar una respuesta. Charley asintió con la cabeza.

El auto corrió por la avenida del parque Henry Hudson pasando por encima del puente George Washington. Charley giró en la Autopista Interestatal Palisades. Denny notó que, mientras la nieve remanente en la ciudad estaba sucia de hollín y pisoteada, la de los costados de la autopista seguía siendo blanca. «New Jersey, el Estado Jardín», pensó con sarcasmo.

Pasando la Salida 3 había un punto de observación para gente que, como había observado a veces Denny, no tenía nada mejor que hacer que mirar el paisaje de Nueva York desde el otro lado del Hudson. No le sorprendió que Charley entrara en el aparcamiento desierto de este observatorio. En el mismo lugar habían discutido, antaño, otros trabajos.

Charley apagó el motor y se retrepó en el asiento, gruñendo por el esfuerzo de estirarse. Sacó una bolsa de papel con dos latas de cerveza, y las puso entre ellos.

—Tu marca.

Denny se sintió complacido.

—Muy amable por recordarlo, Charley. —Abrió la lata de «Coors».

Charley bebió de su lata, antes de responder:

—Nunca olvido nada. —Sacó un sobre del bolsillo interior de la chaqueta—. Diez mil —le dijo a Denny—. Lo mismo cuando el trabajo esté terminado.

Denny tomó el sobre, y su grosor le produjo un placer sensual.

—¿Quién?

—Tú entregas un almuerzo un par de veces a la semana. Ella vive en el edificio «Schwab», ese edificio grande en la Calle 74 entre West End y Riverside Drive. Suele caminar ida y vuelta al trabajo, un par de veces a la semana. Corta por el Central Park. Arrebátale la cartera y liquídala. Limpia la billetera y tírala por ahí, para que parezca que fue un drogadicto con una navaja. Si no puedes hacerlo en el parque, podría ser en el área de tiendas de confección. Va allí todos los lunes por la tarde. Las calles están atestadas. Todo el mundo va con prisas. Camiones aparcados en doble fila. Pasa a su lado, empújala debajo de un camión. Tómate tu tiempo. Tiene que parecer un accidente o un robo. Síguela durante un tiempo con uno de esos disfraces que usas. —La voz del Gran Charley era espesa y gutural, como si los rollos de grasa en el cuello estuvieran ahogando a las cuerdas vocales.

Para Charley había sido un discurso extenso. Tomó otro trago de su lata de cerveza.

Denny empezaba a sentirse incómodo.

—¿Quién?

—Neeve Kearny.

Denny arrojó el sobre sobre las piernas de Charley como si contuviera una bomba de tiempo.

—¿La hija del jefe de Policía? ¿Os habéis vuelto locos?

—La hija del *ex* jefe de Policía.

Denny tenía la frente cubierta de sudor.

—Kearny estuvo dieciséis años al frente de la Policía. No hay ni un policía en la ciudad que no esté dispuesto a arriesgar la vida por él. Cuando murió su esposa aplicaron presión por todas partes, hasta robar una manzana se hizo peligroso entonces. Imposible.

Hubo un cambio casi imperceptible en la expresión del Gran Charley, pero su voz sonó con la misma neutralidad gutural:

—Denny, te dije que yo nunca olvido. ¿Recuerdas aquellas noches, en Attica, cuando te jactabas de todos los trabajos que habías hecho, y de cómo los habías hecho? Todo lo que necesito hacer es una llamada anónima a la Policía, y no tendrás que llevar más sandwiches. No me transformes en un colaboracionista, Denny.

Denny lo pensó y, recordando, maldijo su lengua. Volvió a tomar el sobre, y pensó en Neeve Kearny. Hacía casi un año que le estaba llevando almuerzos a su oficina. Antes le dejaba la bolsa a la recepcionista, pero ahora, al entrar en confianza, él mismo la llevaba hasta la oficina del fondo. Aun cuando la Kearny estuviera hablando por teléfono, lo saludaba con la mano y le sonreía, con una sonrisa de verdad, no esa mueca distraída que le dirigía la mayoría de sus clientes. Y siempre le decía cuánto le gustaba esa comida.

Y por cierto era una nena atractiva.

Denny se quitó de encima, con un encogimiento de hombros, el momento de sentimentalismo. Era un trabajo que había que hacer. Charley no lo entregaría a la Policía, y los dos lo sabían. Su conocimiento de la sentencia de muerte

44

lo volvía demasiado peligroso. Negarse significaba que nunca volvería a pasar por el puente George Washington.

Se echó al bolsillo el dinero.

—Así es mejor —dijo Charley—. ¿En qué horario trabajas en ese restaurante?

—De nueve a seis. Los lunes libres.

—Ella sale de su casa entre ocho y media y nueve. Empieza a vigilar ese edificio. La tienda cierra a las seis y media. Recuerda, tómate tu tiempo. *No puede quedar como un asesinato deliberado.*

El Gran Charley puso en marcha el motor, para regresar a la ciudad. Durante el viaje, mantuvo el silencio, interrumpido sólo por los jadeos de su respiración de obeso. Una abrumadora curiosidad consumía a Denny. Cuando Charley salió de la autopista del West End para tomar por la Calle 57, Denny le preguntó:

—Charley, ¿tienes idea de quién ordenó el trabajo? Ella no parece de las que se ponen en el camino de nadie. Sepetti está en libertad. Parece como si tuviera mucha memoria.

Sintió la irritación de los ojos que se volvieron por un instante hacia él. La voz gutural ahora sonaba clara, y las palabras cayeron con el impacto de un derrumbe de rocas en una ladera montañosa:

—Te estás volviendo descuidado, Denny. No sé quién quiere liquidarla. El tipo que me contactó no lo sabe. El tipo que lo contactó a *él* no lo sabe. Así es como se hace, y nadie hace preguntas. Tú eres un ratero sin cerebro y sin importancia, Denny, y hay cosas que no te importan. Ahora, *bájate.*

El coche se detuvo bruscamente en la esquina de la Octava Avenida y la Calle 57.

Vacilante, Denny abrió la portezuela.

—Charley, lo siento —dijo—. Era sólo que…

El viento soplaba dentro del coche.

—Cállate la boca, y haz bien el trabajo; nada más.

Un instante después, Denny veía el «Chevy» de Charley desaparecer Calle 57 abajo. Caminó hasta el Columbus Circle, y le compró una salchicha y una pasta a un vendedor ambulante. Al terminar se limpió la boca con el dorso de la mano. Empezaba a tranquilizarse. Acarició con la punta de los dedos el grueso sobre que tenía en el bolsillo de la chaqueta.

—Podría empezar a ganarme la vida —murmuró para sí mismo, y empezó a caminar por Broadway hacia la Calle 74 y West End.

Al llegar al edificio «Schwab», dio una vuelta a la manzana y estudió, al pasar, la entrada al edificio por Riverside Drive. Imposible que ella usara ésa. La entrada de la Avenida West End era mucho más conveniente.

Satisfecho con su examen, cruzó la calle y se apoyó contra la pared del edificio que estaba justo enfrente del «Schwab». Desde aquí tenía un excelente punto de observación, decidió. Se abrió una puerta cerca de él, y salió la gente. No quería que lo recordaran, por lo que salió caminando, pensando en el disfraz que mejor lo disimularía mientras vigilaba a Neeve Kearny.

A las dos y media, cuando se dirigía hacia el Lado Este, pasó cerca de una cola de gente que sacaba entradas en un cine. Sus ojos pequeños se abrieron de la sorpresa. A mitad de la cola estaba Neeve Kearny, junto a un hombre de pelo blanco cuyo rostro Denny reconoció. El padre. Denny hundió la cabeza en el cuello y apuró el paso. «Y ni siquiera la andaba buscando», pensó. Esto será más fácil de lo que había pensado.

CAPÍTULO IV

El lunes por la mañana Neeve estaba en el vestíbulo, los brazos una vez más cargados con las ropas de Ethel, cuando Tse-Tse, una actriz de veintitrés años, salió sin aliento del ascensor. Llevaba el cabello rubio rizado, y los ojos maquillados con fuertes matices de violeta. Su linda boquita estaba pintada como la de una muñeca. Tse-Tse, cuyo nombre civil era Mary Margaret McBride, estaba apareciendo siempre en producciones teatrales off-off-Broadway, la mayoría de las cuales no se mantenían en cartel más de una semana.

Neeve había ido a verla varias veces, y había quedado asombrada de lo realmente buena actriz que era Tse-Tse. La joven podía mover un hombro, dejar caer el labio inferior, modificar la postura, y literalmente se volvía otra persona. Tenía un oído excelente para los acentos, y podía modular su voz desde el agudo histérico hasta la ronquera sensual. Compartía un apartamento, en el edificio «Schwab», con otra aspirante a actriz, y a la modesta asignación que le pasaba, no de muy buena gana, su familia, se sumaba lo ganado en otros trabajos temporales. Había renunciado a los trabajos de camarera en bares o de pasear perros, en favor de los de limpieza:

—Cincuenta dólares por cuatro horas, y no tienes que

andar arrastrando un caniche por las calles —según le explicó a Neeve.

Neeve le había recomendado Tse-Tse a Ethel Lambston, y sabía que la chica limpiaba el apartamento de la escritora, varias veces al mes. Ahora la vio aparecer como una enviada del cielo. Al llegar el taxi, le explicó su dilema.

—Se supone que debo ir mañana —le explicó Tse-Tse hablando rápido—. Para decirle la verdad, Neeve, ese apartamento es de los que me hacen desear volver a pasear *bulldogs*. Por limpio y ordenado que lo deje, cuando vuelvo ya está hecho una pocilga.

—Lo he visto —dijo Neeve—. Escucha, si Ethel no viene hoy a la tienda a recoger esta ropa, mañana te llevaré en un taxi y dejaremos todo en su armario. Supongo que tienes llave.

—Me la dio hace seis meses. Llámame. Nos vemos. —Tse-Tse le tiró un beso a Neeve y salió corriendo calle abajo. Como un exótico flamenco con su pelo rubio ensortijado, su delirante maquillaje, su chaquetón de lana de un rojo brillante, mallas rojas y zapatillas deportivas amarillas.

En el negocio, Betty ayudó a Neeve a colgar, una vez más, la ropa de Ethel en el sector Entregas del cuarto de costura.

—Esto ha ido más allá del comportamiento normalmente loco de Ethel —dijo con un gesto preocupado que hacía más profundas las arrugas de la frente y el entrecejo—. ¿Crees que puede haber tenido un accidente? Quizá deberíamos llamar a la Policía.

Neeve hacía una pila con las cajas de accesorios.

—Puedo pedirle a Myles que pregunte por los informes de accidentes —dijo—, pero es demasiado pronto para darla por desaparecida.

De pronto, Betty sonrió:

—Quizá consiguió un novio al fin, y fue a pasar un fin de semana de éxtasis en alguna parte.

Por la puerta abierta, Neeve echó una mirada al salón de ventas. Había llegado la primera cliente de la mañana, y una vendedora nueva le estaba mostrando vestidos de noche que eran absolutamente inadecuados para ella. Neeve se mordió el labio. Sabía que tenía algo del temperamento volcánico de Renata, y necesitaba vigilarse a sí misma.

—Es lo que espero, por el bien de Ethel —comentó, y fue, con una amplia sonrisa, hacia la cliente y la vendedora—. Marian, ¿por qué no traes el vestido de chiffon verde de Della Rosa? —sugirió.

Fue una mañana atareada. La recepcionista siguió marcando el número de Ethel. La última vez que le informó que no contestaban, Neeve pensó fugazmente que si Ethel había encontrado a un hombre con el que valiera la pena escapar, nadie lo celebraría tanto como el ex marido de Ethel, quien veintidós años después del divorcio seguía mandando cheques de pensión alimenticia mes tras mes.

El lunes era el día libre de Denny Adler. Había planeado emplearlo en seguir a Neeve Kearny, pero el domingo por la noche hubo una llamada para él en el teléfono público del pasillo de la casa de pensión donde vivía.

El dueño del restaurante le dijo a Denny que tendría que ir a trabajar al día siguiente. Habían despedido al hombre de la barra:

—Estuve revisando los libros, y descubrí que el hijo de perra estaba metiendo la mano en la caja. Te necesito mañana.

Denny soltó una maldición en silencio. Pero sería estúpido negarse.

—Allí estaré —dijo sin entusiasmo. Al cortar, pensó en Neeve Kearny, en la sonrisa que le había dirigido el día anterior cuando le entregaba su almuerzo, el modo en que el cabello renegrido le enmarcaba el rostro, el modo en que sus pechos llenaban el suéter elegante que llevaba puesto. El Gran Charley había dicho que iba a la Séptima Avenida los lunes por la tarde. Eso significaba que ni siquiera al salir del trabajo podría localizarla. Quizás era mejor así. Había hecho planes para la noche del lunes con la camarera del bar de enfrente, y no quería suspenderlos.

Mientras volvía a su habitación por el pasillo húmedo y con olor a orina, pensaba en el rostro bonito de Neeve Kearny.

Pero ningún rostro bonito resistía la prueba de unas semanas en el cementerio.

Neeve dedicaba la tarde de los lunes a una visita a la Séptima Avenida. Amaba la confusión ruidosa del área de tiendas de confección, las aceras atestadas, los camiones de entregas aparcados en doble fila en las calles estrechas, los ágiles muchachos que hacían las descargas y pasaban con atados de ropa sobre la cabeza esquivando a la gente, la sensación de que todos iban con prisas, sin tiempo que perder.

Había empezado a venir aquí con Renata, cuando tenía ocho años. A pesar de las tibias objeciones de Myles, Renata había tomado un trabajo de medio día en una tienda de ropa en la Calle 72, a sólo dos calles del apartamento donde vivían. Antes de que pasara mucho tiempo, la dueña, una mujer de edad, delegó en Renata el trabajo de hacer las compras para la tienda. Neeve podía ver todavía a Renata, negando con la cabeza cuando algún diseñador ansioso de vender, trataba de persuadirla de un cambio de opinión acerca de una prenda:

—Cuando una mujer se sienta, con este vestido, lo siente trepar por la espalda —decía Renata. Cuando se apasionaba, su acento italiano se hacía mucho más patente—. Una mujer debe vestirse, mirarse en el espejo para ver si no tiene un punto levantando en la media o un dobladillo descosido, y después debe olvidarse de lo que tiene puesto. La ropa debe ser como una segunda piel.

Pero también tenía buen ojo para los nuevos diseñadores. Neeve conservaba el broche de camafeo que uno de ellos le había ragalado a Renata. Ella había sido la primera en vender su línea.

—Tu mamá fue la primera en ponerme en circulación

—le recordaba Jacob Gold a Neeve—. Una hermosa mujer, y sabía de modas. Como tú. —Era el mejor cumplido que pudieran hacerle.

Hoy, mientras Neeve se abría paso por la Séptima Avenida, advirtió que se sentía vagamente angustiada. Había un latido de dolor en algún lugar de su psiquis, como una muela emocional que le doliera. Se dijo a sí misma: Antes de que pase mucho tiempo más, seré uno de esos irlandeses supersticiosos, que siempre tienen «presentimientos» sobre problemas que esperan a la vuelta de la esquina.

En «Artless Sporswear» encargó unas chaquetillas de lino, con *shorts* Bermudas haciendo juego.

—Me gustan los tonos pastel —murmuró—, pero necesitan algún tipo de dinamita.

—Nosotros sugerimos esta blusa. —El empleado, con el formulario de pedidos en la mano, le señaló un estante donde se apilaban blusas de nylon de colores pálidos con botones blancos.

—Mm. Irían mejor con un jersey escolar. —Neeve dio una vuelta por el salón de exhibición, hasta localizar una camiseta de seda multicolor—. A esto me refería. —Eligió varias camisetas, con diferentes colores y dibujos, y las puso sobre los trajes—. Ésta con el color melocotón; ésta con el malva. Ahora sí funciona...

En «Victor Costa», eligió unas románticas blusas de gasa de cuello bote que flotaban en las perchas. Y una vez más, Renata volvió a su mente. Renata, con un «Victor Costa» de terciopelo negro, yendo a una recepción de Año Nuevo con Myles. Al cuello llevaba su regalo de Navidad; un collar de perlas con un racimo de pequeños diamantes.

—Pareces una princesa, mami —le había dicho Neeve. Ese momento había quedado impreso en su mente. Había estado tan orgullosa de sus padres. Myles, esbelto y elegante con su cabello, ya entonces blanco; Renata, tan delgada y hermosa, con el pelo negro peinado en un moño.

Al siguiente Año Nuevo, apenas unas pocas personas vinieron al apartamento. El padre Devin Stanton, que ahora era obispo y el tío Sal, que seguía luchando por hacerse un nombre como diseñador. Herb Schwartz, el asistente de

Myles, y su esposa. Hacía siete semanas que Renata había sido asesinada...

Neeve comprendió que el empleado estaba esperando pacientemente a su lado. Se disculpó. Hizo el encargo, fue a las tres tiendas que seguían en su lista y después, cuando empezaba a oscurecer, fue a hacer su visita habitual al tío Sal.

Los salones de Anthony della Salva estaban diseminados por todo el Distrito. La colección de línea deportiva estaba en la Calle 37 Oeste. Los accesorios, en la Calle 35 Oeste. Las oficinas administrativas en la Sexta Avenida. Pero Neeve sabía que podía hallarlo en su oficina privada en la Calle 36 Oeste. Era allí, en un pequeño local tipo agujero-en-la-pared, donde se había iniciado. Ahora ocupaba tres pisos suntuosamente equipados. Anthony della Salva, *né* Salvatore Espósito del Bronx, era uno de los grandes diseñadores del país, a la altura de Bill Blass, Calvin Klein y Oscar de la Renta.

Para el infinito disgusto de Neeve, al cruzar la Calle 37 se encontró cara a cara con Gordon Steuber. Meticulosamente vestido con una chaqueta color habano sobre un suéter escocés marrón y beige, pantalones oscuros y mocasines «Gucci», el cabello castaño rizado resplandeciente, delgado, de rasgos regulares, hombros anchos y cintura estrecha; Gordon Steuber podría haberse ganado la vida como modelo. En lugar de eso, pasados apenas los cuarenta años, era un astuto hombre de negocios con un olfato sobrenatural para contratar diseñadores jóvenes y explotarlos como sólo él sabía hacerlo.

Gracias a sus jóvenes diseñadores, su línea de vestidos y trajes femeninos era excitante y provocativa. Ganaba lo suficiente como para no necesitar explotar a trabajadores ilegales, pensó Neeve mirándolo fríamente. Y si, como le había sugerido Sal, estaba también en problemas con el fisco, no podía pedirse más.

Pasaron uno junto al otro sin hablarse, pero a Neeve le pareció como si emanara ira de la persona de él. Había oído hablar del aura que emite la gente. «No quiero saber de qué color es su aura en este momento», pensó mientras apresuraba el paso rumbo a la oficina de Sal.

Cuando la recepcionista vio entrar a Neeve, llamó inmediatamente a la oficina privada del jefe. Un instante después, Anthony della Salva, el «tío Sal», apareció por la puerta. Su rostro de querubín brillaba de alegría al abrazarla.

Neeve sonrió al verlo. Sal era su mejor publicidad para su propia línea de ropa masculina. Su versión de un traje safari era un cruce entre uniforme de paracaidista y Jungle Jim en su mejor versión.

—Lo adoro. Será el furor de East Hampton el mes que viene —le dijo aprobatoriamente mientras lo besaba.

—Ya lo es, querida. Incluso es el furor en Iowa. Eso me asusta un poco. Debo estar en decadencia. Ven. Salgamos de este lugar. —Camino a su oficina, se detuvo a saludar a unos compradores forasteros—. ¿Están bien atendidos? ¿Susan se ocupa de ustedes? Perfecto. Susan, muéstrales la línea de tiempo libre. Eso saldrá por sí solo de las tiendas, lo prometo.

—Tío Sal, ¿quieres atender en persona a esos clientes? —le preguntó Neeve mientras caminaban a través del salón.

—De ninguna manera. Le harán perder dos horas a Susan y terminarán comprando tres o cuatro de las cosas más baratas que vean. —Con un suspiro de alivio cerró la puerta de su área privada—. Ha sido un día loco. ¿De dónde saca el dinero la gente? Volví a subir mis precios. son escandalosos, y la gente se precipita a comprar más y más.

Su sonrisa era beatífica. Su rostro redondo se había hinchado en los últimos años, y ahora los ojos eran ranuras perdidas bajo párpados pesados. Él, Myles y el obispo habían crecido juntos en el mismo sector del Bronx, habían jugado juntos a la pelota, habían ido juntos al instituto de enseñanza secundaria Christopher Columbus. Era difícil creer que él también tenía sesenta y dos años.

Su escritorio estaba cubierto de muestras de telas.

—¿Puedes creerlo? Recibimos un pedido para diseñar tapizados para coches «Mercedes» de juguete para niños de tres años. Yo a los tres años jugaba con un carrito rojo de segunda mano, y una de las ruedas se le salía constantemente. Cada vez que se le salía, mi padre me pegaba por no cuidar mis juguetes buenos.

Neeve sintió mejorar su propio humor:

—Tío Sal, no sabes cómo me gustaría grabarte. Podría hacer una fortuna chantajeándote después.

—Tú sí tienes corazón, niña. Siéntate. Tomemos una taza de café. Recién hecho, lo prometo.

—Sé que estás ocupado, tío Sal. Cinco minutos nada más. —Neeve se desabotonó la chaqueta.

—¿Podrías olvidarte de lo de «tío», querida? Ya estoy demasiado viejo para que me traten con respeto. —Le echó un mirada crítica a la ropa que llevaba puesta Neeve—. Estás perfecta, como siempre. ¿Qué tal van los negocios?

—Fantásticamente.

—¿Y Myles? Supe que Nicky Sepetti salió el viernes. Supongo que eso lo está desgarrando.

—Estuvo mal el viernes, pero pasamos un bonito fin de semana. Ahora, no estoy segura.

—Invítame a cenar esta semana. Hace un mes que no lo veo.

—Hecho. —Neeve miró cómo Sal servía café de la «Silex» que tenía junto a su escritorio. Miró a su alrededor—. Amo esta oficina.

El empapelado de la pared que estaba detrás del escritorio, representaba el motivo Arrecife del Pacífico, el diseño que había hecho famoso a Sal.

Sal le había contado más de una vez, cómo se había inspirado para esa línea:

—Neeve, yo estaba en el Acuario de Chicago. Era 1972. Ese año la moda era un lío. Todos estaban hastiados de la minifalda. Y todos tenían miedo de probar algo nuevo. Los grandes diseñadores estaban presentando trajes sastre. *Shorts* Bermudas, trajes ajustados sin forro. Colores pálidos. Colores oscuros. Blusas con volantes, de internado de monjas. Nada que le hiciera decir a una mujer: «Así quiero verme yo.» Me paseaba por el acuario, y subí al piso donde se exhibe el llamado Arrecife del Pacífico. Neeve, era como caminar bajo el agua. Piscinas del piso al techo llenas con cientos de peces y plantas exóticas, y corales y caracolas. Y los colores de todo eso... Era como si lo hubiera pintado el mismísimo Michelangelo. Y los dibujos y formas..., docenas y docenas, cada uno único. El plateado transformándose en azul; el coral y el rojo entrelazados. Había un pez amarillo, brillante como el sol de la mañana, con manchas negras. Y la gracia de los movimientos, la fluidez. Pensé: ¡si se pudiera hacer algo así en tela! Empecé a hacer dibujos allí mismo. Sabía que tenía algo grande entre manos. Ese año gané el Premio Coty. Puse cabeza abajo toda la industria de la moda. Las ventas de los grandes modistos fueron fantásticas. Lo mismo que las licencias para la venta masiva y la fabricación de accesorios. Y todo porque tuve la inteligencia de copiar a la Madre Naturaleza. —Siguió la mirada de Neeve, fija en la pared—. Ese diseño. Maravilloso. Alegre. Elegante. Agraciado. Tentador. Sigue siendo lo mejor que yo haya hecho. Pero no se lo digas a nadie. No saben mi secreto. La semana que viene te haré ver el adelanto de mi colección de otoño. Viene en segundo lugar entre lo mejor que he hecho. Sensacional. ¿Y qué tal tu vida amorosa?

—No existe.

—¿Y ese tipo que invitaste a cenar hace un par de meses? Estaba loco por ti.

—El hecho de que no puedas recordar su nombre lo dice todo, sigue ganando dinero a toneladas en Wall Street. Acaba de comprarse un avión y una casa en Vail. Olvídalo. Tenía la personalidad de un fideo mojado. Siempre se lo digo a Myles, y te lo digo a ti también: cuando aparezca el hombre, yo me enteraré.

—No esperes demasiado, Neeve. Tú creciste en medio del romance de cuento de hadas de tu madre y tu padre. —Sal terminó su café de un gran trago—. Para la mayoría de nosotros, no es así.

Neeve tuvo una fugaz diversión, al comprobar que cuando Sal estaba con amigos íntimos, su vago acento italiano desaparecía y volvía a su jerga nativa del Bronx.

—La mayoría de nosotros nos encontramos. Nos interesamos un poco. Después no tanto. Pero seguimos viéndonos y poco a poco sucede algo. No hay magia. Quizá sólo amistad. Nos adecuamos el uno el otro. Puede no gustarnos la ópera, pero vamos a la ópera. Podemos odiar los ejercicios, pero empezamos a jugar al tenis o a correr por las mañanas. Después aparece el amor. Así le sucede al noventa por ciento de la gente del mundo, Neeve. Créeme.

—¿Así fue como te sucedió a ti? —le preguntó Neeve suavemente.

—Cuatro veces —dijo sal con una gran sonrisa—. Soy un optimista.

Neeve terminó su café y se puso de pie. Se sentía inmensamente mejor que al entrar:

—Creo que yo también soy una optimista, pero tú me ayudas a saberlo. ¿Qué te parece el jueves para la cena?

—Perfecto. Y recuerda, no estoy a dieta como Myles, y no me digas que debería estarlo.

Neeve se despidió con un beso, lo dejó en su oficina y cruzó de prisa el salón. Con ojo experto, estudió la moda que lucían los maniquíes. No brillante, pero buena. Un uso sutil del color, líneas nítidas, innovadora sin ser audaz. Se vendería bien. Se preguntó qué habría preparado Sal para el otoño. ¿Sería tan bueno como decía?

Estuvo de vuelta en «La Casa de Neeve» a tiempo para discutir con el decorador el nuevo diseño de los escaparates. A las seis y media, cuando cerraba el local, puso en marcha la tarea ya habitual de cargar con las compras de Ethel Lambston. No había habido un mensaje de Ethel en todo el día; no respondió tampoco a la media docena de llamadas telefónicas. Pero al menos había un final a la vista para todo este proceso: mañana por la mañana acompañaría a Tse-Tse al apartamento de Ethel, y lo dejaría todo allí.

Esa idea hizo que su mente saltara a un verso del conmovedor poema de Eugene Field «Pequeño niño Azul»: «Los besó y los puso allí.»

Al levantar las bolsas con la ropa, Neeve recordó que el Pequeño niño Azul nunca había vuelto a jugar con sus bonitos juguetes.

CAPÍTULO V

A la mañana siguiente, Tse-Tse estaba lista, en el vestíbulo, a las ocho y media en punto. Llevaba el cabello atado en dos coletas sobre las orejas. Una capa de terciopelo negro le colgaba de los hombros hasta los tobillos. Bajo la capa llevaba un uniforme negro con delantal blanco.

—Conseguí un papel de doncella en una obra nueva —le confió a Neeve mientras la aligeraba de algunas bolsas—. Pensé que necesitaba practicar. Si Ethel está en casa, le dará un ataque de risa cuando me vea vestida así. —Su acento sueco era excelente.

Unos timbrazos enérgicos no produjeron ninguna respuesta en el apartamento de Ethel. Tse-Tse buscó en su bolso hasta encontrar la llave. Cuando abrió la puerta, se hizo a un lado y dejó que Neeve la precediera. Con un suspiro de alivio, Neeve soltó la pila de bolsas sobre el sofá, y se enderezó.

—Dios existe —murmuró, pero su voz se apagó en ese momento.

Un joven atlético había aparecido en la entrada del pasillo que llevaba al dormitorio y al baño. Obviamente en proceso de vestirse, sostenía la corbata en una mano. Su camisa blanca crujiente no estaba del todo abotonada. Sus ojos verde claro, en un rostro que con otra expresión podría haber sido atractivo, estaban entrecerrados por una mueca de disgusto. Su cabello todavía sin peinar le caía sobre la frente en una masa de rizos. Neeve había quedado perpleja, y oyó detrás de ella a Tse-Tse que contenía el aliento.

—¿Quién es usted? —preguntó Neeve—. ¿Y por qué no contestó a la puerta?

—Creo que soy yo quien debe hacer las preguntas. —El tono del desconocido era sarcástico—. Y contesto a la puerta cuando me da la gana hacerlo.

Intervino Tse-Tse:

—Usted es el sobrino de la señorita Lambston —dijo—. He visto su fotografía. —El acento sueco iba y venía—. Usted es Douglas Brown.

—Sé quién soy. ¿Les molestaría decirme ahora quiénes son *ustedes*? —El tono sarcástico no disminuía.

Neeve sintió aumentar su ira:

—Soy Neeve Kearny —dijo—. Y ella es Tse-Tse; limpia el apartamento de la señorita Lambston. ¿Podría decirnos dónde está ella? Me dijo que necesitaba esta ropa para el viernes, y he estado cargando con ella desde entonces.

—Así que usted es Neeve Kearny. —Ahora la sonrisa se volvió insolente—. Los zapatos número tres van con el vestido beige. Bolso número tres y bisutería de la Caja A. ¿A todas sus clientes les da esas indicaciones?

Las mandíbulas de Neeve se endurecieron.

—La señorita Lambston es una muy buena cliente y una mujer muy ocupada. Y yo también soy una mujer ocupada. ¿Está en casa, y si no, cuándo volverá?

Douglas Brown se encogió de hombros. Algo de la animosidad lo abandonó:

—No tengo idea de dónde estará mi tía. Me pidió que viniera a verla el viernes por la tarde. Tenía una tarea que encomendarme.

—¿El viernes por la tarde? —preguntó Neeve.

—Sí. Cuando llegué, no estaba. Tengo llave, y entré. Desde entonces no ha vuelto. Hice la cama en el sofá, y me quedé. Acabo de perder mi subarrendamiento, y no tengo prisa por ir a un hotel.

Había algo así como demasiadas palabras en la explicación. Neeve miró a su alrededor. El sofá sobre el que había dejado las ropas tenía una manta y una almohada apiladas en un extremo. Frente al sofá se acumulaban los periódicos. Siempre que ella había estado aquí, los almohadones del sofá estaban tan cubiertos de papeles y revistas que no se veía el tapizado. En la mesita se apilaban recortes de periódicos. Al estar el apartamento al nivel de la calle, las ventanas tenían barrotes, y aun éstos habían sido usados como soportes para libros. Al otro lado de la sala, pudo ver el interior de la cocina. Como siempre, las mesas estaban atestadas de cosas sucias. Las paredes de la sala estaban cubiertas, al azar, por fotografías mal enmarcadas de Ethel: Ethel recibiendo el Premio Anual de la Sociedad Norteamericana de Periodistas y Autores. Eso había sido por su ácido artículo sobre los hoteles de la Seguridad Social y los inquilinos abandonados. Ethel al lado de Lyndon y Lady Bird Johnson. Había trabajado con el candidato en su campaña de 1964. Ethel en el «Waldorf», con el alcalde de la ciudad, la noche que *Contemporary Woman* la había homenajeado.

A Neeve se le ocurrió algo, de pronto:

—Yo estuve aquí el viernes por la noche —dijo—. ¿A qué hora dijo usted que llegó?

—A las tres de la tarde. No he contestado el teléfono ni una sola vez. Ethel se pone furiosa cuando alguien contesta una llamada que es para ella.

—Es cierto —dijo Tse-Tse. Por un momento olvidó el acento sueco. después volvió—. Sí, sí, es cierto.

Douglas Brown se pasó la corbata por el cuello.

—Tengo que ir a trabajar. Deje las ropas de Ethel, señorita Kearny. —Se volvió hacia Tse-Tse—. Y si usted encuentra algún modo de limpiar esto, perfecto. Pondré mis cosas aparte, por si Ethel decide favorecernos con su presencia.

Ahora parecía apresurado por irse. Se volvió y fue hacia el dormitorio.

—Un minuto —dijo Neeve. Esperó hasta que él se detuvo y la miró por encima del hombro—. Usted dice que vino a las tres de la tarde, el viernes. Entonces debió estar aquí cuando yo traté de entregar esta ropa. ¿La molestaría explicarme por qué no atendió a la puerta esa noche? Podía haber sido Ethel que se hubiera olvidado la llave. ¿No?

—¿A qué hora vino?

—Alrededor de las siete.

—Yo había salido a comer algo. Lo siento. —Desapareció en el dormitorio y cerró la puerta.

Neeve y Tse-Tse se miraron. Tse-Tse se encogió de hombros.

—Será mejor que me ponga a trabajar. —Su voz era la de un ruiseñor sueco—. Vaya, vaya, tardaría menos en limpiar todo Estocolmo, que este basurero. —Olvidó el acento—. ¿Te parece que puede haberle sucedido algo a Ethel?

—Pensé en hacer que Myles llamara pidiendo informes de accidentes —dijo Neeve—. Aunque debo decir que el amante sobrino no parece loco de preocupación. Cuando se vaya, colgaré estas cosas en el armario de Ethel.

Douglas Brown salió del dormitorio un instante después. Ya estaba totalmente vestido, con un traje azul oscuro, un impermeable doblado en el brazo, el cabello cepillado hacia atrás; se lo veía muy atractivo, dentro de su estilo hosco. Pareció sorprendido, y no muy complacido, al ver que Neeve seguía allí.

—Pensé que estaba muy ocupada —le dijo—. ¿Ayudará en la limpieza?

Los labios de Neeve se apretaron amenazadoramente.

—Colgaré esta ropa en el armario de su tía, para que pueda usarla cuando la necesite, y después me marcharé. —Le arrojó su tarjeta—. Avíseme a este teléfono si sabe algo de ella. Le aseguro que estoy empezando a preocuparme.

Douglas Brown le echó una mirada a la tarjeta y se la metió al bolsillo.

—No veo por qué. En lo dos años que llevo viviendo en Nueva York, mi tía ha hecho este truco de la desaparición por lo menos tres veces, y siempre se las ha arreglado para tenerme esperando en algún restaurante o en este apartamento. Yo estoy empezando a creer que está razonablemente loca.

—¿Se quedará hasta que ella regrese?

—No creo que eso sea de su incumbencia, señorita Kearny, pero probablemente sí.

—¿Tiene una tarjeta con un número donde localizarlo en horas de oficina? —preguntó Neeve, cuyo malhumor iba en aumento.

—Lamentablemente, en el «Cosmic Oil Building» no hacen tarjetas para recepcionistas. Sabe, igual que mi querida tía, yo soy escritor. Lamentablemente, a diferencia de ella, no he sido descubierto por el mundo editorial, así que me mantengo mediante el recurso de sentarme detrás de un escritorio, en el vestíbulo del «Cosmic», y confirmar las citas de los visitantes. No es el trabajo que haría un gigante del intelecto, pero debe recordar que Herman Melville trabajó como empleado en «Ellis Island», si no me equivoco.

—¿Usted se considera un nuevo Herman Melville? —Neeve no hizo ningún esfuerzo por disimular el sarcasmo.

—No. Yo escribo en otro género. Mi último libro se llama *La vida espiritual de Hugh Hefner*. Hasta ahora ningún editor le ha encontrado la gracia.

Se fue. Neeve y Tse-Tse se miraron.

—Qué cretino —dijo Tse-Tse—. Y pensar que es el único pariente que tiene la pobre Ethel.

Neeve buscó en su memoria:

—No creo que nunca me lo haya mencionado.

—Hace dos semanas, yo estaba aquí haciendo la limpieza y ella habló con él por teléfono, y estaba realmente enfadada. Ethel esconde dinero por todo el apartamento, y creía que faltaba algo. Prácticamente lo acusó de ladrón.

El apartamento sucio y desordenado, de pronto le provocó claustrofobia a Neeve. Quería salir de él.

—Colgaré esa ropa de una vez.

Si Douglas Brown había dormido en el sofá la primera noche, era evidente que desde entonces estaba usando el dormitorio de Ethel. En la mesa de noche había un cenicero lleno de colillas. Ethel no fumaba. Los muebles provincianos franceses, blancos y antiguos, eran, lo mismo que todo lo demás en el apartamento, caros, pero su eficacia estética se perdía en el desorden. Sobre el tocador había perfume y un viejo cepillo de plata, que hacía juego con un peine y un espejo. Ethel había dejado una cantidad de notas, recordatorios que se hacía a sí misma, enganchados en el borde del espejo grande enmarcado en dorado. Sobre una *chaise longue* de damasco rosa, había varios trajes de hombre, pantalones y chaquetas deportivas. En el piso, a medias bajo el mismo mueble, había una maleta de hombre.

—Ni siquiera él se atrevió a meterse con el armario de Ethel —observó Neeve. La pared del fondo del dormitorio, que era, bastante amplio, consistía en un elaborado armario. Cuatro años atrás, cuando Ethel le pidió por primera vez a Neeve que la ayudara con su ropa guardada, Neeve le dijo que no le asombraba que nunca pudiera hacer coincidir dos prendas. Necesitaba más espacio. Tres semanas después, Ethel había vuelto a invitarla. La había llevado al dormitorio, y le había mostrado con orgullo su adquisición, un armario que le había costado diez mil dólares. Lo tenía todo: espacios cortos para blusas, altos para vestidos, un área para perchas de chaquetas, otra para trajes, un sector para ropa de vestir, otro para ropa informal. Había cajones para suéteres y para bolsos; espacio para zapatos; un nicho para joyas con perchas de bronce en forma de ramas de árbol para collares y pulseras e incluso un par de manos de yeso, elevadas como en una plegaria, para los anillos.

Ethel le había señalado esas manos:

—¿No parecen capaces de estrangularte? —preguntó riendo—. Le dije al tipo que me lo vendió que yo guardaba todos mis accesorios en cajas numeradas, pero me dijo que debía tener esto de todos modos. Según él, si no lo compraba ahora, algún día me arrepentiría.

En contraste con el resto del apartamento, el armario estaba impecablemente limpio y ordenado. Cada prenda colgaba de su percha forrada en satén. Las cremalleras estaban subidas; las chaquetas, abotonadas.

—Desde que tú empezaste a vestirla, la gente no ha dejado de elogiarle la ropa a Ethel —observó Tse-Tse—. Y eso a ella le encanta.

En el interior de las puertas, Ethel había pegado las listas que le había dado Neeve, marcando qué accesorio iba bien con cada prenda.

—Lo revisamos todo con Ethel, el mes pasado —murmuró Neeve—. Hicimos lugar para las cosas nuevas. —Puso la ropa que había traído sobre la cama y empezó a sacarla de las fundas de plástico—. Bueno, haré lo que haría si ella estuviera aquí. Colgaré todo en su sitio, y pegaré la lista.

A medida que colgaba la ropa nueva, revisó el contenido del armario. El abrigo de cebellina. La chaqueta de marta. El abrigo de paño rojo. El «Burberry». La capa. La capa blanca con cuello de caracul. El abrigo de cuero con cinturón. A continuación de los abrigos venían los trajes. Uno de Donna Karans, uno de Beenes, uno de Ultrasuedes, uno de... Neeve se detuvo, con los dos trajes nuevos todavía en las manos.

—Espera un minuto —dijo. Miró en el estante superior. Sabía que el equipaje «Vuitton» de Ethel consistía en cuatro piezas haciendo juego, con un motivo de tapicería. Eran un bolso grande con bolsillos, una bolsa alargada estilo marinero, y dos maletas, una grande y una mediana. Faltaban los dos bolsos y una de las maletas—. La buena de Ethel —dijo colgando los dos trajes—. Se fue. Falta el conjunto beige con el cuello de visón. —Empezó a revisar sistemáticamente. El traje de lana blanca, el traje tejido, verde, el blanco y negro—. Vaya, lo guardó todo y se fue, así sin más. Juro que podría matarla con mis propias manos. —Se echó hacia atrás el cabello que le había caído sobre la frente—. Mira —dijo señalando la lista pegada a la puerta y los sitios vacíos en el armario—. Se llevó todo lo que necesitaba para estar perfecta. Supongo que al ver el tiempo tan malo, decidió que no necesitaba la ropa primaveral. Bueno, dondequiera que esté, espero que esté haciendo treinta grados. *Che noiosa spera che muore di caldo...*

—Tranquilízate, Neeve —dijo Tse-Tse—. Cuando empiezas con el italiano, es que tu furia está llegando a niveles peligrosos.

Neeve se encogió de hombros.

—Al diablo. Le enviaré la factura a su contable. Al menos

63

él tiene la cabeza puesta en su lugar. Nunca se olvida de pagar a tiempo —miró a Tse-Tse—. ¿Y tú? ¿Contabas con la paga de hoy?

Tse-Tse negó con la cabeza:

—La vez anterior me pagó por adelantado. No hay problemas.

En el negocio, Neeve le contó a Betty lo que había pasado.

—Deberías agregar a la cuenta los gastos de taxi y tu tiempo —dijo Betty—. Esa mujer es demasiado.

Al mediodía, cuando habló con Myles, Neeve le contó lo que había pasado.

—Y pensar que estaba por pedirte que hicieras revisar las listas de accidentados —dijo.

—Escucha, si un tren viera a esa mujer en las vías, se haría a un lado —respondió Myles.

Pero, por algún motivo, la irritación de Neeve no duró. En lugar de eso, persistió la sensación molesta de que algo estaba mal en la súbita partida de Ethel. Dicha sensación persistía cuando cerró la tienda a las seis y media, y fue a la fiesta que daba la revista *Women's Wear Daily*, en el hotel «St. Regis». En medio de la resplandeciente multitud de elegantes, se encontró con Tony Mendell, la elegante directora de *Contemporary Woman*, y se apresuró a preguntarle:

—¿Sabes cuánto tiempo estará fuera Ethel?

—Me sorprende no verla aquí —le dijo Tony—. Me dijo que vendría, pero todos sabemos cómo es Ethel.

—¿Cuándo saldrá su artículo acerca del mundo de la moda?

—Lo entregó el jueves por la mañana. Tuve que hacerlo revisar por los abogados, para asegurarnos de que no nos demandarán. Nos hicieron quitar algunas pocas cosas, pero aun así es maravilloso. ¿Te enteraste del gran contrato que firmó con «Givvons y Marks»?

—No.

Un camarero pasó ofreciendo canapés: salmón ahumado y caviar sobre pequeñas tostadas. Neeve cogió uno. Tony negó con la cabeza con gesto triste.

—Ahora que vuelven a estar de moda las cinturas, no puedo permitirme ni una aceituna. —Volvió al tema del que hablaban—. El artículo es sobre los grandes estilos de los últimos cincuenta años, y los diseñadores que estuvieron detrás de ellos. Francamente, el tema ha sido tratado mil veces, pero tú conoces a Ethel. Ella todo lo vuelve apasionante y divertido. De pronto, hace dos semanas, se puso terriblemente misteriosa. Al día siguiente entró como una tromba en la oficina de Jack Campbell, y lo convenció de firmar un contrato con un adelanto millonario, por un libro sobre el tema de la moda. Probablemente se ha encerrado a escribirlo en alguna parte.

—¡Querida, estás divina! —La voz venía de alguna parte a espaldas de Neeve.

La sonrisa de Tony mostró todos y cada uno de sus dientes meticulosamente arreglados.

—Carmen, te dejé docenas de mensajes. ¿Dónde has estado escondiéndote?

Neeve empezó a alejarse, pero Tony la detuvo.

—Escucha, acaba de llegar Jack Campbell. Es aquel tipo alto de traje gris. Quizás él sepa dónde puedes encontrar a Ethel.

Para cuando Neeve logró atravesar el salón, Jack Campbell había sido rodeado. Esperó, escuchando las felicitaciones que recibía él. Por los fragmentos de conversación que oía, se enteró de que a Campbell acababan de nombrarlo presidente de la editorial «Givvons y Marks», que se había comprado un apartamento en la Calle 52 Este, y que seguramente le gustaría vivir en Nueva York.

Le calculó poco menos de cuarenta años; era joven para su puesto. Tenía el cabello castaño oscuro, muy corto. Neeve sospechaba que si lo tuviera más largo, sería rizado. El cuerpo tenía la magra esbeltez de un corredor. El rostro era delgado; los ojos del mismo castaño oscuro que el cabello. La sonrisa parecía auténtica. Le producía pequeñas arrugas al costado de los ojos. Le gustó el modo en que inclinaba la cabeza hacia delante para escuchar a un periodista mayor, y luego se volvía hacia otra persona sin perder la cortesía.

«Un verdadero arte», pensó Neeve, la clase de cosa que los políticos hacían naturalmente, pero no muchos hombres de negocios dominaban.

Era posible quedarse mirándolo sin llamar la atención. ¿Qué había en Jack Campbell que le resultaba conocido? Algo. Ella lo conocía de otra parte. ¿De dónde?

Pasó un camarero, y ella aceptó otra copa de vino. La segunda y última, pero al menos beber la hacía parecer ocupada.

—¿Eres Neeve, no?

En los escasos segundos en que le había dado la espalda, Jack Campbell se había acercado a ella. Se presentó a sí mismo.

—Chicago, hace seis años. Tú volvías de esquiar, y yo estaba en una excursión de compras. Empezamos a hablar cinco minutos antes de que el avión aterrizara. Tú estabas muy entusiasmada porque abrirías un negocio de modas. ¿Cómo te fue?

—Perfecto. —Neeve recordaba vagamente aquella conversación. Había salido de prisa del avión para tomar otro vuelo. Pero habían hablado de… Trabajo. Sí, eso era—. ¿Tú no estabas empezando a trabajar en una editorial?

—Sí.

—Obviamente, te fue bien.

—Jack, aquí hay una gente que querría que conocieras —el editor jefe del *W* le tiraba de la manga.

—No quiero retenerte —le dijo Neeve rápidamente—. Sólo una pregunta. Me han dicho que Ethel Lambston está escribiendo un libro para ti. ¿Sabes dónde puedo encontrarla?

—Tengo el número de su casa. ¿Eso te sirve?

—Gracias, pero lo tengo yo también. —Neeve levantó la mano en un gesto de disculpa—. No debo demorarte.

Se volvió y se hundió en la multitud, súbitamente agotada por el ruido de voces, y consciente de que el día de trabajo la había cansado.

En la acera frente al «St. Regis» se apiñaba la multitud

habitual a la caza de taxis. Neeve se encogió de hombros y fue caminando hasta la Quinta Avenida, y desde allí hacia el norte. Era una noche agradable. Una caminata le aclararía la cabeza. Pero en el Central Park un taxi se desocupó justo frente a ella. Vaciló, después cogió la puerta abierta y entró. De pronto, la idea de caminar otros dos kilómetros en tacones altos, no parecía tan atractiva.

No pudo ver la expresión de disgusto en la cara de Denny. Él la había esperado pacientemente frente al «St. Regis», y la siguió Quinta Avenida arriba. Cuando la vio dirigirse al parque pensó que había llegado su oportunidad.

A las dos de esa mañana, la despertó algo que pasaba en un sueño. Había estado soñando que estaba frente al armario de Ethel, haciendo una lista.

Una lista.

—Espero que se muera de calor, dondequiera que esté.

Eso era. Abrigos. La chaqueta. La capa. El «Burberry». La capa blanca. El abrigo de cuero. Estaban todos.

Ethel había entregado el artículo el jueves. Nadie la había visto el viernes. Los dos días habían sido ventosos y de muchísimo frío. El viernes había nevado. Pero todos los abrigos de invierno de Ethel seguían en su lugar, en el armario...

Nicky Sepetti se estremeció dentro del jersey que su esposa le había tejido el año que lo metieron en la cárcel. Todavía le iba bien de hombros, pero le colgaba muy suelto a la altura del estómago. Había perdido quince kilos en la prisión.

De su casa hasta el paseo marítimo había sólo cien metros. Sacudiendo la cabeza con impaciencia ante los regaños de su esposa («Ponte una bufanda, Nicky, te has olvidado de lo fuerte que es el viento del mar»), abrió la puerta del frente y la cerró tras de sí. Una lengua de aire salobre le cosquilleó la nariz, y él lo respiró con gusto. Cuando era pequeño, en Brooklyn, su madre solía llevarlo en autobús a bañarse a la playa de Rockaway. Treinta años después, él había comprado la casa en Belle Harbor para veranear con Marie y los chicos. Ella se había mudado allí definitivamente, después de que a él lo sentenciaran.

¡Diecisiete años, que había terminado el viernes pasado! La primera vez que respiró el aire fuera de la cárcel, le dolió el pecho. «Cuídese del frío», le habían aconsejado los médicos.

Marie había preparado una gran cena, y había colgado un cartel: «Bienvenido a casa, Nicky.» Tuvo que irse a la cama a mitad de la cena, aturdido y mareado. Habían llamado los chicos, Nick Junior y Tessa: «Papá, te queremos», le dijeron.

No había permitido que lo visitaran en la cárcel. Cuando lo sentenciaron, Tessa iniciaba la Universidad. Ahora tenía treinta y cinco años, dos hijos y vivía en Arizona. Su marido la llamaba Theresa. Nick Junior se había cambiado el apellido paterno por el de Damiano, que era el apellido de soltera de Marie. Nicholas Damiano, un médico que vivía en Connecticut.

—No vengáis ahora —les había advertido Nicky—. Esperad a que desaparezcan los periodistas.

Todo el fin de semana, él y Marie permanecieron en la casa, dos extraños en silencio, mientras las cámaras de televisión esperaban que él saliera.

Pero esta mañana ya se habían ido. Las noticias envejecían pronto. Un ex mafioso enfermo. Nicky sintió cómo el aire salobre le llenaba los pulmones.

Un tipo calvo con uno de esos disparatados chándales corriendo en dirección a él, se detuvo:

—Feliz de verlo, señor Sepetti. Se le ve muy bien.

Nicky frunció el ceño. No quería escuchar nada de eso. *Sabía* cómo estaba. Después de ducharse, media hora antes, se había estudiado cuidadosamente en el espejo de la puerta del baño. La calvicie en la parte superior del cráneo era completa, pero el cabello seguía siendo espeso en la nuca y las sienes. Al entrar a la cárcel tenía el pelo muy negro, con algunos hilos plateados. Ahora lo que quedaba era de un gris pálido o un blanco sucio, a elección. El resto del examen no lo había alegrado más. Los ojos saltones, que siempre le habían disgustado, aun cuando era joven y bastante apuesto, ahora sobresalían de la cara como bolitas. Una vieja cicatriz en la mejilla, acentuada por la palidez de la piel. La pérdida de peso no lo había hecho esbelto. Más bien se lo veía desinflado, como una almohada que hubiera perdido el relleno. Un hombre al borde de los sesenta. Había tenido cuarenta y dos al entrar en la cárcel.

—Sí, muy bien —dijo—. Gracias. —Sabía que ese tipo, que tenía delante y lo miraba con una gran sonrisa nerviosa, vivía a dos o tres casas de la suya, pero no podía recordar el nombre.

Su voz debió de sonar irritada. El corredor pareció incómodo:

—De todas formas. Me alegro de que esté de vuelta. —Su sonrisa ahora parecía forzada—. Hermoso día, ¿no? Frío, pero ya se siente la primavera.

«Si quisiera un informe del tiempo, habría encendido la radio», pensó Nicky, y después alzó la mano en un saludo de despedida:

—Sí, sí —murmuró. Caminó rápidamente hasta llegar al paseo marítimo.

El viento había azotado al mar hasta hacer asomar toda su espuma. Nicky se inclinó sobre la barandilla, recordando cómo cabalgaba las olas cuando era niño. Su madre siempre estaba gritándole. «No vayas tan lejos. Te ahogarás. Ya verás.»

Inquieto, se enderezó y volvió a caminar hacia la Calle 98 Playa. Iría hasta donde pudiera ver la escollera, y regresaría. Los muchachos vendrían a buscarlo. Irían primero al club y después a un almuerzo de celebración en la calle Mulberry. Un gesto de respeto hacia él, pero no se engañaba. Diecisiete años era una ausencia demasiado prolongada. Se habían metido en asuntos que él nunca les habría permitido tocar. Se corría la voz de que estaba enfermo. Completarían lo que habían empezado en estos años, es decir, dejarlo a un lado. Y él debía aceptarlo, sin alternativa.

A Joey lo habían sentenciado junto con él. Con la misma

condena. Pero Joey salió a los seis años. Ahora Joey estaba al mando.

Myles Kearny. A él podía agradecerle esos once años extra.

Nicky inclinó la cabeza para defenderse del viento, tratando de aceptar dos hechos más amargos aún. Sus hijos podían decirle que lo querían, pero la verdad era que se avergonzaban de él. Cuando Marie iba a visitarlos, decía a los amigos de ellos que era viuda.

Tessa. Dios, ella lo adoraba cuando era niña. Quizás había sido un error de su parte no dejar que lo visitara en la cárcel durante todos estos años. Marie iba a verla regularmente. Allí, lo mismo que en Connecticut, Marie se llamaba Sra. Damiano. Nicky quería conocer a los chicos de Tessa, pero el marido de ella decía que era mejor esperar un tiempo.

Marie. Nicky podía percibir el resentimiento de su esposa, por todos los años que había esperado. Era peor que resentimiento. Trató de parecer feliz de verlo en casa, pero sus ojos eran fríos y distantes. Él podía leerle el pensamiento: «Por tu culpa, Nicky, ahora somos unos descastados incluso entre nuestros amigos.» Marie tenía apenas cincuenta y cuatro años, y parecía diez años mayor. Trabajaba en la oficina de personal del hospital. No lo necesitaba, pero cuando tomó el empleo le había dicho a él: «No puedo quedarme todo el día en casa mirando las cuatro paredes.»

Marie. Nick Junior, no, *Nicholas*, Tessa, no, *Theresa*. ¿Lo habrían lamentado de veras si él hubiera muerto de un infarto en la cárcel? Quizá si hubiera salido en seis años, como Joey, no habría sido demasiado tarde. Demasiado tarde para todo. Los años extra que había quedado preso por Myles Kearny… Y seguiría en la cárcel si hubieran podido encontrar alguna excusa para no soltarlo.

Nicky ya había pasado la Calle 98 antes de darse cuenta de que no había visto la gigantesca estructura de la vieja escollera, y se sobresaltó al ver que ya no existía. Se volvió y emprendió el regreso, metiendo las manos heladas en los bolsillos, encogiendo los hombros para contrarrestar el efecto del viento. Tenía gusto a bilis en la boca, manchando el sabor fresco a sal que podía sentir en los labios...

Cuando llegó de vuelta a casa, el coche lo estaba esperando. Louie estaba al volante. Louie, el único al que siempre podría darle la espalda sin miedo a que le disparara a traición. Louie, que nunca olvidaba los favores recibidos.

—Cuando quiera, don Sepetti —dijo Louie—. Me alegro de volver a verlo. Y Louie lo decía en serio.

Nicky vio la sombra de malhumorada resignación en los ojos de Marie, cuando entró en la casa y se cambió de americana. Recordó un cuento que había tenido que escribir en el instituto secundario. Se le había ocurrido un argumento sobre un tipo que desaparecía, y su esposa lo creía muerto y «ella se resignaba, sin inconvenientes, a su nueva vida de viuda». Pues bien, Marie se había resignado, sin inconvenientes, a su vida de viuda, sin él.

Era algo que debía afrontar. No lo quería de vuelta. Sus hijos se habrían sentido aliviados con su desaparición. Les gustaría una linda y clara muerte natural, que no necesitara explicaciones especiales. Si supieran qué cerca estaban de una solución de ese tipo...

—¿Cenarás cuando vuelvas a casa? —le preguntó Marie—. Hoy trabajo en el turno del mediodía a las nueve. ¿Quieres que te deje algo en la nevera?

—Olvídalo.

Hizo en silencio el viaje por la Autopista Fort Hamilton, por el túnel Brooklyn-Battery, a través de Manhattan Sur. En el club, nada había cambiado. La fachada seguía siendo pobre y ruinosa. Dentro, la mesa de juego con las sillas dispuestas para la próxima partida, la gigantesca máquina de preparar café, el teléfono público del que todo el mundo sabía que estaba intervenido por la Policía.

La única diferencia estaba en la actitud de la familia. Oh, sí, se apiñaron a su alrededor, tributándole su respeto, con sonrisas, innumerables sonrisas falsas de bienvenida. Pero él sabía.

Se alegró cuando llegó la hora de ir a la calle Mulberry. Al menos Mario, el dueño del restaurante, pareció contento de verlo. El salón privado estaba listo para ellos. Las pastas y los entrantes eran sus platos favoritos de los años anteriores a la cárcel. Nicky sintió un principio de relajamiento, sintió que algo del viejo poder volvía a fluir por su cuerpo. Esperó a que sirvieran el postre, junto con el rico y espeso café negro, antes de mirar a las caras, uno tras otro, a los diez hombres sentados como dos filas idénticas de soldaditos de plomo. Asintió, reconociendo a los de la derecha, luego a los de la izquierda. Dos de las caras eran nuevas para él. Uno estaba bien. El otro le fue presentado como «Carmen Machado».

Nicky lo estudió con cuidado. Unos treinta años, cabello y cejas espesos muy negros, nariz achatada, muy delgado, pero duro. Hacía tres o cuatro años que estaba con ellos. Alfie lo había presentado; lo había conocido en el negocio de los coches. Por instinto, Nicky no confió en aquel hombre. Le preguntaría después a Joey cuánto sabían realmente sobre él.

Su mirada llegó a Joey. Joey, que había salido en seis años, que había asumido el mando mientras él, Nicky, seguía allá encerrado. El rostro redondo de Joey estaba cubierto de arrugas de lo que pasaba por una sonrisa. Joey parecía el gato que se acababa de comer al canario.

Nicky advirtió que el pecho le ardía. De pronto, la comida le pesaba en el estómago.

—Pues bien, dime —le ordenó a Joey—. ¿Qué has pensado?

Joey seguía sonriendo.

—Con respeto, tengo grandes noticias para ti. Todos sabemos lo que sientes por el hijo de perra Kearny. Espera a oír esto. Hay un contrato lanzado por su hija. *Y no es nuestro*. Steuber la liquidará. Es casi como un regalo para ti.

Nicky dio un salto y golpeó con el puño en la mesa. Aturdido de furia, estuvo durante un momento martillando el duro roble:

—¡Bastardos estúpidos! —gritó—. ¡Estúpidos bastardos malolientes! Deshaced ese contrato. —Vio fugazmente a Carmen Machado, y supo de pronto que estaba mirando la cara de un policía—. Deshacedlo. Os ordeno que lo deshagáis, ¿entendido?

La expresión de Joey pasó del miedo a la preocupación, y de ésta a la piedad:

—Nicky, tienes que saber que eso es imposible. Nadie puede cancelar un contrato. Ya es demasiado tarde.

Quince minutos después, junto a un silencioso Louie al volante, Nicky regresaba a su casa de Belle Harbor. El pecho le quemaba en oleadas de dolor. Las píldoras de nitroglicerina, bajo la lengua, eran inútiles. Cuando mataran a la chica de Kearny, la Policía no descansaría hasta colgarle la culpa a él, y Joey lo sabía bien.

Fatigado, comprendió que había sido un tonto al advertir a Joey acerca de Machado:

—Es imposible que ese tipo haya trabajado en Florida para la familia Palino —le había dicho—. Fuiste demasiado torpe al no hacerlo investigar a fondo, ¿no es verdad? Estúpido bastardo, cada vez que abres la boca le estás mostrando las entrañas a un policía.

El martes por la mañana, Seamus Lambston se despertó tras cuatro horas de sueño plagado de pesadillas. Había cerrado el bar a las dos y media, leyó un rato los periódicos y se metió en silencio en la cama, tratando de no despertar a Ruth.

Cuando las chicas eran jóvenes, habían podido dormir hasta más tarde, ir al bar al mediodía, volver para una cena temprana con la familia, y después quedarse en el bar hasta la hora de cerrar. Pero en los últimos años el negocio había estado cayendo por una pendiente estable, el alquiler se había duplicado y vuelto a duplicar, él había despedido barmans y camareros, y había ido suprimiendo platos hasta quedarse sólo con un menú de sandwiches. Hacía todas las compras él mismo, tenía que ir a abrir a las ocho u ocho y media y, salvo por una breve pausa para cenar en casa, permanecía allí hasta la hora de cerrar. Y aun así, no podía mantener la cabeza fuera del agua.

El rostro de Ethel lo había perseguido en sueños. El modo en que se le ponían protuberantes los ojos cuando se enojaba. La sonrisa sardónica que él había erradicado de su cara.

Al llegar a su apartamento, el jueves por la tarde, le había mostrado una instantánea de sus hijas:

—Ethel —le había rogado—, míralas. Ellas necesitan el dinero que te estoy pagando a ti. Dame una esperanza.

Ella había cogido la foto y la había estudiado con todo cuidado.

—Deberían haber sido mías —dijo cuando se la devolvía.

Ahora el estómago se le retorcía de miedo. Su cheque de pensión debía ser pagado el cinco. Mañana. ¿Se atrevería a hacer el cheque?

Eran las siete y media. Ruth ya estaba levantada. La oyó en la ducha. Se levantó y fue al cuarto que le servía de estudio. Ya estaba iluminado por los rayos del sol naciente que entraban por la ventana. Se sentó al escritorio de tapa corredera que había pertenecido a su familia durante tres generaciones. Ruth lo odiaba. Quería poder remplazar todo aquel viejo mobiliario pesado, por piezas modernas de colores claros.

—En todos estos años, no he comprado ni siquiera una silla —le gustaba recordarle—. Le dejaste a Ethel todos tus muebles buenos cuando te separaste, y yo he tenido que vivir con toda la porquería de tu madre. Los únicos muebles nuevos que tuvimos, fueron las cunas y camas de las chicas, y ni siquiera eso fue lo que yo quería para ellas.

Seamus postergó la agonía de decidir sobre Ethel y su cheque, haciendo otros. El gas y la electricidad, el alquiler, el teléfono. Seis meses atrás habían cancelado su suscripción a la televisión por cable. Así ahorraban veintidós dólares mensuales.

Oyó, en la cocina, el ruido de la cafetera. Pocos minutos después entró Ruth en el estudio, con un vaso de zumo de naranja y una taza de café humeante sobre una bandejita. Estaba sonriendo, y por un instante le recordó a la mujer bonita y callada con la que se había casado, tres meses después del divorcio. Ruth no era afecta a las manifestaciones de cariño, pero cuando depositó la bandeja sobre el escritorio, se inclinó y le besó la cabeza.

—Sólo ahora, al verte haciendo los cheques del mes, puedo creerlo —dijo—. No más cheques para Ethel. Oh, Dios, Seamus, al fin podemos empezar a respirar. Celebrémoslo esta noche. Deja a alguien que te remplace en el bar. Hace meses que no salimos a cenar fuera.

Seamus sintió que se retorcían los músculos de su estómago. El rico olor del café le produjo náuseas.

—Querida, sólo espero que ella no cambie de opinión —balbuceó—. Quiero decir, no tengo nada por escrito. ¿Te parece que debería enviarle su cheque como siempre y dejar que me lo devuelva? Yo pienso que sería lo mejor. Porque así tendríamos algo legal, quiero decir, una prueba de que ella estuvo de acuerdo en que dejara de pagarle.

Se atragantó en ese momento al recibir una súbita bofetada sobre la oreja izquierda. Alzó la vista y tuvo que entrecerrar los ojos ante el gesto asesino que había en el rostro de Ruth. Él había visto ese gesto en otra cara, pocos días atrás.

Pero la expresión de Ruth se disolvió al instante en un intenso rubor, y lágrimas que le inundaron los ojos.

—Seamus, perdón, lo hice automáticamente. —Se le quebró la voz. Se mordió un labio y alzó los hombros—. Pero *no más cheques*. Si quiere retirar su palabra, que lo haga. Yo misma la mataré antes que permitirte pagarle un centavo más.

CAPÍTULO VI

El miércoles por la mañana, Neeve le habló a Myles de su preocupación por Ethel. Con el ceño fruncido, mientras untaba una tostada con queso fundido, le dio voz a las ideas que la habían tenido despierta durante la mitad de la noche:

—Ethel es lo bastante alocada como para huir sin sus ropas nuevas, pero había hecho una cita con su sobrino para el viernes.

—O así lo dice él —interrumpió Myles.

—Exactamente. Sé que el jueves entregó un artículo que había estado escribiendo. El jueves fue un día de frío terrible, y a la noche empezó a nevar. El viernes fue como si estuviésemos en pleno invierno.

—Te estás volviendo una meteoróloga —observó Myles.

—Vamos, Myles. Pienso que algo puede andar mal. Todos los abrigos de Ethel estaban en su armario.

—Neeve, esa mujer vivirá para siempre. Puedo imaginarme a Dios y al Diablo diciéndose uno al otro «Llévatela tú, es tuya», Myles —sonrió, satisfecho de su propia broma.

Neeve no respondió, exasperada porque su padre no tomaba en serio su preocupación, pero de todos modos agradecida por el tono alegre. Habían abierto unos centímetros la ventana de la cocina, dejando entrar la brisa del Hudson, con su pizca salobre que bastaba para camuflar la inevitable contaminación de los miles de coches que pasaban por la avenida del parque Henry Hudson. La nieve se estaba desvaneciendo del mismo modo abrupto en que había venido. La primavera estaba en el aire, y quizás eso era lo que le había levantado el ánimo a Myles. ¿O habría otra cosa?

Neeve se puso de pie, fue a la cocina, cogió la cafetera y volvió a llenar las dos tazas.

—Se te ve muy divertido hoy —comentó—. ¿Eso significa que has dejado de preocuparte por Nicky Sepetti?

—Digamos que hablé con Herb y me convenció de que Nicky no podrá lavarse los dientes sin que uno de sus muchachos le sostenga el cepillo.

—Entiendo. —Neeve sabía que no le convenía seguir con el tema—. Bien, en tanto sirva para que dejes de estar encima de mí. —Miró su reloj de pulsera—. Tengo que irme. —En la puerta, vaciló—. Myles, conozco el guardarropas de Ethel como la palma de mi mano. Se perdió de vista el jueves o el viernes, con temperaturas bajo cero, sin llevarse ni un abrigo. ¿Cómo explicarías eso?

Myles se había puesto a leer el *Times*. Ahora lo bajó, con expresión paciente.

—Juguemos al juego de las suposiciones —sugirió—. Supongamos que Ethel vio un abrigo en el escaparate de alguna otra boutique, y decidió que era justo lo que quería.

El juego de las suposiciones había empezado cuando Neeve tenía cuatro años, en ocasión de habérsele prohibido beber una lata de «Coca-Cola». La había bebido de todos modos, y al alzar la vista, con la nevera todavía abierta, cuando estaba saboreando la última gota del líquido de la lata, vio a Myles que la miraba con severidad.

—Tengo una idea, papi —le había dicho de inmediato—. Juguemos a las suposiciones. Supongamos que esta «Coca-Cola» es zumo de manzana.

De pronto Neeve se sintió tonta:

—Debe de ser por eso que tú eres el policía y yo me dedico a la ropa —dijo.

Pero para cuando terminó de ducharse y vestirse, con una chaqueta de lana color chocolate con mangas ajustadas

77

y puños volcados, y una falda de lana negra hasta media pantorrilla, ya había encontrado la falacia en el razonamiento de Myles. Muchos años atrás, la «Coca-Cola» no había sido zumo de manzana, y en este momento ella podría apostarlo todo a que Ethel no se habría comprado un abrigo sin que ella lo supiera.

El miércoles por la mañana, Douglas Brown se despertó temprano y comenzó a extender su dominio sobre el apartamento de Ethel. Había sido una agradable sorpresa, al volver la noche anterior de su trabajo, encontrarlo resplandeciente de limpieza, y todo lo ordenado que podía esperarse que estuviera, dado el papelerío que conservaba Ethel. Había encontrado algo de comida en el congelador; eligió lasagna, y tomó una cerveza fría mientras aquélla se calentaba. El televisor de Ethel era un aparato moderno, de cuarenta pulgadas, y él había cenado en el salón, mirando una película.

Ahora, desde la suntuosidad de la cama de baldaquín con sábanas de seda, miraba lo que había en el dormitorio. Su maleta seguía bajo la *chaise longue*, y sus trajes estaban sobre el respaldo del mismo mueble. Lamentablemente, no sería correcto empezar a usar ese precioso armario de ella, pero no había motivo para que no pudiera colgar sus cosas en el otro.

El segundo armario era evidentemente un guardatodo para su tía. Logró arrinconar los álbumes de fotos y las pilas de catálogos y de revistas viejas, de modo que dejaran espacio libre para colgar sus trajes.

Mientras se hacía el café, se duchó, admirando la cerámica blanca que cubría las paredes del baño, y feliz de que los innumerables frascos de perfumes y lociones de Ethel estuvieran ahora bien alineados sobre los estantes de espejo, a la derecha de la puerta. Hasta las toallas estaban bien dobladas en el armario. Eso le hizo fruncir el ceño. El dinero. ¿Esa chica sueca que limpiaba habría encontrado el dinero?

La idea lo hizo saltar de la ducha, secarse vigorosamente,

ajustarse la toalla a la cintura y correr al salón. Había dejado un solo billete de cien bajo la alfombra, junto a la mecedora. Seguía allí. O bien esa sueca era honesta, o no lo había encontrado.

«Ethel era una idiota», pensó. Cuando llegaba ese cheque mensual de mil dólares de su ex, lo cobraba en billetes de cien. «Mi dinero loco», le decía a Doug. Era el dinero que usaba cuando lo llevaba a comer a un restaurante caro.

—Ellos comen guisantes, y nosotros caviar —decía—. A veces se acumula. De vez en cuando busco entre los almohadones y le mando lo que ha sobrado a mi contable para que pague ropa. Restaurantes y ropa. En eso ha estado manteniéndome, todos estos años, ese gusano imbécil.

Doug se había reído con ella, y entrechocaron las copas en un brindis por Seamus el gusano. Pero aquella noche se había enterado de que Ethel no llevaba la cuenta del efectivo escondido por la casa, de modo que no echaría de menos un par de cientos de dólares al mes. Y con eso había estado ayudándose durante estos últimos dos años. Un par de veces ella había estado a punto de sospechar, pero no bien empezaba a decirlo, él reaccionaba con la mayor indignación, y ella se echaba atrás.

—Si te tomaras el trabajo de anotar tus gastos, sabrías adónde ha ido a parar ese dinero —le gritaba él.

—Perdona, Doug —se disculpaba Ethel—. Ya me conoces. Se me mete una mosca en el sombrero, y la escupo por la boca.

Doug borró de la memoria la última conversación, cuando ella le había dicho que le hiciera un recado el viernes, y que no esperara propina:

—Seguí tu consejo —le dijo—, y he estado anotando lo que gastaba.

Él se había precipitado en venir, seguro de su capacidad para dulcificarla, sabiendo que si lo despedía, no tendría a nadie a quien poder darle órdenes…

Cuando el café estuvo listo, Doug se sirvió una taza, volvió al dormitorio y se vistió. Al anudarse la corbata, se observó con ojo crítico en el espejo. Tenía buena apariencia. Las cremas faciales que había empezado a comprar con el dinero hurtado a Ethel, le habían aclarado la piel. También había encontrado un barbero decente. Los dos trajes que había comprado recientemente le quedaban como se suponía que debía quedar la ropa. La recepcionista nueva del «Cosmic», lo miraba con buenos ojos. Él le había hecho saber que condescendía a hacer este miserable trabajo de oficina porque estaba escribiendo una pieza teatral. Ella conocía a Ethel de nombre. «Y tú también eres escritor», había murmurado con fascinación. Estaría muy bien traer a Linda aquí. Pero tenía que ser cuidadoso, al menos durante un tiempo...

Por encima de la segunda taza de café, Doug revisó metódicamente los papeles que había en el escritorio de Ethel. Había una carpeta de cartulina marcada «Importante». Al revisar su contenido, su rostro empalideció. ¡Esa vieja urraca Ethel tenía acciones, y en cantidad importante! ¡Tenía propiedades en Florida! ¡Tenía un seguro de vida por un millón de dólares!

Al final de la carpeta había una copia de su testamento. Cuando lo leyó, no podía dar crédito a sus ojos.

Todo. Hasta su último centavo se lo dejaba a él. Y era mucho.

Llegaría tarde al trabajo, pero eso no importaba. Doug acomodó su ropa en el respaldo de la *chaise longue*, hizo la cama con cuidado, quitó el cenicero, plegó una manta, una almohada y sábanas en el sofá del salón para sugerir que había dormido allí, y escribió una nota: «Querida tía Ethel: Supongo que estás en uno de tus viajes imprevistos. Sabía que no te molestaría que durmiese en el sofá hasta disponer de mi nuevo apartamento. Espero que te estés divirtiendo. Tu sobrino que te quiere, Doug.»

«Y así queda establecida la naturaleza de nuestra relación», pensó, saludando a la foto de Ethel colgada en la pared, desde la puerta de entrada al apartamento.

A las tres de la tarde del miércoles, Neeve le dejó un mensaje a Tse-Tse en el contestador automático. Una hora después, Tse-Tse la llamaba:

—Neeve, acabamos de hacer un ensayo general. Creo que la obra es de primera —exultó—. Yo todo lo que hago es pasar la bandeja y decir «Sí» con acento sueco, pero nunca se sabe. Es posible que vaya a verla Joseph Papp.

—Serás una estrella —le dijo Neeve, y era lo que creía en realidad—. No veo el momento de poder jactarme de haberte conocido cuando no eras famosa. Tse-Tse, tengo que volver al apartamento de Ethel. ¿Tienes la llave todavía?

—¿Nadie ha sabido nada de ella? —la voz de Tse-Tse perdió su alegría—. Neeve, algo raro está pasando ahí. Ese sobrino chiflado que tiene. Él está durmiendo en la cama, y fumando en el dormitorio de ella. O bien no espera que Ethel vuelva, o no le importa si ella lo mata de una paliza.

Neeve se puso de pie. De pronto se sentía atrapada detrás del escritorio, y las muestras de vestidos y bolsos y joyas y zapatos sembradas por toda su oficina, parecían algo terriblemente frívolo. Se había cambiado, para probar un vestido de dos piezas de uno de sus nuevos diseñadores. Era en lana gris claro con un cinturón plateado. La falda amplia apenas si le llegaba a las rodillas. Al cuello, un echarpe de seda en tonos de gris, plateado y melocotón. Ya dos clientes habían pedido el conjunto al vérselo puesto a ella en el salón de ventas.

—Tse-Tse —pidió—, ¿sería posible que volvieras al apartamento de Ethel mañana por la mañana? Si está, perfecto. Dile que estabas preocupada por ella. Si está el sobrino, podrías decirle que Ethel te pidió que hicieras algún trabajo extra, por ejemplo limpiar el armario de cocina o algo por el estilo.

—Seguro —accedió Tse-Tse—. Con gusto. Estoy en el off-off-Broadway, no lo olvides. Sin paga, sólo por el prestigio. Pero tengo que decirte que Ethel no está preocupada en lo más mínimo por la limpieza del armario de la cocina.

—Si aparece ella y no quiere pagarte, lo haré yo —dijo Neeve—. Quiero ir contigo. Querría hacerme una idea de los planes que pudo haber hecho antes de desaparecer.

Acordaron reunirse a las ocho y media de la mañana siguiente, en el vestíbulo. A la hora de salir, Neeve cerró por dentro la entrada de la Avenida Madison. Volvió a su oficina a trabajar un rato en papeles. A las siete llamó a la residencia cardenalicia de la Avenida Madison, y pidió hablar con el obispo Devin Stanton.

—Recibí tu mensaje —le dijo él—. Me encantará ir a cenar mañana por la noche, Neeve. ¿Irá Sal? Bien. Los Tres Mosqueteros del Bronx nos estamos viendo poco últimamente. No he visto a Sal desde Navidad. ¿Se ha vuelto a casar, por casualidad?

Antes de despedirse, el obispo le recordó que su plato favorito seguía siendo la pasta al pesto como ella la preparaba:

—La única que podía hacerla mejor era tu madre, que Dios la tenga en Su Gloria —dijo con dulzura.

Devin Stanton no solía referirse a Renata en una conversación telefónica casual. Neeve tuvo la sospecha de que había estado hablando con Myles sobre la liberación de Nicky Sepetti. Él cortó antes de que ella pudiera interrogarlo al respecto. «Te daré tu pesto, Tío Dev», pensó…, pero también te daré una reprimenda. No puedo soportar que Myles siga vigilándome el resto de mi vida.

Antes de salir, llamó a Sal a su apartamento. Como siempre, él estaba burbujeante de buen humor.

—Por supuesto que no me he olvidado de mañana por la noche. ¿Qué prepararás? Yo llevaré el vino. Tu padre cree ser el único que entiende de vinos.

Se despidieron entre risas. Neeve apagó las luces y salió. El voluble clima de abril había vuelto al frío pero, aun así, ella sintió la necesidad imperiosa de dar un largo paseo. Para tranquilizar a Myles, no había salido a correr en casi una semana, y sentía endurecido todo el cuerpo.

Caminó a paso rápido desde Madison hasta la Quinta Avenida, y decidió cortar por el parque en la Calle 79. Siempre trataba de evitar el área detrás del museo, donde había sido encontrado el cadáver de Renata.

La Avenida Madison había estado muy concurrida por coches y peatones. En la Quinta, los taxis, limusinas y automóviles brillantes, pasaban velozmente, pero al lado oeste de la calle, hacia el parque, había poca gente. Neeve se negó a que eso la detuviera.

Entraba al parque cuando se le acercó un coche patrulla:

—Señorita Kearny. —Un sargento sonriente bajaba el cristal de la ventanilla—. ¿Cómo está el jefe?

Reconoció al sargento. En alguna época había sido el chófer de Myles. Se inclinó para charlar con él.

Unos pasos más atrás, Denny se detuvo bruscamente. Llevaba un abrigo largo de un color neutro, con el cuello levantado y una gorra de lana. Tenía el rostro casi oculto. Aun así, sintió los ojos del policía que estaban en el asiento del acompañante, clavados en él. Los policías tenían gran memoria para las caras, y podían reconocer algunas que apenas habían visto de perfil en una foto vieja. Eso, Denny, lo sabía. Siguió caminando, sin mirar a Neeve, sin mirar a los policías, pero aun así sentía ojos que lo seguían. Había un autobús esperando justo frente a él. Se unió a la cola, y logró subir justo antes de que arrancara. Cuando pagaba el billete, sintió la transpiración que le cubría la frente. Un segundo más, y ese policía podría haberlo reconocido.

Se sentó, malhumorado. Este trabajo valía más de lo que le estaban pagando. Cuando Neeve Kearny muriera, cuarenta mil policías de Nueva York se lanzarían a la caza del hombre.

Al entrar en el parque, Neeve se preguntó si era sólo coincidencia que el sargento Collins la hubiera visto. ¿O Myles habrá puesto a cuidarme al mejor ángel guardián de Nueva York?, se preguntó mientras caminaba rápido por el sendero.

Había mucha gente corriendo por el parque, algunos pocos practicando ciclismo, algunos que caminaban simplemente, una cantidad trágica de gente sin casa, durmiendo bajo capas de periódicos o mantas andrajosas. «Podían morir allí y nadie lo notaría», pensó Neeve mientras sus botas de buen cuero italiano se movían sin ruido sobre el camino. No pudo evitar mirar por encima del hombro. En su adolescencia había ido a una biblioteca pública, y había buscado las fotos, en los diarios, del cuerpo de su madre. Ahora apresurando el paso cada vez más tuvo la fantástica sensación de que volvía a ver esas fotos. Pero esta vez era su cara, no la de Renata, la que cubría la primera plana del *Daily News* el titular: ASESINADA.

Kitty Conway se había inscrito en el curso de equitación que daban en el Parque Estatal Morrison, por una única razón: necesitaba ocupar su tiempo. Era una mujer bonita de cincuenta y ocho años, con cabello rubio y ojos grises realzados por los rasgos finos que los enmarcaban. Hubo una época en que esos ojos siempre parecían bailar en medio de una luz feliz. Al cumplir cincuenta años, Kitty le había dicho a Michael:

—¿Cómo es posible que me sienta como si tuviera veintidós?

—Porque *tienes* veintidós.

Michael había muerto tres años antes. Cabalgando con destreza a lomos de una yegua color castaño, Kitty pensó en todas las actividades que había emprendido en esos tres años. Había obtenido una licencia inmobiliaria, y era bastante buena vendedora. Había redecorado la casa en Ridgewood, Nueva Jersey, que habían comprado apenas un año antes de que Michael muriera. Trabajaba como voluntaria en campañas de alfabetización. Un día a la semana hacía trabajos voluntarios en el museo. Había realizado dos viajes al Japón, donde Mike Junior, su único hijo, se hallaba trabajando, y le había encantado ocuparse de su nieta medio japonesa. También había reanudado, sin entusiasmo, sus lecciones de piano. Dos veces al mes llevaba en coche a pacientes disminuidos, a sus citas con médicos, y ahora, su más reciente actividad era la equitación. Pero por mucho que hiciera, por muchos amigos nuevos que tuviera, siempre la perseguía un sentimiento de soledad. Aun ahora, al reunirse a los otros diez o doce estudiantes detrás del instructor, sintió sólo una profunda tristeza al contemplar el aura alrededor de los árboles, el resplandor rojizo que era una promesa de la primavera.

—Oh, Michael —susurró—, ojalá pudiera sentirme mejor. De veras me estoy esforzando.

—¿Cómo va eso, Kitty? —gritó el instructor.

—Perfecto —gritó ella.

—Si quieres que sea realmente perfecto, mantén más cortas las riendas. Demuéstrale que tú eres la que manda. Y los talones bajos.

—De acuerdo.

«Vete al diablo», pensó Kitty. Este instructor es el peor del grupo. Se suponía que yo tendría a Charley, pero, por supuesto, se lo asignaron a esa nueva chica sexy.

El sendero subía por una pendiente pronunciada. Su animal se detenía a comer cada brizna de verde que había en el camino. Uno a uno, los demás integrantes del grupo la pasaron. Ella no quería quedar separada de los otros.

—Vamos, maldita sea —murmuró. Golpeó con los talones contra los flancos de la yegua.

En un movimiento súbito y violento, la yegua echó atrás la cabeza, y retrocedió. Sobresaltada, Kitty tiró de las riendas y el animal tomó por un sendero lateral. Frenética, Kitty trató de recordar las instrucciones. No debía echarse hacia delante. *Siéntate* cuando estés en problemas. Sentía que las piedras sueltas resbalaban bajo los cascos. El trote desigual pasó a ser galope, cuesta abajo, por un terreno accidentado. «Cielo santo», pensó, si el caballo caía la aplastaría. Trató de apoyar sólo la punta de las botas en los estribos, para no quedar colgada si caía.

A su espalda oyó al instructor gritando:

—¡No tires de las riendas! —Sintió que el caballo tropezaba con una roca que había cedido bajo su paso. Empezó a inclinarse como si fuera a caer, pero recuperó el equilibrio. Un trozo de plástico negro voló y rozó la mejilla de Kitty. Miró hacia abajo, y tuvo la fugacísima visión de una mano asomando de un puño azul brillante.

El caballo llegó al final de la pendiente rocosa y comenzó a galopar rumbo al establo. Kitty logró mantenerse encima hasta el último momento, cuando salió volando de la silla al detenerse la yegua abruptamente ante un bebedero. Sintió que todos y cada uno de sus huesos era afectado al golpear contra el suelo, pero fue capaz de ponerse de pie, sacudir brazos y piernas y mover la cabeza a un lado y otro. Nada parecía roto, ni siquiera gravemente golpeado, gracias a Dios.

El instructor llegaba al galope:

—Te dije que tenías que *controlarla*. Tú eres la que manda. ¿Estás bien?

—Nunca estuve mejor —dijo Kitty. Caminó en dirección al coche—. Nos vemos el próximo milenio.

Media hora después, hundida en agua muy caliente, en su bañera Jacuzzi, la cabeza reclinada hacia atrás, empezó a reírse. Decidió que nunca sería un buen jinete. Es el deporte de los reyes. Yo me limitaré a correr como cualquier ser humano sensato. Volvió a vivir mentalmente la experiencia. «Probablemente no había durado más de dos minutos», pensó. Lo peor fue cuando esa bestia maldita resbaló… Le volvió la imagen del plástico que pasaba volando junto a su cara. Y después esa impresión de una mano asomando de una manga azul. Ridículo. Pero lo *había* visto, ¿no?

Cerró los ojos, disfrutando del movimiento circular del agua, y del aroma y el vapor de las sales.

Olvídalo, se dijo.

El frío intenso de la noche hizo que aumentara la calefacción en el edificio. Aun así, Seamus se sentía helado hasta los huesos. Después de dar vueltas en el plato a una hamburguesa y unas patatas fritas, abandonó toda pretensión de comer. Sentía la mirada de Ruth, que lo atravesaba desde el otro lado de la mesa.

—¿Lo hiciste? —le preguntó ella al fin.

—No.

—¿Por qué no?

—Porque quizá sea mejor no hacerlo.

—Te dije que lo pusieras por escrito. Que le agradezcas por comprender que tú necesitas ese dinero y ella no. —La voz de Ruth empezaba a subir de volumen—. Que le digas que en estos veintidós años le has pagado un total de casi un cuarto de millón de dólares, además del gran arreglo inicial, y es ridículo pretender más, de un matrimonio que apenas duró seis años. Felicítala por el contrato que firmó por su nuevo libro y dile que te alegras de que no necesite el dinero, pero que tus hijas sí lo necesitan. Después firma la carta, y échala en su buzón. Conservaremos una copia. Y si ella protesta, no habrá una persona en el mundo que no sepa qué especie de bruja codiciosa es. Me gustaría ver cuántas Universidades iban a darle títulos honorarios si esto se supiera.

—Ethel prospera con las amenazas —susurró Seamus—. Una carta así, sería un arma en sus manos. Haría del pago de la pensión un triunfo del feminismo. Es un error.

Ruth hizo a un lado su plato.

—¡Escríbela!

Tenían una vieja máquina «Xerox» en el estudio. Les llevó tres borradores lograr una copia clara de la carta. Ruth le tendió el abrigo a Seamus:

—Ahora ve y échala en su buzón.

Él prefirió caminar las nueve manzanas. La cabeza baja, las manos en los bolsillos, tocando los dos sobres que llevaba. En uno estaba el cheque. Lo había arrancado del final de la libreta y lo había llenado sin que Ruth lo viera. La carta estaba en el otro sobre. ¿Cuál pondría en el buzón de Ethel? Podía imaginarse, como si la estuviera viendo, la reacción de Ethel ante la carta. Con igual claridad, podía imaginarse lo que haría Ruth si él dejaba el cheque.

Giró en la esquina de la Avenida West End y la Calle 82. Todavía había mucha gente fuera. Jóvenes parejas que hacían compras camino a casa, de regreso del trabajo, con los brazos cargados de paquetes. Gente de mediana edad bien vestida, llamando taxis, rumbo a cenas caras y al teatro. Vagabundos derrumbados contra los umbrales.

Seamus se estremeció al llegar al edificio de Ethel. Los buzones estaban en el vestíbulo dentro de la puerta principal cerrada con llave. Cuando venía todos los meses con el cheque, llamaba al portero, que lo dejaba pasar para echar el sobre en el buzón de Ethel. Pero hoy no fue necesario. Una chica a la que reconoció, del cuarto piso, pasó a su lado y subió hacia la puerta. En un impulso repentino, él la tomó del brazo. Ella se volvió, asustada. Era una chica huesuda, de rostro delgado, rasgos afilados. Debía de tener unos catorce años. «No se parecía a sus hijas», pensó Seamus. De algún recóndito gen, las tres habían recibido rostros bonitos, cálidos, con sonrisas encantadoras. Sintió una profunda nostalgia al sacar del bolsillo uno de los sobres.

—¿Le molestaría si entro al vestíbulo con usted? Tengo que dejar un sobre en el buzón de la señorita Lambston.

La expresión de alarma de la chica se borró:

—Oh, por supuesto. Sé quién es usted. Es el ex de ella. Hoy debe ser cinco. Es el día en que usted viene a pagar el rescate. —La chica rió, mostrando que le faltaban algunos dientes.

Sin palabras, Seamus buscó el sobre en el bolsillo y esperó mientras ella abría con su llave. Una furia asesina volvió a invadirlo. ¡De modo que él era el hazmerreír del edificio!

Los buzones estaban inmediatamente después de la puerta. El de Ethel estaba bastante lleno. Seamus seguía sin saber qué hacer. ¿Dejaría el cheque o la carta? La chica esperaba junto a la puerta interior, mirándolo:

—Llega justo a tiempo —dijo—. Ethel le dijo a mi madre que acudiría al juzgado por un solo día que usted se atrase en el pago.

Sintió pánico. Tendría que ser el cheque. Sacó el sobre del bolsillo y lo echó, empujando por la delgada ranura del buzón.

Cuando llegó a su casa, respondió afirmativamente con la cabeza, a las furiosas preguntas de Ruth. No podría soportar, en este momento, la explosión que tendría lugar cuando confesara que había llevado el cheque. Cuando ella lo dejó solo, Seamus colgó el abrigo y sacó el segundo sobre del bolsillo. Lo miró. Estaba vacío.

Se dejó caer en un sillón, temblando y con un gusto a bilis que le subía por la garganta, la cabeza en las manos. Se las había arreglado para echarlo a perder todo, una vez más. Había puesto el cheque y la carta en el mismo sobre, y ahora ambos estaban en el buzón de Ethel.

Nicky Sepetti pasó la mañana del miércoles en cama. El ardor del pecho era peor que la noche anterior. Marie entraba y salía del cuarto. Le trajo una bandeja con zumo de naranja, café, y pan francés fresco cortado en rebanadas y untado con mermelada. Insistió en que la dejara llamar a un médico.

Al mediodía llegó Louie, poco después de que Marie se fuera a trabajar.

—Con respeto, don Nicky, tiene mal aspecto —le dijo.

Nicky le dijo que se quedara abajo, mirando la televisión. Cuando él estuviera dispuesto a partir hacia Nueva York, se lo diría.

Louie susurró:

—Tenía razón acerca de Machado. Lo liquidaron. —Sonrió y le guiñó un ojo.

Después del mediodía, Nicky se levantó y comenzó a vestirse. Era hora de salir hacia Mulberry Street, y no le convenía que nadie supiera lo mal que se sentía en realidad. Al buscar su chaqueta, sintió que tenía el cuerpo cubierto de sudor: Cogiéndose al poste de la cama se deslizó hasta quedar sentado, se aflojó la corbata y el cuello de la camisa, y se dejó caer de espalda. Durante las horas que siguieron, el dolor del pecho crecía y menguaba como una ola gigantesca. Bajo la lengua, la boca empezó a arderle a causa de las tabletas de nitroglicerina que hacía disolver allí, una tras otra. Pero no conseguían aliviar el dolor, sólo le producían el ya conocido y breve dolor de cabeza al disolverse.

Empezó a ver rostros delante de sí. El rostro de su madre: «Nicky, no te juntes con esa gente. Tú eres un chico bueno. No te metas en problemas, Nicky.» Se probaba a sí mismo para la Mafia. No había trabajo demasiado grande ni demasiado pequeño para él. Pero nunca mujeres. Esa amenaza idiota que había hecho en el tribunal. Tessa. Realmente habría querido ver a Tessa una vez más. Nicky Junior. No, *Nicholas*. *Theresa y Nicholas*. Se alegrarían de que él muriera en la cama, como un caballero.

Desde muy lejos oyó abrirse y cerrarse la puerta del

frente. Marie debía de haber regresado. Después el timbre, un sonido duro y exigente. La voz irritada de Marie:

—No sé si está en casa. ¿Qué quieren?

«Estoy en casa», pensó Nicky. Sí, estoy en casa. La puerta del dormitorio se abrió de un golpe. Con mirada vidriosa, vio la sorpresa en el rostro de Marie, y oyó su grito:

—¡Llamen a un médico!

Otras caras. Policías. No necesitaba verlos en uniforme. Podía olerlos, aun en su agonía. Entonces supo por qué estaban ahí. Ese espía que habían metido en la banda, el que habían matado. ¡Los policías habían ido de inmediato a verlo a él, por supuesto!

—Marie —dijo. La voz fue apenas un susurro.

Ella se inclinó, puso la oreja sobre sus labios, le pasó una mano por la frente.

—¡Nicky!

Estaba llorando.

—Juro..., por la memoria..., de mi madre..., que no..., ordené..., que mataran..., a la esposa de Kearny. —Quería decir, además, que había tratado de cancelar el contrato por la hija de Kearny. Pero todo lo que pudo gritar fue «Mama», antes de un último dolor cegador que lo desgarró, y sus ojos se desenfocaron. La cabeza cayó sobre la almohada, su jadeo agonizante llenó toda la casa, y de pronto cesó.

¿A cuánta gente le habría dicho la bocazas Ethel, que sospechaba que él estaba birlándole el dinero que escondía por todo el apartamento? Fue la pregunta que ocupó la mente de Doug durante toda la mañana del miércoles, que pasó tras su escritorio en el vestíbulo del edificio «Cosmic Oil». Verificaba las citas, escribía nombres en una planilla, les entregaba a los visitantes una tarjeta de identificación de plástico, y la recibía de vuelta cuando se marchaban, todo automáticamente. Linda, la recepcionista del séptimo piso, bajó varias veces para charlar con él. Hoy Doug se mostró un poco frío con ella, cosa que a Linda le resultaba intrigante. ¿Qué pensaría ella si supiera que él heredaría una montaña de dinero? ¿Y de dónde había *sacado* Ethel todo ese dinero?

Había una sola respuesta. Ethel le había dicho que le había sacado el máximo a Seamus, a cambio del divorcio. Además de la pensión vitalicia, había obtenido una buena suma, y probablemente había tenido el buen tino de invertirla. Después, aquel libro que había escrito cinco o seis años atrás, se había vendido bien. Aunque parecía frívola y alocada, Ethel había sido astuta. Fue esta última idea la que hizo estremecer de miedo a Doug. Ella sabía que él le estaba hurtando dinero. *¿A cuánta gente se lo habría dicho?*

Después de luchar con el enigma hasta el mediodía, tomó una decisión. Había algo extra en su cuenta; podía sacar cuatrocientos dólares. Esperó con impaciencia en la cola interminable del Banco, y pidió el dinero en billetes de cien. Los metería en algunos de los escondrijos de Ethel, los que usaba con menos frecuencia. Así, si alguien buscaba, el dinero estaría allí. Algo tranquilizado, almorzó una salchicha en un puesto callejero, y volvió al trabajo.

A las seis y media, cuando Doug giraba en la esquina de Broadway y la Calle 82, vio a Seamus que subía los escalones del edificio de Ethel. Casi soltó la risa. ¡Por supuesto! Era día cinco, y Seamus el gusano estaba allí, puntual, con su cheque de pensión alimenticia. ¡Qué triste espectáculo constituía, con ese viejo abrigo! Con melancolía, Doug comprendió que pasaría un tiempo antes de que él pudiera comprarse ropa nueva. Tendría que ser muy, muy cuidadoso de ahora en adelante.

Había estado recogiendo el correo todos los días, con la llave que Ethel conservaba en una caja en su escritorio. El sobre de Seamus estaba metido en el buzón, todavía asomando un poco. Lo demás era, en su mayoría, propaganda. Las cuentas de Ethel iban directamente a su contable. Echó una mirada a los sobres, y los arrojó sobre el escritorio. Todos salvo el que venía sin franqueo, la contribución de Seamus. No había sido bien cerrado. Había una nota dentro, además del cheque, cuyo contorno se veía perfectamente.

Sería fácil abrirlo y volverlo a cerrar. La mano de Doug se demoró un instante, y luego, cuidando de no desgarrar el papel, abrió el sobre. El cheque cayó. Vaya, le gustaría hacer analizar esa letra por un psicólogo. Si alguna vez la angustia había sido dibujada como un mapa de carreteras, era en los trémulos garabatos trazados por Seamus.

Doug dejó a un lado el cheque, abrió la nota, la leyó, volvió a leerla, y sintió que la boca se le abría a causa de la perplejidad. Qué diablos… Con todo cuidado, volvió a meter la nota y el cheque en el sobre, le pasó la lengua a la franja engomada y apretó con fuerza. En su mente apareció, congelada, la imagen de Seamus con las manos en los bolsillos, cruzando la calle a paso rápido, casi corriendo. Seamus se proponía algo. ¿A qué estaba jugando, al escribirle a Ethel diciéndole que ella había aceptado no recibir más pagos de pensión alimenticia, e incluyendo un cheque al mismo tiempo?

«Es totalmente falso que ella te haya concedido la libertad», pensó Doug. Lo recorrió un estremecimiento. ¿Esa nota estaría dirigida *a él*, no a Ethel?

Cuando Neeve llegó a casa encontró, para su placer, que Myles había hecho toda clase de compras de alimentos.

—Hasta fuiste a «Zabar's» —exclamó, feliz—. Estaba tratando de pensar a qué hora podría escaparme de la tienda, mañana. Ahora puedo empezar a prepararlo todo esta misma noche.

Le había advertido a su padre que hoy haría horas extra en su oficina, después del cierre, y alzó una muda plegaria agradeciendo que él no le preguntara cómo y por dónde había venido.

Myles había asado una pequeña pierna de cordero, había cocido al vapor unos guisantes, y preparado una ensalada de tomates y cebolla. Había puesto la mesa para dos en el estudio, y ya tenía abierta una botella de borgoña. Neeve corrió a ponerse unos pantalones y un jersey, y después, con un suspiro de alivio, se instaló en su silla y cogió su copa de vino.

—Muy amable de tu parte, comisario —dijo.

—Bueno, ya que te has puesto en el trabajo de alimentar a los viejos Mosqueteros del Bronx, mañana por la noche, supuse que hoy me tocaba a mí. —Myles empezó a cortar el asado.

Neeve lo observó en silencio. El tono de piel de su padre era saludable. Los ojos ya no tenían ese aire enfermo y pesado.

—Odio tener que elogiarte, pero tú mismo sabrás que tienes un aspecto espléndido —le dijo.

—Me siento bien. —Myles colocó unas rebanadas perfectamente cortadas en el plato de Neeve—. Espero no haber exagerado con el ajo.

Neeve probó el primer bocado.

—Perfecto. Hay que sentirse bien para cocinar como lo has hecho.

Myles, por su parte, probó el borgoña:

—Buen vino, si lo digo yo.

De pronto sus ojos se nublaron. Una depresión pasajera, según le había dicho el médico a Neeve.

—El ataque al corazón, el abandono de su trabajo, los cambios que esto comporta...

—Y siempre preocupándose por mí —habría agregado Neeve.

—Siempre preocupándose por ti porque no puede perdonarse por no haberse preocupado lo suficiente por tu madre.

—¿Cómo puedo impedirlo?

—En primer lugar, que Nicky Sepetti siga preso. Si eso no es posible, hacia la primavera haz que tu padre empiece a trabajar en algo. En este momento, está destrozado por dentro, Neeve. Estaría perdido sin ti, pero se odia por depender emocionalmente de ti. Es un tipo orgulloso. Y algo más. No lo trates como a un niño.

Eso había sido seis meses atrás. La primavera ya llegaba. Neeve sabía que había hecho un genuino intento de tratar a Myles como en los viejos tiempos. Antes tenían vigorosos debates sobre todo, desde la aceptación de Neeve del préstamo de Sal, a la política en cualquier nivel:

—Eres el primer Kearny, en noventa años, que vota a los republicanos —había explotado Myles.

—No es tan grave como perder la fe.

—Pero se le aproxima.

Y justo ahora, cuando estaban en la buena senda, lo preocupaba la salida de Nicky Sepetti, pensaba Neeve, y esa preocupación podía continuar indefinidamente.

Sacudiendo la cabeza inconscientemente, miró alrededor y decidió, como siempre, que el estudio de su padre era su cuarto favorito en el apartamento. La vieja alfombra oriental era roja y azul, en diversos matices de ambos colores; el sofá de cuero y las sillas eran hermosas e invitantes. Las fotografías cubrían las paredes. Myles recibiendo innumerables placas y honores. Myles con el alcalde, el gobernador, el presidente *republicano*. Las ventanas que daban al Hudson. Las cortinas eran las que había puesto Renata: victorianas, en rojos y azules oscuros, cálidos, brillantes bajo la luz de los apliques de cristal en la pared. Rodeados por los apliques, estaban los retratos de Renata. El primero, tomado por el padre de ella, cuando Renata tenía diez años y era la niña que había salvado a Myles, a quien miraba con adoración, mientras él apoyaba en almohadones la cabeza vendada. Renata con Neeve recién nacida, con Neeve aprendiendo a caminar. Renata, Neeve y Myles bañándose en la playa de Maui. Eso había sido el año antes de la muerte de Renata.

Myles le preguntó por el menú para la noche siguiente:

—No sabía qué habías pensado, así que compré de todo —le dijo.

—Sal me dijo que no quería compartir tu dieta. El obispo quiere pesto.

Myles gruñó:

—Recuerdo cuando Sal pensaba que un sandwich con mayonesa era un plato de gourmet, y cuando la madre de Devin lo mandaba a comprar pasteles de pescado de diez centavos, y una lata de spaghetti «Heinz».

Neeve tomó el café en la cocina, y empezó a organizar la cena. Los libros de cocina de Renata estaban en un estante sobre la mesa. Cogió su favorito, una reliquia familiar con recetas del norte de Italia.

Tras la muerte de Renata, Myles había enviado a Neeve a un profesor privado, para que no perdiera el italiano.

Durante todos los veranos de su adolescencia había pasado un mes en Venecia con sus abuelos, y había hecho un año de Universidad en Perugia. A lo largo de años se había resistido a abrir esos libros de cocina, por no ver las anotaciones en la letra grande y enérgica de Renata:

«Más pimiento. Hornear sólo veinte minutos. Conservar el aceite.» Podía ver a Renata, canturreando mientras cocinaba, permitiéndole a la pequeña Neeve que resolviera o mezclara o midiera, y estallando al ver algún error en las recetas:

—*Cara*, o esto es una errata o el chef estaba borracho. ¿Cómo va a poner tanto aceite en el condimento? Es como beberse el mar Muerto.

A veces Renata había dibujado veloces perfiles de Neeve en los márgenes de las páginas, esbozos que eran encantadoras miniaturas: Neeve vestida de princesa sentada a la mesa, Neeve trabajando sobre una fuente, enorme para ella, Neeve disfrazada de Gibson Girl probando una galleta. Docenas de dibujos, y cada uno de ellos con una carga insoportable de nostalgia. Aún ahora, Neeve no podía permitirse más que una ojeada. Los recuerdos que aquellos trazos evocaban eran demasiado dolorosos. Sintió una súbita humedad en los ojos.

—Yo le decía que debía ir a una escuela de arte —dijo Myles.

Neeve no había advertido que él estaba mirando por encima de su hombro.

—A mamá le gustaba lo que hacía.

—Venderle ropa a mujeres aburridas.

Neeve se mordió la lengua:

—Que es exactamente lo que piensas que yo hago, supongo.

Myles adoptó un aire conciliador:

—Oh, Neeve, perdona. Estoy algo nervioso, lo admito.

—Estás nervioso, pero además, es eso lo que piensas. Ahora sal de mi cocina.

Deliberadamente, empezó a golpear los recipientes contra la mesa cuando los ponía sobre ésta para medir, verter, cortar o mezclar. Debía reconocerlo. Myles era el peor machista del mundo. Si Renata hubiera estudiado arte, y hubiera llegado a ser una mediocre acuarelista, él lo habría considerado un pasatiempo elegante y digno de una dama. Myles, simplemente no podía entender que ayudar a las mujeres a elegir ropa tentadora, podía significar una gran diferencia para esas mujeres en su vida social y profesional.

«Lo he escrito en *Vogue, Town and Country, The New York Times* y Dios sabe en cuántos sitios más», pensó Neeve, pero eso no significa nada para él. Es como si yo estuviera robándole a la gente, por cobrarles mis servicios.

Recordó lo molesto que se había sentido Myles cuando, durante la fiesta de Navidad, había encontrado a Ethel Lambston en la cocina hojeando los libros de cocina de Renata.

—¿Le interesa la cocina? —le había preguntado fríamente.

Por supuesto, Ethel no había notado su irritación.

—En lo más mínimo —le había dicho tranquilamente—. Leo en italiano, y ocurrió que encontré los libros. *Queste desegni sono stupendi.*

Tenía abierto un libro en una de las páginas con dibujos. Myles se lo había quitado de las manos:

—Mi esposa era italiana. Yo no hablo el idioma.

Fue en ese punto en el que Ethel advirtió que Myles era viudo, y se pegó a él durante todo el resto de la velada.

Al fin todo estuvo preparado. Neeve puso los platos en el refrigerador, limpió la cocina y puso la mesa en el comedor. Se tomó el trabajo de ignorar a Myles, que miraba la televisión en su estudio. Cuando estaba terminando de colocar platos y cubiertos en el aparador del comedor, empezaban las noticias de las once.

Myles le tendió una copa de brandy:

—Tu madre golpeaba las ollas y botes cuando estaba enfadada conmigo. —Su sonrisa era infantil. Era su disculpa.

Neeve aceptó el brandy:

—Lástima que no te los haya tirado por la cabeza.

Estaban riendo juntos cuando sonó el teléfono. Myles atendió. Su alegre «Hola» se transformó de inmediato en un bombardeo de preguntas. Neeve vio cómo sus rasgos se endurecían. Cuando colgó, dijo sin entonación:

—Era Herb Schwartz. Habíamos logrado meter un hombre en el círculo íntimo de Nicky Sepetti. Acaban de encontrarlo en un callejón, entre cubos de basura. Está vivo, y es posible que no muera.

Neeve escuchaba, y su boca se secaba. El rostro de Myles estaba tenso, pero ella no lograba interpretar su expresión.

—Se llama Tony Vitale —dijo Myles—. Tiene treinta y un años. Ellos lo conocían como Carmen Machado. Le dispararon cuatro veces. Debería estar muerto, pero de algún modo ha sobrevivido. Había algo que quería que supiéramos.

—¿Qué? —susurró Neeve.

—Herb estaba allí, en la sala de urgencias. Tony le dijo:

»—No hizo contrato, Nicky, Neeve Kearny —Myles se llevó una mano a la cara como si tratara de ocultar su expresión.

Neeve miraba su rostro angustiado:

—¿No habías creído en serio que habría un contrato por mi vida?

—Oh, sí que lo creí. —La voz de Myles subió de volumen—. Sí que lo creí. Y ahora, por primera vez en diecisiete años, podré dormir por las noches. —Puso las manos sobre los hombros de su hija—. Neeve, fueron a interrogar a Nicky. Y llegaron a tiempo para verlo morir. El maldito hijo de perra tuvo un ataque al corazón. Está muerto, ¡Neeve, Nicky Sepetti está muerto!

La abrazó. Ella sentía los furiosos latidos del corazón de su padre.

—Entonces, que esta muerte te libere, papá —rogó.

Inconscientemente, le cogió el rostro con ambas manos, y recordó que era la caricia familiar de Renata. Deliberadamente, imitó el acento de Renata:

—*Caro* Milo, escúchame.

Los dos lograron producir trémulas sonrisas, y Myles dijo:

—Lo intentaré. Te lo prometo.

El detective Anthony Vitale, conocido por la familia Sepetti como Carmen Machado, estaba en la unidad de terapia intensiva del hospital «St. Vincent». Las balas se habían alojado en sus pulmones y habían astillado las costillas que protegían la cavidad torácica, y deshecho los huesos del hombro izquierdo. Milagrosamente, seguía vivo. Una cantidad de tubos invadía su cuerpo, goteando dentro de sus venas antibióticos y suero. Un respirador había tomado a su cargo las funciones de respiración.

En los momentos de conciencia que atravesaba de tanto en tanto, Tony podía percibir los rostros preocupados de sus padres. Soy duro. Trataré de superarlo, quería decirles para tranquilizarlos.

Si pudiera hablar. ¿Había logrado decir algo cuando lo encontraron? Había tratado hablarles del contrato, pero no le había salido como se lo había propuesto.

Nicky Sepetti y su banda no habían hecho un contrato por la vida de Neeve Kearny. Lo había hecho alguien distinto. Tony sabía que le habían disparado el martes por la noche. ¿Cuánto hacía que estaba en el hospital? Oscuramente, recordaba fragmentos de lo que le habían dicho a Nicky acerca del contrato: No se puede cancelar un contrato. El ex jefe de Policía ya debería estar planeando otro funeral.

Tony trató de levantarse. Tenía que advertirles.

—Tranquilo —murmuró una voz suave.

Sintió un pinchazo en el brazo, y pocos instantes después se deslizaba a un sueño mudo y sin imágenes.

CAPÍTULO VII

El jueves, a las ocho de la mañana, Neeve y Tse-Tse estaban en un taxi frente al apartamento de Ethel Lambston. El martes, el sobrino de Ethel había salido hacia su trabajo a las ocho y veinte. Hoy querían estar seguras de no tropezarse con él. El taxista había protestado («No me hago rico cobrando el tiempo de espera»), pero Neeve lo aplacó con la promesa de una propina de diez dólares.

Fue Tse-Tse la que vio primero a Doug, a las ocho y cuarto.

—Mira.

Neeve miró, y lo vio cerrar con llave la puerta del apartamento, mirar en derredor, y salir caminando rumbo a Broadway. La mañana estaba fría, y él llevaba un abrigo con cinturón.

—Es un «Burberry» auténtico —dijo Neeve—. Debe tener un sueldo excelente para un recepcionista.

El apartamento estaba sorprendentemente ordenando. Había sábanas y una manta apiladas bajo una almohada, en el extremo del sofá. La funda de la almohada estaba arrugada. Evidentemente alguien había dormido sobre ella. No había colillas en los ceniceros, pero Neeve estaba segura de detectar un vago aroma de tabaco en el aire.

—Ha estado fumando pero no quiere que lo sorprendan

99

haciéndolo —observó—. Me pregunto por qué.

El dormitorio era un modelo de orden. La cama estaba hecha. La maleta de Doug seguía bajo la *chaise longue*, y sobre el respaldo de ésta, estaban los trajes, chaquetas y pantalones. Su nota a Ethel estaba ajustada en el marco del espejo del tocador:

—¿Quién está engañando a quién? —preguntó Tse-Tse—. ¿Qué le hizo escribir eso y dejar de usar el dormitorio?

Neeve sabía que Tse-Tse tenía un ojo excelente para los detalles:

—Escucha —dijo—. Empecemos por esa nota. ¿Él le ha dejado antes alguna por el estilo?

Tse-Tse tenía puesto su disfraz de doncella sueca. La cofia de encaje se sacudió vigorosamente cuando dijo:

—No.

Neeve fue al armario y abrió la puerta. Percha por percha, examinó el guardarropa de Ethel para ver si se había olvidado de alguno de sus abrigos. Pero estaban todos allí. Al ver la expresión sorprendida de Tse-Tse, le explicó lo que estaba haciendo.

Tse-Tse confirmó sus sospechas:

—Ethel siempre me dice que dejó de ser una compradora impulsiva de ropa, desde que tú te ocupas de su ropero. Es cierto. No hay ningún otro abrigo.

Neeve cerró la puerta del armario.

—No me siento feliz espiando de esta manera, pero tengo que hacerlo. Ethel siempre lleva una agenda en su bolso. Pero sospecho que debe de tener una de escritorio también.

—Sí la tiene —dijo Tse-Tse—. Está en su escritorio.

La agenda estaba junto a una pila de cartas. Neeve la abrió. Era de las agendas que tienen una página entera para cada día del mes, incluido diciembre del año anterior. Pasó las hojas hasta llegar al 31 de marzo. Con su letra grande, Ethel había escrito: «Mandar a Doug a recoger ropa a lo de Neeve.» Había un círculo alrededor del número que indicaba las tres de la tarde. La anotación siguiente era «Doug en el apartamento».

Tse-Tse miró por encima del hombro de Neeve:

—De modo que no mintió en ese punto —dijo. El sol de la mañana había empezado a inundar la habitación. De pronto, se ocultó tras una nube. Tse-Tse se estremeció—. Si he de decirte la verdad, Neeve, este lugar está empezando a asustarme.

Sin responder, Neeve pasó las páginas del mes de abril. Había anotaciones sueltas, cenas, cócteles, almuerzos. Todas las páginas estaban cruzadas con una raya. En la del primero de abril, Ethel había escrito: «Investigación/Escribir libro.»

—Canceló todo. Estaba planeado irse, o al menos encerrarse en alguna parte y escribir —murmuró Neeve.

—¿Entonces es posible que se haya ido un día antes? —sugirió Tse-Tse.

—Es posible. —Neeve empezó a volver las páginas hacia atrás. La última semana de marzo estaba atestada con los nombres de famosos diseñadores: Nina Cochran, Gordon Steuber, Víctor Costa, Ronald Altern, Regina Mavis, Anthony Della Salva, Kara Potter—. No puede haber visto a toda esta gente —dijo Neeve—. Creo que ella llama por teléfono para verificar citas antes justo de entregar un artículo. —Señaló una anotación del jueves 30 de marzo: «Entrega del artículo para *Contemporary Woman.*».

Rápidamente hojeó los primeros tres meses del año, y se fijó en que, junto a la anotación de cada cita, Ethel había garrapateado los costes de taxis y propinas, y recordatorios sobre almuerzos, cenas y encuentros: «Buena entrevista, pero se molesta si se le hace esperar... El nuevo maître de "Le Cygne" se llama Carlos... No usar limusinas "Valet", huelen mal por dentro...»

Las notas eran erráticas, las cifras a menudo estaban tachadas y cambiadas. Además de eso, Ethel tenía el hábito de dibujar al azar mientras pensaba. Había triángulos, corazones, espirales y dibujos de toda clase cubriendo cada centímetro de cada página.

Siguiendo una repentina inspiración, Neeve buscó la página del 22 de diciembre, el día de la fiesta navideña que habían dado ella y Myles. Ethel, obviamente había considerado importante la ocasión. La dirección del edificio «Schwab», y el nombre de Neeve, estaban en grandes letras de imprenta, recuadradas. Toda clase de serpentinas y garabatos acompañaban el comentario escrito por Ethel, a posteriori: «El padre de Neeve, soltero y fascinante.» En uno de los márgenes había una cruda imitación de uno de los dibujos hechos por Renata en los libros de cocina.

—A Myles se le abriría una úlcera si viera esto —comentó Neeve—. Tuve que decirle que él estaba demasiado enfermo todavía, para hacer vida social. Ella quería invitarlo a una cena formal para Año Nuevo. Pensé que Myles se atragantaría.

Volvió las páginas nuevamente hasta la última semana de marzo, y empezó a copiar los nombres que había escrito Ethel.

—Al menos es algo con lo que comenzar —dijo. Retuvo especialmente dos nombres. Tony Mendell, la directora de *Contemporary Woman*. El cóctel no había sido el lugar adecuado para pedirle que revisara su memoria en busca de algún posible comentario que hubiera hecho Ethel, sobre un posible retiro para escribir. El otro nombre fue el de Jack Campbell. Obviamente, el contrato por el libro había sido lo más importante para Ethel. Quizá le había dicho mucho más acerca de sus planes a Campbell, de lo que él había recordado.

Cerró la libreta y la guardó.

—Será mejor que me vaya. —Se anudó la bufanda roja y azul al cuello. Tenía levantadas las solapas del abrigo, y la masa de cabello negro recogida en un moño.

—Estás hermosa —observó Tse-Tse—. Esta mañana, en el ascensor, oí que el tipo del 11 C preguntaba quién eras.

Neeve se puso los guantes:

—Un Don Juan, supongo.

Tse-Tse soltó la risa:

—Está entre los cuarenta y la muerte. En mal estado. Parece un montón de plumas negras en un campo de algodón.

—Es tuyo. Bien, si llegara a aparecer Ethel, o su querido sobrino vuelve temprano del trabajo, ya tienes tu historia.

Haz algún trabajo en los armarios de la cocina, lava los vasos guardados. Haz como si estuvieras muy ocupada, pero mantén los ojos abiertos. —Neeve echó una mirada al correo—. Revisa eso. Quizás Ethel recibiera una carta que le hiciera cambiar los planes repentinamente. Cielo santo, me siento como una entrometida, pero es algo que tenemos que hacer. Las dos sabemos que pasa algo raro, y aún así no podemos seguir entrando y saliendo indefinidamente.

Cuando iba hacia la puerta, miró a su alrededor:

—Has logrado que este apartamento parezca definitivamente habitable —dijo—. En cierto modo, me recuerda a Ethel. Lo único que uno nota en ella es el ruido de superficie, y el rechazo consiguiente. Ethel siempre parece tan alocada que uno olvida que es una dama muy inteligente.

La pared cubierta de fotos de Ethel, estaba ante la puerta. Con la mano en el picaporte, Neeve las estudió cuidadosamente. En la mayoría de las fotos, Ethel parecía haber sido fotografiada en medio de una frase. Siempre tenía la boca entreabierta, los ojos brillantes de energía, los músculos de la cara visiblemente en movimiento.

Una instantánea le llamó la atención. La expresión de Ethel en ella era tranquila, la boca quieta, los ojos tristes. ¿Qué era lo que le había dicho una vez, en confidencia?

—Nací el día de San Valentín. Fácil de recordar, ¿no? ¿Pero sabes los años que hace, que nadie se ha molestado en mandarme una tarjeta o llamarme? He terminado cantándome el «Feliz Cumpleaños» a mí misma.

Neeve había tomado nota mental de enviarle flores e invitarla a comer el último día de San Valentín, pero en esa fecha había estado esquiando en Vail. Lo siento, Ethel. De veras lo siento.

Le pareció que los ojos tristes de la fotografía no le perdonaban ese olvido.

Después de la operación, Myles había adquirido la costumbre de hacer largas caminatas vespertinas. Lo que Neeve no sabía era que, durante los últimos cuatro meses, también había estado viendo a un psiquiatra de la Calle 65 Este.

—Usted sufre de depresión —le había dicho su cardiólogo—. Le pasa a la mayoría de los pacientes después de este tipo de operación. Es parte de la enfermedad. Pero sospecho que su depresión tiene otras raíces. —Y le había alentado a hacer su primera cita con el doctor Adam Felton.

Las consultas tenían lugar los jueves a las dos de la tarde. Myles odiaba la idea de recostarse en un diván, de modo que se sentaba en un cómodo sillón. Adam Felton no era el psiquiatra de caricatura que Myles había esperado. Tenía unos cuarenta y cinco años, el pelo muy corto, anteojos modernos y un cuerpo delgado y nervioso. A la tercera o cuarta visita ya se había ganado la confianza de Myles, que dejó de sentir que estaba desnudando su alma. En lugar de eso, al hablar con Felton se sentía como antes, en su trabajo policíaco, desplegando ante sus hombres todos los aspectos de una investigación en marcha.

Es curioso, pensó ahora mientras miraba a Felton que hacía jugar un lápiz entre los dedos, nunca se me ocurrió confesarme con Dev. Pero aquello no era materia para un confesonario.

—No creía que los psiquiatras tuvieran hábitos nerviosos —observó secamente.

Adam Felton soltó la risa y le dio otro giro al lápiz:

—Tengo todo el derecho a tener hábitos nerviosos, porque estoy dejando el cigarrillo. Se le ve muy contento hoy.

La observación podía haber sido hecha a un conocido, en medio de una fiesta.

Myles le habló acerca de la muerte de Nicky Sepetti; y ante las preguntas de Felton, exclamó:

—Ya hemos hablado de esto más de una vez. Pasé diecisiete años temiendo que le sucediera algo a Neeve al día siguiente de que Sepetti saliera de la cárcel. Le fallé a Renata. ¿Cuántas veces tengo que decírselo, maldito sea? *No tomé en serio la amenaza de Nicky.* Es un asesino de sangre fría. No había pasado tres días en libertad cuando dispararon contra nuestro infiltrado. Probablemente fue Nicky el que lo condenó. Siempre decía que podía oler a un policía.

—¿Y ahora siente que su hija está a salvo?

—*Sé* que está a salvo. Nuestro hombre pudo decirnos que no hay un contrato acerca de ella. Deben de haberlo discutido. Sé que los otros no lo harían. Deben de haber convencido a Nicky de algún modo. Y ahora se sentirán felices de envolverlo en la mortaja.

Adam Felton empezó a hacer girar el lápiz otra vez, vaciló, y lo arrojó al cesto de los papeles:

—Me decía que la muerte de Sepetti lo había liberado de un miedo que lo ha perseguido durante diecisiete años. ¿Qué significa eso para usted? ¿Cómo cambiará su vida?

Cuarenta minutos después, cuando Myles salía de la oficina y reemprendía su caminata, su paso recordaba el que años atrás era típico de él. Sabía que, físicamente, estaba recuperado casi por completo. Ahora que no tenía que preocuparse por Neeve, cogería un trabajo. No le había hablado a Neeve acerca de sus averiguaciones en relación con la posibilidad de dirigir la Agencia Judicial de Estupefacientes en Washington. Eso significaría pasar mucho tiempo allí, alquilar un apartamento. Pero a Neeve le convendría estar más tiempo sola. Dejaría de pasar tantas horas en casa y saldría con gente joven. Antes de que él enfermara, ella pasaba los fines de semana de verano en Hampton, e iba con más frecuencia a esquiar a Vail. Durante el último año, él había tenido que obligarla a irse aunque sólo fuese por unos días. Quería que se casara. Él no viviría eternamente. Ahora, gracias al oportuno ataque al corazón de Nicky, podría irse a Washington sin preocupaciones.

Myles recordaba el terrible dolor de su propio infarto. Había sido como si una apisonadora le pasara por encima del pecho.

—Espero que hayas sufrido tanto o más que yo, amigo —pensó. En ese momento, fue como si pudiera ver el rostro de su madre, mirándolo con severidad. *Deséale el mal a alguien, y ese mal caerá encima tuyo. Lo que va, vuelve.*

Cruzó la Avenida Lexington y pasó frente al restaurante «Bella Vista». El delicioso aroma de la comida italiana lo envolvió, y pensó, con placer anticipado, en la cena que había preparado Neeve para esa noche. Sería bueno volver a reunirse con Dev y Sal. Dios, cuánto tiempo parecía haber pasado desde que eran niños, allá en la Avenida Tenbroeck. El Bronx había sido un gran lugar para vivir, en aquellos días. Apenas siete casas cada cien metros, y bosques espesos de robles y encinas. Ellos habían hecho casas en los árboles. El enorme patio de la casa Sal, sobre la calle Williamsbridge, ahora un distrito industrial. Los terrenos baldíos adonde los tres iban con sus trineos para nieve... Ahora allí se levantaba el «Centro Médico Einstein». Pero todavía quedaban muchas buenas zonas residenciales.

En Park Avenue, Myles pasó frente a un pequeño montículo de nieve que se derretía. Recordó la vez que Sal había perdido el control de su trineo y había caído sobre el brazo de Myles, quebrándoselo por tres sitios. Sal había empezado a llorar:

—Mi padre me matará.

Dev se había echado la culpa. El padre de Dev vino a su casa a disculparse:

—No lo hizo a propósito, pero es un mocoso muy torpe.

Devin Stanton. El reverendísimo señor obispo. Corría el rumor de que el Vaticano había puesto la vista en Dev para la próxima archidiócesis que se inaugurara, y eso podía significar el capelo cardenalicio.

Cuando llegó a la Quinta Avenida, Myles miró a su derecha. Vio la enorme estructura blanca, el «Museo Metropolitano de Arte». Siempre había querido examinar con tiempo el «Templo de Dendur». No reprimió el impulso esta vez, caminó las seis calles que lo separaban del museo y pasó la hora siguiente absorto ante las exquisitas reliquias de una civilización perdida.

Sólo cuando consultó su reloj y decidió que ya era hora de ir a casa y preparar el aperitivo, comprendió que su verdadera intención, al ir al museo, había sido visitar el sitio donde había muerto Renata. Olvídalo, se dijo con orgullo. Pero, al salir, no pudo impedir que sus pasos lo llevaran a la parte trasera del edificio, y al sitio donde había sido hallado el cadáver de su esposa. Era una peregrinación que hacía cada cuatro o cinco meses.

Un resplandor rojizo alrededor de los árboles del Central Park, era la primera promesa del verdor inminente. Había una buena cantidad de gente en el parque. Deportistas corriendo. Niñeras llevando cochecitos de bebé. Madres jóvenes con vigorosos hijos de tres años. Los que vivían en la calle, hombres y mujeres patéticos acostados en bancos. Un flujo sólido de tráfico por las calles adyacentes. Coches tirados por caballos.

Myles se detuvo en el claro donde habían encontrado a Renata. Es raro, pensó, ella está enterrada en el cementerio «Puertas del Cielo», pero para mí es como si su cuerpo siguiera aquí. Se quedó un momento con la cabeza baja, las manos metidas en los bolsillos de la chaqueta de pana. Si hubiera sido en un día como el de hoy, habría habido gente en el parque. Alguien podría haber visto lo que sucedía. Un verso de un poema de Tennyson le cruzó por la mente: *Caro como el recuerdo que te besa tras la muerte… Profundo como el primer amor, y violento de pesar; Oh Muerte en Vida, los días que ya no son*.

Pero hoy, por primera vez en este lugar, Myles sintió algo así como un primer atisbo de mejoría. «No gracias a mí, pero al menos nuestra niña está a salvo, *carissima mia* —susurró—. Y espero que cuando Nicky Sepetti se presente ante el Juez Supremo, tú estés allí para indicarle el camino al infierno.»

Se volvió y caminó con paso rápido a través del parque. Las últimas palabras de Adam Felton le resonaban en los oídos:

—Muy bien, ya no tiene que preocuparse por Nicky Sepetti, nunca más. Usted vivió una tragedia terrible hace diecisiete años. Lo que importa ahora es: ¿está dispuesto, finalmente, a seguir adelante con su vida?

Myles volvió a susurrar a solas la respuesta que le había dado vigorosamente a Adam:

—Sí.

Cuando Neeve llegó a la tienda tras la visita al apartamento de Ethel, la mayoría del personal ya estaba trabajando. Además de Eugenia, su asistenta, tenía empleadas a tres costureras y siete vendedoras.

Eugenia estaba vistiendo a los maniquíes del salón de ventas.

—Me alegra que hayan llegado los conjuntos —le dijo, mientras ajustaba con mano experta la chaqueta de un traje de seda de color canela—. ¿Qué bolso usamos?

Neeve dio un paso atrás.

—Muéstramelos. El más pequeño, me parece. El otro tiene demasiado ámbar para ese vestido.

Al dar por terminada su carrera de modelo, Eugenia se había permitido, con todo placer, pasar de una talla cuatro a una doce. Pero conservaba los movimientos gráciles que la habían hecho una favorita de los grandes diseñadores. Colgó el bolso del brazo del maniquí.

—Tienes razón, como siempre —dijo alegremente—. Será un día de mucho trabajo. Lo siento en los huesos.

—Sigue sintiéndolo —Neeve trató de mostrarse despreocupada, pero no lo consiguió.

—Neeve, ¿qué hay de Ethel Lambston? ¿Sigue sin aparecer.

—Ni rastro de ella. —Neeve miró el local—. Oye, voy a mi oficina a hacer unas llamadas. Salvo que sea absolutamente necesario, no le digas a nadie que estoy. No quiero que hoy me molesten los vendedores.

La primera llamada fue a Tony Mendell, de *Contemporary Woman*. Tony estaba en un seminario para directores de revistas, que le ocuparía todo el día. Probó con Jack Campbell. Estaba en una reunión.

Pidió que le llamara.

—Es bastante urgente —le dijo a la secretaria.

Siguió con la lista de diseñadores cuyos nombres había anotado Ethel en su agenda. Los primero tres con los que habló no habían visto a Ethel la semana anterior. Ella los había llamado sólo para confirmar las citas textuales que les atribuía en el artículo. Elke Pearson, diseñadora de ropa deportiva, resumió la irritación que Neeve había captado en las voces de todos:

—Por qué permití que esa mujer me entrevistara, nunca

lo sabré. Estuvo haciéndome preguntas todo el tiempo, hasta marearme. Prácticamente tuve que echarla, y tengo el presentimiento de que no me gustará su maldito artículo.

El nombre siguiente era Anthony della Salva. Neeve no se preocupó al no poder encontrarlo. Lo vería esa noche en la cena. Gordon Steuber. Ethel le había adelantado que hablaría mal de él en su artículo. ¿Pero cuándo lo había visto por última vez? De mala gana, Neeve marcó el número de la oficina de Steuber, y la comunicaron inmediatamente con él.

Steuber no perdió tiempo en cortesías:

—¿Qué quiere? —le preguntó con voz tensa.

Neeve podía imaginárselo, retrepado en su ornamentado sillón de cuero y bronce. Usó un tono de voz tan frío como el de él:

—Me han pedido que trate de localizar a Ethel Lambston. Es muy urgente.

Siguiendo una intuición irracional, agregó:

—Sé, por la agenda de Ethel, que ustedes se vieron la semana pasada. ¿Le dio alguna indicación de adónde planeaba ir?

Pasaron largos segundos de silencio total. «Está tratando de decidir qué decidirme», pensó Neeve. Cuando Steuber habló, su tono fue neutro y tranquilo:

—Ethel Lambston trató de entrevistarme semanas atrás, para un artículo que estaba escribiendo. No acepté verla. No tengo tiempo para esas tonterías. La semana pasada me llamó, pero no cogí la llamada.

Neeve oyó un clic.

Estaba a punto de llamar al siguiente diseñador de la lista, cuando sonó su teléfono. Era Jack Campbell. Parecía preocupado:

—Mi secretaria me dijo que tu llamada era urgente. ¿Hay algún problema, Neeve?

Ella, de pronto, se sintió ridícula tratando de explicarle, a través del teléfono, que estaba preocupada por Ethel porque no había pasado a buscar su ropa nueva. De modo que le dijo:

—Debes de estar terriblemente ocupado, pero ¿habría

109

alguna posibilidad de que podamos hablar durante media hora, lo antes posible?

—Tengo que almorzar con uno de mis autores —dijo él—. ¿Te parece bien a las tres en mi oficina?

La editorial «Givvons y Marks» ocupaba los seis últimos pisos del edificio de la esquina sudoeste de Park Avenue y la Calle 41. La oficina de Jack Campbell era un inmenso salón de una esquina del piso 47, con una espléndida vista a Manhattan Sur. Su monumental escritorio estaba terminado en laca negra. Los estantes de la pared del fondo estaban atestados de manuscritos. Alrededor de una mesita baja de cristal, había un sofá y unos sillones de cuero negro. A Neeve le sorprendió ver que la habitación estaba desprovista de toques personales.

Fue como si Jack Campbell pudiera leerle el pensamiento:

—Mi apartamento todavía no está terminado, así que estoy alojándome en el «Hampshire House». Todo lo mío está en depósito, y es por eso que esta oficina parece la sala de espera de un dentista.

La americana de su traje estaba colgada del respaldo del sillón del escritorio. Llevaba un jersey en tonos verdes y castaños. Le quedaba bien, decidió Neeve. Colores otoñales. Su rostro era demasiado delgado y los rasgos demasiado irregulares como para que pudiera considerárselo apuesto, pero su vigor silencioso tenía un inmenso atractivo. La sonrisa encendía una alegre calidez en los ojos, y Neeve se sintió feliz de haberse puesto uno de sus conjuntos de primavera, un vestido de lana color turquesa, con chaqueta corta haciendo juego.

—¿Qué tal un café? —ofreció Jack—. Yo no abuso del café, pero de todos modos tomaré un poco.

Neeve recordó que no había almorzado, y la cabeza le dolía vagamente:

—Me vendría muy bien. Cargado, por favor.

Mientras esperaba, comentó la vista.

—¿No te sientes como el rey de Nueva York, por lo menos?

—En el mes que llevo aquí, he tenido que esforzarme para mantener la mente en el trabajo —le dijo—. Me volví un amante de Nueva York a los diez años. Eso fue hace veintiséis años, y llevó todo ese tiempo construir la Gran Manzana.

Cuando llegó el café, se sentaron a la mesita de cristal. Jack Campbell se despatarró en el sofá. Neeve se sentó en el borde de uno de los sillones. Sabía que él tenía que haber cancelado otros compromisos para poder recibirla tan rápido. Aspiró profundamente, y le habló sobre Ethel.

—Mi padre piensa que es una locura —dijo—. Pero tengo el presentimiento de que algo le ha pasado. Lo que quiero saber es si te dio alguna indicación de que podría marcharse a algún sitio, sola. Tengo entendido que el libro que está escribiendo para ti está programado para el otoño.

Jack Campbell la había escuchado con el mismo gesto de atención que ella le había observado en el cóctel.

—No, no es así —dijo.

Neeve abrió los ojos.

—¿Entonces cómo…?

Campbell bebió los últimos sorbos de su taza de café:

—Conocí a Ethel, hace un par de años, en la ABA, cuando ella estaba promocionando su primer libro para «Givvons y Marks», el libro sobre las mujeres en la política. Era muy bueno. Divertido. Chismoso. Se vendió bien. Por eso, cuando quiso verme, me interesé. Me dio un adelanto del artículo que estaba haciendo, y me dijo que podía haber dado con una historia que sacudiría el mundo de la moda. Me preguntó si yo compraría un libro sobre el tema, y qué clase de adelanto podía pagarle.

»Le dije que, por supuesto, tenía que saber algo más sobre el tema pero, basándome en el éxito de su último libro, si éste era tan explosivo como ella decía, lo compraríamos y probablemente podríamos hablar de una cifra superior a los cien mil dólares. La semana pasada leí, en la página seis del *Post*, que había firmado un contrato conmigo por medio millón y que el libro saldría en otoño. Mi teléfono ha estado sonando sin parar. Todas las editoriales del libro de bolsillo quieren una opción. Llamé al agente de Ethel. Ella ni siquiera le había hablado del asunto. He tratado de ponerme en contacto con ella sin éxito. No he confirmado ni desmentido la noticia. Ethel es muy astuta con su publicidad; lo que se publicó es falso, pero si ella escribe el libro, y es bueno, no me quejaré de toda esta promoción adelantada.

—¿Y no sabes qué historia era ésa que sacudiría el mundo de la moda?

—Ni la menor idea.

Neeve suspiró y se puso de pie.

—Ya he abusado bastante de tu tiempo. Supongo que debería sentirme más tranquila. Sería muy del estilo de Ethel entusiasmarse con un proyecto como éste, e ir a encerrarse en una cabaña en algún sitio. Será mejor que empiece a ocuparme de mis propios asuntos. —Le tendió la mano—. Gracias.

Él no le soltó la mano inmediatamente. Su sonrisa era cálida.

—¿Siempre ejecutas retiradas tan veloces? —le preguntó—. Hace seis años saliste del avión como una flecha. La otra noche, cuando me volví, ya habías desaparecido.

Neeve retiró la mano.

—Ocasionalmente disminuyo la velocidad —dijo—, pero ahora será mejor que corra y me ocupe de mis propios asuntos.

Él la acompañó hasta la puerta.

—He oído que «La Casa de Neeve» es una de las tiendas más a la moda en Nueva York. ¿Podría ir a verla?

—Por supuesto. No tendrás que comprar nada.

—Mi madre vive en Nebraska, y usa ropa sensata.

Mientras bajaba en el ascensor, Neeve se preguntó si ése habría sido el modo de Jack Campbell de comunicarle que no había ninguna mujer especial en su vida. Descubrió que estaba canturreando suavemente cuando salió a la tarde ya tibia, de abril, y llamó un taxi.

Al llegar a la tienda encontró un mensaje: llamar inmediatamente a Tse-Tse a su casa. Tse-Tse atendió a la primera llamada.

—Neeve, gracias a Dios que has llamado. Quiero irme de aquí antes de que llegue ese misterioso sobrino. Neeve, pasa algo verdaderamente raro. Ethel tiene la costumbre de meter billetes de cien dólares en escondrijos, por todo el apartamento. Con uno de esos billetes me pagó por adelantado, la última vez. Cuando estuve el martes, vi un billete bajo la alfombra. Esta mañana encontré uno en el armario de la vajilla, y otros tres ocultos en los muebles. *Neeve, esos billetes no estaban el martes.*

Seamus salió del bar a las cuatro y media. Sin ver a los peatones, fue tropezando por las aceras superpobladas, de la Columbus Avenue. Tenía que ir al apartamento de Ethel y no quería que Ruth lo supiera. Desde el momento en que descubrió la noche anterior, que había metido el cheque y la carta en el mismo sobre, se había sentido como un animal atrapado, dando saltos a ciegas, tratando de escapar.

Había una sola esperanza. No había metido bien el sobre en el buzón, que estaba lleno. Podía ver cómo el borde quedaba asomando por la ranura. Quizás estuviese a tiempo de recuperarlo. Era una oportunidad entre un millón. El sentido común le decía que si el cartero había traído más cartas, probablemente había hecho entrar del todo su sobre. Pero la posibilidad le atraía; era el único recurso de acción que le quedaba.

Dobló en la calle de Ethel, y recorrió con la vista la gente visible, con la esperanza de no encontrar a ningún conocido. Al llegar al edificio, su sentimiento de desgracia sin esperanzas se hinchó hasta el punto de la desesperación. Ni siquiera podía intentar el robo sin hacerse notar. La noche anterior, esa chica desagradable le había abierto la puerta. Ahora tendría que llamar al portero, que seguramente no lo dejaría andar metiendo la mano en el buzón de Ethel.

Estaba frente a la puerta. El apartamento de Ethel tenía una entrada independiente a la izquierda. Había una docena de escalones que subían hasta la puerta principal. Cuando estaba ahí, sin saber qué hacer, se abrió la ventana del cuarto piso. Se asomó una mujer. Por encima del hombro de ésta, pudo ver la cara de la chica con la que había hablado el día anterior.

—No ha venido en toda la semana —le dijo una voz estridente—. Y escuche. Estuve a punto de llamar a la Policía el jueves pasado, cuando lo oí gritarle de ese modo.

Seamus dio media vuelta y huyó. Corría, sin ver nada, por la Avenida West End, jadeando sonoramente. No se detuvo hasta hallarse a salvo dentro de su apartamento, con la puerta cerrada con pestillo. Sólo entonces notó cómo le latía el corazón, y el vibrante sonido de su propio esfuerzo por obtener oxígeno. Para completar su espanto, oyó pasos que venían del dormitorio. Ruth ya estaba en casa. Se secó la cara con la mano, y trató de dominarse.

Ruth no pareció notar su agitación. Traía el traje marrón de él, colgado de un brazo:

—Iba a llevarlo a la tintorería —le dijo—. ¿Quieres explicarme, en nombre de Dios, qué hacía este billete de cien dólares en el bolsillo?

Jack Campbell permaneció en la oficina alrededor de dos horas más tras la partida de Neeve. Pero terminó reconociendo que el manuscrito que le había enviado un agente, con una nota entusiasta, simplemente no lograba captar su atención. Después de sinceros esfuerzos por entrar en la trama, terminó haciéndolo a un lado con una irritación rara en él. La ira, en realidad, se dirigía contra sí mismo. No era justo juzgar el trabajo ajeno con la mente ocupada, en un noventa y nueve por ciento, en otra cosa.

Neeve Kearny. Era curioso cómo, seis años antes, había lamentado no haberse atrevido a pedirle el número de teléfono. Incluso había buscado en la guía de Nueva York, unos meses atrás. Había páginas enteras de Kearnys. Ninguno de ellos se llamaba Neeve. En aquella ocasión ella había dicho algo acerca de una tienda de ropa. Había buscado en tiendas de ropa. Nada.

De modo que había abandonado todo el asunto cerca del olvido. Por lo que él sabía, ella vivía con un amigo. Pero, por algún motivo, no había logrado olvidarla. En el cóctel, cuando la vio acercarse, la reconoció de inmediato. Ya no era una chica de veintiún años con ropa de esquiar. Era una joven sofisticada, elegantemente ataviada. Pero ese cabello renegrido, la piel blanca, los enormes ojos castaños, las pecas sobre el puente de la nariz…, todo eso seguía igual.

Y ahora Jack se preguntaba si tendría alguna relación seria. Si no…

A las seis, su asistente asomó la cabeza:

—He acabado —le dijo—. ¿Puedo recordarle que si se queda después de hora, todos los demás tendremos que quedarnos también?

Jack metió en un cajón el manuscrito sin leer, y se puso de pie:

—Ya me iba —dijo—. Una pregunta, Ginny. ¿Qué sabe usted de Neeve Kearny?

Camino de su apartamento alquilado en Central Park Sur, fue mascullando la respuesta. Neeve Kearny tenía una boutique cuyo éxito era la sensación del momento. Ginny compraba su ropa especial allí. Neeve era apreciada y respetada. Neeve había levantado aplausos, pocos meses antes, cuando suspendió sus compras a un diseñador que empleaba ilegalmente menores de edad en sus talleres. Neeve podía ser una luchadora.

También había preguntado por Ethel Lambston. Ginny había levantado los ojos al cielo:

—No me haga empezar.

Jack se quedó en su apartamento sólo el tiempo necesario para decidir que no tenía ganas de prepararse la cena. Lo que quería era comer pasta en «Nicola's», un restaurante italiano en la Calle 84, entre Lexington y la Tercera Avenida.

Fue una buena decisión. Como siempre, había gente haciendo cola, pero tras una copa en el bar, su camarero favorito, Lou, le tocó el hombro:

—Todo listo, señor Campbell.

Jack se relajó al fin, frente a media botella de Valpolicella, una ensalada de escarola, berro y linguine con *frutti di mare*. Con el *espresso* doble, pidió la cuenta.

Al salir del restaurante, se rindió a la evidencia. Todo el tiempo había sabido que caminaría por la Avenida Madison para ver «La Casa de Neeve». Pocos minutos después, cuando una brisa ya fría le hizo recordar que todavía corría abril y que el clima de la incipiente primavera puede ser muy caprichoso, estaba examinando los escaparates elegantemente dispuestos. Le gustó lo que veía. Los vestidos estampados, delicadamente femeninos, con las sombrillas haciendo juego. Las posturas displicentes de los maniquíes, la inclinación casi arrogante de las cabezas. Comprendía que Neeve estaba haciendo una declaración de principios con esta combinación de vigor y suavidad.

Pero un examen cuidadoso del escaparate le recordó las palabras exactas que le había dicho Ethel, y que él había buscado en vano, en la memoria, para repetírselas a Neeve:

—Hay chismes, hay suspense, hay universalidad de la moda —le había dicho Ethel con ese modo apresurado de hablar que tenía—. Sobre eso trata mi artículo. Pero supón que puedo darte mucho más que eso. Una bomba. TNT.

Él tenía una cita y ya llevaba retraso. La había interrumpido:

—Mándame un esbozo.

La insistente negativa de Ethel a ser despedida:

—¿Cuánto vale, para ti, un escándalo que haga temblar la tierra?

Él, casi bromeando:

—Si es lo bastante sensacional, algo de seis cifras.

Jack miraba sin ver los maniquíes, cada cual con su sombrilla estampada. Deslizó la vista al cartel en marfil y azul, con el rótulo «La Casa de Neeve».

Mañana podría llamar a Neeve y repetirle las palabras exactas pronunciadas por Ethel.

Al marcharse por la Avenida Madison, pues seguía necesitando caminar para calmar la inquietud vaga e indefinida que se había apoderado de él, pensó: En realidad estoy buscando una excusa. ¿Por qué no invitarla a salir, directamente?

En ese momento, pudo definir con exactitud la causa de su inquietud. Decididamente no quería enterarse de si Neeve tenía una relación seria con otro hombre.

El jueves era un día atareado para Kitty Conway. Desde las nueve de la mañana hasta el mediodía, llevaba gente mayor a sus citas con los médicos. Por la tarde trabajaba como voluntaria en el pequeño puesto de ventas del Museo Garden State. Ambas actividades le daban la sensación de hacer algo útil.

Muchos años atrás, en la Universidad, había estudiado antropología, con la vaga idea de convertirse en una nueva Margaret Mead. Después, había conocido a Mike. Ahora, ayudando a una jovencita a elegir una réplica de collar egipcio, pensó que quizás en el verano podría matricularse en un curso de antropología.

La idea siguió entusiasmándola más y más. Cuando volvía en coche a su casa, en el crepúsculo de abril, Kitty sintió que se estaba impacientando consigo misma. Ya era hora de seguir adelante con el negocio de vivir. Giró por la Avenida Lincoln, y sonrió al ver su casa en lo alto de la curva, una hermosa mansión colonial blanca con tejas negras.

Una vez dentro atravesó la planta baja encendiendo las luces. Puso en marcha la estufa del estudio. Cuando Michael vivía, él sabía encender excelentes fuegos en la chimenea, apilando con mano experta los leños y alimentando las llamas a intervalos regulares de modo que un delicioso aroma a madera llenaba la habitación. Por más que lo había intentado, Kitty nunca había logrado encender un fuego, por lo que, con las debidas disculpas a la memoria de Michael, había hecho instalar una estufa de gas. Subió al dormitorio principal, que había redecorado en damasco y verde claro, según un diseño copiado de un tapiz del museo. Se quitó el traje de lana de dos piezas, y vaciló ante el deseo de ducharse y ponerse cómoda en pijama y bata. Es una mala costumbre, se dijo. Son apenas las seis.

De modo que se puso un chándal azul, y zapatillas.

—A partir de este momento, vuelvo al *jogging* —se dijo.

Siguió la ruta habitual. Por Grand View hasta la Avenida Lincoln, unos dos kilómetros en línea recta, la vuelta alrededor del garaje de autobuses, y de vuelta a casa. Con un sentimiento del deber cumplido, metió el chándal y la ropa interior en el cesto de la ropa sucia del baño, se duchó, se puso el pijama y se estudió en el espejo. Siempre había sido delgada, y mantenía su silueta razonablemente bien. Las arrugas alrededor de los ojos no eran profundas. El cabello parecía bastante natural; el colorista en la peluquería había dado con un tono que era exactamente el suyo. No está mal, le dijo Kitty a su reflejo, pero por todos los cielos, dentro de dos años tendré *sesenta*.

Era la hora de las noticias de las siete, y obviamente hora de tomar jerez. Cruzó el dormitorio hacia el pasillo, pero recordó que había dejado encendidas las luces del baño. Volvió atrás, y tendió una mano hacia el interruptor. De pronto quedó paralizada. La manga del chándal azul había quedado asomando por debajo de la tapa del cesto de ropa sucia. El miedo, como una hoja fría de acero, le cerró la garganta. Se le secaron los labios. Los pelos de la nuca se le erizaron. Esa manga. Debía haber una mano ahí. Ayer. Cuando el caballo se desbocó. Ese trozo de plástico que le había rozado la cara. La imagen confusa de una tela azul y una mano. No estaba loca. *Había visto una mano.*

Se olvidó de encender el televisor para ver las noticias de las siete. En lugar de eso, se quedó sentada frente a la estufa, bebiendo jerez. Ni el calor ni el jerez sirvieron para ahuyentar el escalofrío que la recorría. ¿Debía llamar a la Policía? ¿Y si estaba equivocada? Quedaría como una tonta.

«*No* estoy equivocada —se dijo—, pero esperaré hasta mañana. Iré al parque y subiré a ese montículo. Estoy segura de que vi una mano, pero su dueño ya no necesita socorro urgente.»

—¿Dices que el sobrino de Ethel está en el apartamento? —le preguntó Myles mientras llenaba el cubo del hielo—. Pues bien, tomó algo de dinero prestado, y lo volvió a poner en su lugar. Ya se sabe que esas cosas ocurren.

Una vez más, la explicación razonable de Myles para las circunstancias que rodeaban la ausencia de Ethel, sus abrigos, y ahora los billetes de cien dólares, hicieron que Neeve se sintiera ligeramente tonta. Se alegraba de no haberle hablado a Myles acerca de su encuentro con Jack

Campbell. Al llegar a casa, se había puesto pantalones de seda azul y una blusa de mangas largas haciendo juego. Había esperado algún comentario ligeramente sarcástico de su padre, pero los ojos de él se habían suavizado al verla en la cocina, y había dicho:

—Tu madre siempre estaba hermosa de azul. A medida que pasan los años, cada vez te pareces más a ella.

Neeve cogió el libro de recetas de Renata. El menú de esta noche sería melón con jamón, pastas al pesto, lenguado relleno con langosta, un revuelto de verduras, ensalada de escarola, queso y pastel. Pasó las páginas hasta llegar a la página con los dibujos. Como siempre, evitó mirarlos con atención. Se concentró en las instrucciones manuscritas que había anotado Renata, acerca del tiempo de horno para el lenguado.

Decidió que todo estaba organizado, y fue a la nevera para sacar un frasco de caviar. Myles la miró mientras untaba con aquél unas tostadas:

—Nunca logré que me gustara eso —dijo—. Muy plebeyo por mi parte, ya sé.

—No eres en absoluto plebeyo. —Neeve terminó de untar una tostada—. Pero te pierdes mucho. —Lo miró. Él se había puesto una americana azul marino, pantalones grises, una camisa celeste y una bonita corbata roja y azul que ella le había regalado en Navidad. «Un tipo apuesto», pensó, y lo mejor, nadie imaginaría al verlo que había estado tan enfermo. Se lo dijo.

Myles cogió una de las tostadas con caviar y se la llevó a la boca.

—Sigue sin gustarme —comentó, y agregó—: Me siento bien, y la inactividad me está poniendo nervioso. He hecho unos tanteos acerca de la dirección de la Agencia Judicial de Estupefacientes en Washington. Eso significaría tener que pasar la mayor parte de mi tiempo allí. ¿Qué te parece?

Neeve abrió la boca, y lo abrazó:

—Es maravilloso. Adelante. Podrás demostrar todo lo que vales, en ese trabajo.

Neeve canturreaba al llevar el caviar y un plato de Brie, al salón. Ahora sólo faltaba que apareciese Ethel Lambston.

Estaba preguntándose cuánto tardaría Jack Campbell en llamarla, cuando sonó el timbre de la puerta. Los dos invitados llegaban juntos.

El obispo Devin Stanton era uno de los pocos prelados que, en su vida privada, seguía sintiéndose más cómodo con una sotana que con una chaqueta deportiva. En su cabello gris quedaban rastros del color cobre original. Tras las gafas de marco plateado, sus bondadosos ojos azules irradiaban simpatía e inteligencia. Su cuerpo alto y delgado daba la impresión del mercurio, cuando se movía. Neeve siempre tenía la incómoda impresión de que Dev podía leerle la mente, y la cómoda sensación de que a él le gustaba lo que leía. Lo besó con calidez.

Como siempre, Anthony della Salva estaba resplandeciente en una de sus propias creaciones: un traje de seda italiana gris pizarra. El corte elegante disimulaba el peso extra que había empezado a acumularse en su cuerpo, desde siempre robusto. Neeve recordaba la observación de Myles, acerca de que Sal le recordaba a un gato bien alimentado. Era una descripción perfecta. Su cabello negro, sin marcas de gris, brillaba haciendo juego con sus mocasines de «Gucci». En Neeve ya se había hecho una segunda naturaleza el calcular el coste de la ropa. Decidió que el traje de Sal se vendería al público a unos mil quinientos dólares.

Como siempre, Sal rebosaba buen humor:

—Dev, Myles, Neeve, mis tres personas favoritas, sin contar a mi novia actual, pero sí contando a mis ex esposas. Dev, ¿te parece que la Madre Iglesia volverá a recibirme en su seno cuando sea viejo?

—Se supone que el hijo pródigo vuelve arrepentido y vistiendo harapos —observó secamente el obispo.

Myles soltó la risa y pasó los brazos por los hombros de sus dos amigos:

—Qué bueno es volver a estar juntos. Me siento como si estuviéramos otra vez en el Bronx. ¿Continuáis tomando vodka «Absolut», o habéis encontrado algo más a la moda?

La velada comenzó de esa forma agradablemente cómoda que era un rito entre ellos. La propuesta de un segundo martini, un encogimiento de hombros y «Por qué no, no nos vemos con tanta frecuencia» del obispo, «Yo paso» de Myles y un distraído «Por supuesto» de Sal. La conversación pasó al tema de la política de actualidad («¿Logrará el alcalde que lo reelijan?»), y de ésta a problemas de la Iglesia («Es imposible educar a un chico en una escuela parroquial por menos de mil seiscientos dólares al año. Cielos, ¿recordáis cuando estábamos en San Francisco Javier y nuestros padres pagaban un dólar al mes? La Parroquia financiaba la escuela con juegos de Bingo»), y de éstos a las lamentaciones de Sal a causa de las importaciones («Seguro, deberíamos preferir las marcas nacionales, pero podemos conseguir la ropa hecha en Corea y Hong Kong, por un tercio del precio. Si cerramos la importación, los precios subirán, si la abrimos, arruinamos nuestra industria»), para terminar en los ácidos comentarios de Myles sobre la delincuencia («Sigo pensando que ignoramos cuánto dinero de la Mafia hay invertido en la Séptima Avenida»).

Inevitablemente, llegaron al tema de la muerte de Nicky Sepetti.

—Fue demasiado fácil para él, morir en la cama —comentó Sal, ya sin la expresión jovial típica de él—. Después de lo que le hizo a tu preciosa.

Neevie vio como los labios de Myles se endurecían. Mucho tiempo atrás Sal había oído a Myles llamar cariñosamente a Renata «mi preciosa», y, para irritación de Myles, había adoptado la denominación. «¿Cómo está la preciosa?», saludaba a Renata. Neeve podía recordar el momento, en el velatorio de Renata, cuando Sal se había arrodillado ante el ataúd, los ojos bañados en lágrimas, para después levantarse, abrazar a Myles y decirle:

—Trata de pensar que tu preciosa duerme.

Myles había respondido:

—No está durmiendo. Está muerta. Y por favor, Sal, no vuelvas a llamarla así nunca más. Era mi nombre para ella.

Hasta ahora nunca lo había hecho. Hubo un momento de silencio incómodo; después Sal bebió lo que quedaba de su martini y se puso de pie:

—En seguida vuelvo —dijo sonriendo, y fue por el pasillo hacia el baño de invitados.

Devin suspiró:

—Será todo un genio con la ropa, pero le falta pulirse un poco.

—Es generoso, y me dio el empujón que yo necesitaba —les recordó Neeve—. Si no fuera por Sal, probablemente yo sería una vendedora en «Bloomingdale». —Vio la cara que puso Myles y le advirtió—: No me digas que eso me convendría más.

—Nunca me pasó por la mente.

Para la cena, Neeve apagó la luz de la araña y encendió velas. El comedor quedó en una suave media luz. Todos los platos fueron juzgados excelentes. Myles y el obispo repitieron de todo. Sal repitió de todo dos veces.

—Olvidémonos de la dieta —dijo—. Ésta es la mejor cocina de Manhattan.

A los postres, la charla volvió inevitablemente a Renata:

—Esta receta es de ella —les dijo Neeve—. Preparada especialmente para vosotros dos. Apenas he comenzado a meterme en sus libros de cocina, y es divertido.

Myles les habló de la posibilidad en presidir la Agencia Judicial de Estupefacientes.

—Es posible que yo te haga compañía en Washington —le dijo Devin con una sonrisa, y después agregó—: Esto es estrictamente confidencial por el momento.

Sal insistió en ayudar a Neeve a levantar la mesa, y se ofreció a preparar el *espresso*. Mientras él se ocupaba en aquello, Neeve sacó del aparador las tacitas de café de porcelana verde y dorada, que habían pertenecido a la familia Rosetti durante generaciones.

Un ruido y un grito de dolor la hicieron correr a la cocina. La jarra con café se había volcado, inundando la mesa y mojando el libro de cocina de Renata. Sal había puesto su mano, muy roja, bajo el chorro de agua fría. Se había puesto muy pálido:

—El asa de esa maldita jarra se desprendió. —Trataba de no sonar preocupado—. Myles, creo que estás tratando de vengarte por haberte roto yo un brazo cuando éramos chicos.

Era evidente que la quemadura era dolorosa.

Neeve buscó las hojas de eucalipto que Myles siempre tenía a mano para aplicar sobre las quemaduras. Secó la mano de Sal y la cubrió con las hojas, para envolverla después en una servilleta limpia. El obispo levantó la jarra y comenzó a secar. Myles se ocupaba del libro de cocina. Neeve vio la expresión en sus ojos al mirar los dibujos de Renata, ahora mojados y manchados.

Sal también lo notó. Apartó la mano de los cuidados de Neeve:

—Myles, perdona, lo siento.

Myles sostuvo el libro encima del fregadero para que goteara el café, luego lo cubrió con una toalla y lo puso cuidadosamente sobre la nevera:

—¿De qué diablos tengo que perdonarte? No fue culpa tuya. Neeve, nunca había visto esa maldita cafetera. ¿De dónde la sacaste?

Neeve empezó a preparar café en la cafetera vieja.

—Fue un regalo —dijo de mala gana—. Te la mandó Ethel Lambston para Navidad, después de venir a la fiesta.

Devin Stanton se mostró desconcertado mientras Myles, Neeve y Sal estallaban en risas.

—Se lo explicaré cuando estemos sentados, Su Gracia —dijo Neeve—. Cielo santo, haga lo que haga, no puedo sacarme de encima a Ethel ni siquiera durante el transcurso de una cena.

Mientras saboreaban el *espresso* y el Sambuca, ella habló de la aparente desaparición de Ethel. El comentario de Myles fue:

—No hay problemas, en tanto *siga* desaparecida.

Tratando de no hacer muecas por el dolor de la mano que rápidamente se llenaba de ampollas, Sal se sirvió un segundo Sambuca y dijo:

—No hay un diseñador de la Séptima Avenida al que no haya perseguido a causa de ese artículo. Para responder a tu pregunta, Neeve, me llamó la semana pasada e insistió en que me pasaran la llamada, aunque yo estaba en medio de una reunión. Tenía un par de preguntas del tipo «¿Es cierto que usted tuvo el récord por hacer novillos en el instituto secundario Cristóbal Colón?»

Neeve lo miraba:

—Debes estar bromeando.

—En absoluto. Supongo que el artículo de Ethel tendrá como objetivo el sacar a la luz toda una serie de detalles biográficos por los que los diseñadores famosos pagamos a nuestros agentes de publicidad para que nunca se sepan. Eso puede ser atractivo para un artículo, ¡pero dime si vale medio millón de dólares en un libro! No lo entiendo.

Neeve estaba a punto de decir que en realidad nadie le había ofrecido ese adelanto a Ethel, pero se mordió la lengua. Obviamente, Jack Campbell no había tenido la intención de difundir el dato, cuando se lo dijo a ella.

—A propósito —agregó Sal—, corre la voz de que tu denuncia sobre los talleres de Steuber está sacando a relucir realmente mucha suciedad oculta. Neeve, mantente lejos de ese tipo.

—¿Qué quieres decir? —preguntó Myles con súbito interés.

Neeve no le había hablado a Myles sobre el rumor de que, por la acción que ella había iniciado, Gordon Steuber corría peligro de ir a la cárcel. Le dirigió una discreta negativa con la cabeza a Sal mientras decía:

—Es un diseñador al que dejé de comprarle por el modo en que hace sus negocios. —Cambió de tema, dirigiéndose a Sal—: Sigo pensando que hay algo de raro en el modo en que desapareció Ethel. Sabes que me compraba toda su ropa, y dejó todos y cada uno de sus abrigos en el armario.

Sal se encogió de hombros:

—Neeve, te diré la verdad, considero a Ethel una mujer con tan poco seso, que es posible que haya salido sin abrigo y ni siquiera lo haya notado. Espera y verás. Probablemente aparecerá con algo que compró en «J.C. Penney's».

Myles soltó la risa. Neeve sacudió la cabeza:

—Eres una gran ayuda.

Antes de levantarse, Devin Stanton hizo una plegaria:

—Te agradecemos, Señor, por la buena amistad, por la comida, por la hermosa joven que la preparó, y te pedimos que bendigas la memoria de Renata, a la que todos quisimos.

—Gracias, Dev. —Myles tocó la mano del obispo. Después soltó la risa—. Y si ella estuviera aquí, te estaría mandando a limpiar la cocina, Sal, porque tú organizaste el lío.

Cuando el obispo y Sal se marcharon, Neeve y Myles lavaron los platos y ollas, en amistoso silencio. Neeve cogió la cafetera nueva.

—Quizás habría que tirar esto, antes de que queme a alguien más —observó.

—No, déjala ahí —le dijo Myles—. Parece cara, y puedo arreglarla algún día de estos, mientras esté mirando *Peligro*.

Peligro. A Neeve le pareció que la palabra quedaba flotando en el aire. Sacudiendo la cabeza con impaciencia, apagó la luz de la cocina y besó a Myles dándole las buenas noches. Miró a su alrededor para asegurarse de que todo estaba en orden. La luz del pasillo entraba débilmente en el estudio, y Neeve frunció el ceño al verla caer sobre las páginas arrugadas y manchadas del libro de cocina de Renata, que Myles había puesto sobre su escritorio.

CAPÍTULO VIII

El viernes por la mañana, Ruth Lambston salió del apartamento mientras Seamus se afeitaba. No se despidió de él. El recuerdo del modo en que el rostro de su marido se había convulsionado cuando ella le mostró el billete de cien dólares, seguía fijo en su mente. En estos últimos años, el cheque mensual de pensión alimenticia había asfixiado cualquier emoción que hubiera sentido por él, aparte del resentimiento. Ahora se añadía una emoción nueva. Estaba asustada. ¿Le tenía miedo a él? ¿Tenía miedo por él? No lo sabía.

Ruth ganaba veintiséis mil dólares anuales como secretaria. Con los impuestos y la Seguridad Social, y los gastos del coche, trabajaba para pagar la pensión de Ethel.

—Me estoy esclavizando por esa aprovechadora —era una frase que solía arrojarle a Seamus.

Por lo general, Seamus trataba de calmarla. Pero anoche su rostro se había transfigurado por la furia. Había levantado los puños, y por un instante ella cerró los ojos, segura de que iba a recibir un golpe. Pero él le había arrancado el billete y lo había rasgado en dos.

—¿Quieres saber de dónde lo saqué? —había gritado—. Me lo dio esa perra. Cuando le pedí que me dejara en paz, me dijo que con gusto me ayudaría. Había estado demasiado ocupada para ir a restaurantes, así que le había sobrado este billete del mes pasado.

—¿Entonces no te dijo que dejaras de mandarle los cheques? —gritó Ruth.

La furia en el rostro de él se había transformado en odio:

—Quizá la convencí de que ningún ser humano puede soportar tanto. Quizás es algo que tú también debes aprender.

La respuesta había dejado a Ruth tan conmocionada, que de sólo recordarla se le cortaba el aliento.

—No te atrevas a amenazarme —le había gritado, y después vio, horrorizada, cómo Seamus estallaba en lágrimas. Sollozando, él le contó cómo había metido el cheque junto con la carta, cómo la chica que vivía en el edificio de Ethel se había burlado de él.

—Todos sus vecinos lo toman a risa.

Ruth había pasado la noche despierta, en una de las camas de las chicas, tan llena de desprecio por Seamus que no podía soportar la idea de estar cerca de él. Al amanecer llegó a la conclusión de que el desprecio estaba dirigido contra ella misma también. «Esa mujer me ha vuelto miserable», pensó. Tiene que terminar.

Ahora caminaba con la boca apretada en una línea dura, y en lugar de bajar a la estación del Metro siguió la Avenida West End. Corría una fría brisa matutina, pero sus zapatos de tacón bajo le permitían caminar rápido y entrar en calor.

Se enfrentaría a Ethel. Debería haberlo hecho años atrás. Había leído bastantes artículos de Ethel como para saber que se postulaba como campeona del feminismo. Pero ahora que había firmado un gran contrato por un libro, estaba en situación vulnerable. A la página seis del *Post* le encantaría imprimir que le estaba extrayendo mil dólares mensuales a un hombre con tres hijas en la Universidad. Ruth se permitió una tenebrosa sonrisa. Si Ethel no renunciaba en el acto a sus derechos a la pensión alimenticia, Ruth tomaría medidas. Primero el *Post*. Después los tribunales.

Había acudido a la oficina de personal de su compañía, a pedir un préstamo de urgencia con el que cubrir el cheque rechazado por la Universidad. El director de personal se había mostrado escandalizado cuando conoció la historia.

—Tengo un amigo que es un buen abogado de divorcios —le había dicho—. Estoy seguro de que cogerá con gusto un caso así. Según lo entiendo yo, no se puede interrumpir una pensión vitalicia acordada, pero dadas las circunstancias, habría que ver qué dicen los jueces. Si hay una injusticia flagrante, podrían pasar cosas.

Ruth había vacilado:

—No quiero avergonzar a las chicas. Significaría admitir que el bar de mi marido apenas cubre gastos. Déjeme pensarlo.

«O renuncia hoy mismo a esa pensión, o voy a ver al abogado», pensó Ruth mientras cruzaba la Calle 73.

Distraída, no vio a una mujer joven que venía hacia ella con un cochecito de bebé, y en el último momento debió hacerse a un lado para no atropellarla; al hacerlo tropezó con un hombre de rostro delgado con una gorra que casi le tapaba el rostro, y un abrigo sucio que olía a vino. Arrugando la nariz con disgusto, apretó el bolso bajo el brazo y siguió adelante. «Las aceras están demasiado concurridas», pensó. Chicos corriendo con libros de escuela, viejos que hacían su salida diaria a comprar el periódico, gente que iba al trabajo y andaba a la caza de un taxi.

Ruth nunca había olvidado la casa que casi habían comprado en Westchester, veinte años atrás. Entonces costaba treinta y cinco mil dólares; ahora el precio debía ser diez veces más alto. Cuando en el Banco se enteraron de la pensión, no aprobaron la hipoteca.

Dobló en la Calle 82, donde vivía Ethel. Echando atrás los hombros, Ruth se ajustó los anteojos sin aros, preparándose inconscientemente, como un boxeador a punto de subir al ring. Seamus le había dicho que Ethel tenía el apartamento de la planta baja, con entrada individual. El nombre sobre el timbre, «E. Lambston», lo confirmó.

Adentro se oía el ruido de una radio encendida. Apretó con firmeza el botón del timbre. No hubo respuesta a la primera ni a la segunda llamada. Pero Ruth no estaba dispuesta a dejarse disuadir. La tercera vez, dejó el dedo sobre el botón.

El timbrazo persistió durante un minuto entero antes de

que la recompensara el clic de la cerradura. La puerta se abrió de par en par. Un hombre joven, despeinado y con la camisa desabotonada, la miraba furioso.

—¿Qué diablos quiere? —preguntó. De inmediato, hizo un visible esfuerzo por calmarse—. ¿Viene por mi tía Ethel?

—Sí, y tengo que verla. —Ruth avanzó, obligando al joven a cerrarle el paso o dejarla entrar. Se hizo a un lado, y ella penetró en el salón. Echó una rápida mirada alrededor. Seamus siempre hablaba de lo desordenada que era Ethel, pero el cuarto se veía inmaculado. Demasiados papeles a la vista, pero todos bien amontonados. Excelentes muebles antiguos. Seamus le había contado sobre los muebles que le había comprado a Ethel. «Y yo vivo con esas porquerías horrorosas», pensó.

—Soy Douglas Brown. —Doug sentía una aprensión creciente. Había algo en esta mujer, algo en el modo en que estaba examinando el apartamento, que lo ponía nervioso—. Soy sobrino de Ethel —dijo—. ¿Usted tenía una cita con ella?

—No. Pero insisto en verla inmediatamente. —Ruth se presentó—: Soy la esposa de Seamus Lambston, y vengo a recoger el cheque que mi marido le dio a su tía. A partir de ahora no se pagará más pensión.

Había un montón de cartas en el escritorio. Ruth detectó de inmediato el sobre con bordes amarillos, de un juego de papelería que las chicas le habían regalado a Seamus para su cumpleaños.

—Tomaré éste —dijo.

Antes de que Doug pudiera detenerla, el sobre estaba en sus manos. Lo abrió rasgándole un costado, y sacó el contenido. Separó el cheque, y metió la carta en el sobre.

Bajo la mirada atónita de Doug Brown, demasiado sorprendido para intervenir, Ruth abrió su bolso y sacó las mitades del billete de cien dólares que había roto Seamus.

—Ella no está en casa, ¿verdad? —dijo.

—Su audacia es increíble —respondió Doug—. Podría hacerla arrestar por esto.

—Yo no lo intentaría —le dijo Ruth—. Aquí tiene. —Le arrojó las mitades del billete roto—. Dígale a esa parásita que lo remiende y pague su última cena elegante a costa de mi marido. Dígale que no recibirá un solo centavo más de nosotros. y que si lo intenta lo lamentará durante el resto de su vida.

Ruth no le dio a Doug oportunidad de responder. Fue hacia la pared donde estaban colgadas las fotografías de Ethel, y las miró.

—Se presenta como una luchadora en toda clase de causas vagas e indefinidas, y acepta premios aquí y allá, pero a la única persona que la trató como a una mujer, como a un ser humano, le está matando a disgustos. —Se volvió para encararse con el joven—. Creo que es una mujer despreciable. Sé lo que piensa de usted. Usted come en restaurantes finos la comida que le pagamos mi marido, yo y nuestras hijas, y no satisfecho con eso, encima le roba a esa mujer. Ethel le habló a mi marido sobre usted. Sólo puedo decir que ustedes dos se merecen el uno al otro.

Ya se había ido. Con los labios del color de la ceniza, Doug se dejó caer en el sofá. ¿A quién más le había hablado la bocazas de Ethel sobre el hábito de él de extraer billetes provenientes de la pensión alimenticia?

Cuando Ruth salió a la acera, la detuvo una mujer que esperaba en la entrada del edificio. Aparentaba unos cuarenta y cinco años. Ruth observó que su cabello rubio estaba elegantemente despeinado, a la moda, que su jersey y sus pantalones ajustados eran de marcas buenas, y que su expresión sólo podía describirse como de una curiosidad sin límites.

—Perdone si la molesto —dijo la mujer—, pero soy Georgette Wells, vecina de Ethel, y estoy preocupada por ella.

Una jovencita delgada salió por la puerta del edificio y se detuvo al lado de la Wells. Sus ojos chispeantes se clavaron en Ruth y captaron el hecho de que ésta estuviera ante la puerta del apartamento de Ethel:

—¿Es amiga de la señorita Lambston? —preguntó.

Ruth estaba segura de que era la misma chica que había

130

interpelado a Seamus. Un intenso disgusto se combinó con un miedo frío y profundo hasta endurecerle los músculos del estómago. ¿Por qué estaba preocupada por Ethel esta mujer? Pensó en la furia asesina que había visto en la cara de Seamus cuando le contó el modo en que Ethel le había metido el billete de cien dólares en el bolsillo. Pensó en el apartamento muy ordenado del que acababa de salir. ¿Cuantas veces le había dicho Seamus, que todo lo que tenía que hacer Ethel era pasar por un cuarto para que pareciera como si lo hubiera devastado una bomba atómica? Ethel *no* había estado en su apartamento últimamente.

—Sí —dijo Ruth, tratando de sonar tranquila—. Me sorprende que Ethel no esté, ¿pero qué razón hay para preocuparse?

—Dana, vete a la escuela —ordenó su madre—. Llegarás tarde otra vez.

—Quiero escuchar —dijo Dana frunciendo la boca.

—Está bien, está bien —dijo la Wells con impaciencia, y se volvió hacia Ruth—. Está pasando algo extaño. La semana pasada, el ex de Ethel vino a verla. Por lo general él viene solamente el día cinco de cada mes, cuando no ha mandado la pensión por correo. Así que cuando lo vi por aquí el jueves por la tarde, pensé que pasaba algo raro. Quiero decir, era apenas el treinta, ¿por qué iba a pagarle tan pronto? Bueno, le diré que hubo una batalla campal. Pude oír cómo se gritaban, como si yo hubiera estado en la misma habitación.

Ruth se las arregló para mantener la voz firme:

—¿Qué se decían?

—Bueno, quiero decir que pude oír los gritos. No lo que se decían. Empecé a bajar por la escalera, por si Ethel pudiera verse en problemas…

«No, lo hiciste para oír mejor», pensó Ruth.

—…pero en ese momento sonó mi teléfono y era mi madre llamándome desde Cleveland para hablarme del divorcio de mi hermana, y pasó una hora antes de que se detuviera a respirar. Para entonces la pelea había terminado. Llamé a Ethel por teléfono. Ella es realmente cómica tratándose de su ex. Lo imita de un modo graciosísimo, sabe. Pero no contestaba, así que supuse que se había ido.

Ya sabe la clase de persona que es Ethel, siempre corriendo de un lado a otro. Pero siempre me avisa cuando estará ausente más de un par de días, y esta vez no dijo una palabra. Ahora su sobrino se ha instalado en su apartamento, y eso es raro también.

Georgette Wells se cruzó de brazos:

—Hace algo de frío, ¿no? Qué tiempo loco. Supongo que es por todo ese fijador de pelo en aerosol que hay en el ozono. Sea como sea —continuó mientras Ruth las miraba a ella y a Dana, pendiente de cada palabra—, tengo un *presentimiento muy raro* de que algo le ha pasado a Ethel, y de que ese gusano de su ex marido tiene algo que ver.

—Mamá, no te olvides —intervino Dana— que volvió el miércoles, y parecía asustado por algo.

—Ya llegaba a eso. Tú lo viste el miércoles. El miércoles era cinco, así que probablemente venía a traer el cheque. Después, lo vi yo misma, ayer. ¿A qué volvió, puede saberse? Pero nadie ha visto a Ethel. Lo que yo pienso es que él pudo hacerle algo a Ethel, y dejó una pista que lo estaba preocupando. —Georgette Wells sonrió, triunfante, al contemplar su historia—. Como amiga de Ethel —le pidió a Ruth—, ayúdeme a decidir. ¿Debo llamar a la Policía y decirles que creo que han asesinado a mi vecina?

El viernes por la mañana, llamaron a Kitty Conway desde el hospital. Uno de los chóferes voluntarios estaba enfermo. ¿Podría hacerse cargo ella?

Sólo a media tarde pudo volver a su casa, cambiar su ropa de calle por un equipo de *jogging* y zapatillas, e ir en coche rumbo al Parque Estatal Morrison. Las sombras empezaban a alargarse, y en el camino se preguntó si no le convendría esperar hasta el día siguiente; pero siguió conduciendo resueltamente hasta llegar al parque. El sol que había brillado en los últimos días, había secado la superficie asfaltada del aparcamiento y los caminos que partían de él, pero las sendas que cruzaban el terreno arbolado seguían húmedas.

Kitty fue caminando hasta el establo, tratando de seguir

la ruta por la que se había desbocado su caballo cuarenta y ocho horas antes. Pero, para su desdicha, advirtió que todos los caminos se le confundían.

—Absolutamente ningún sentido de la orientación —murmuró cuando una rama le azotó el rostro. Recordaba cómo Mike se tomaba el trabajo de dibujarle mapas de calles y rutas cuando estaban en una zona desconocida.

Al cabo de cuarenta minutos perdidos, tenía las zapatillas embarradas y húmedas, le dolían las piernas y no había logrado nada. Se detuvo a descansar en un claro que conocía, pues ahí se reunían los alumnos de la clase de equitación. No había otros corredores a la vista, ni ruido de jinetes en los caminos. El sol ya casi se había puesto. «Debo de estar loca —pensó—. No es lugar para andar sola. Volveré mañana.

Se puso de pie y comenzó a regresar. Espera un minuto, se dijo, fue aquí mismo. Tomamos el atajo de la derecha y subimos por esa pendiente. Por allí fue donde esa maldita yegua decidió despegar.

Sabía que tenía razón. Una sensación expectante combinada con un miedo creciente que le hacía latir el corazón con furia. Durante la noche sin sueño, su mente había sido un péndulo fuera de control. *Había* visto una mano... *Debía* llamar a la Policía... Ridículo. Era sólo su imaginación. Quedaría como una tonta. Debía hacer una llamada anónima y no inmiscuirse. No. Supón que el cadáver existe, y la Policía logra localizar la llamada. Al fin había vuelto al plan original. Ir personalmente a investigar.

Le llevó veinte minutos cubrir el camino que los caballos habían hecho en cinco.

—Aquí es donde esa bestia estúpida empezó a detenerse a comer esas hierbas —recordó—. Tiré de las riendas y se volvió y bajó directamente por aquí.

«Aquí» era una abrupta pendiente rocosa. En la creciente oscuridad, Kitty empezó a bajar por ella. Las rocas se movían bajo sus zapatillas, en una ocasión perdió el equilibrio y cayó, raspándose una mano. «Justo lo que necesitaba», pensó. Aun cuando hacía mucho frío, tenía gotas de sudor en la frente. Se las secó con una mano ahora sucia por

133

la tierra suelta entre las rocas. No había ninguna manga azul a la vista.

A mitad de la pendiente había una roca grande, sobre la que se sentó a recobrar el aliento. Fue todo una fantasía mía, decidió. Por suerte no había hecho el ridículo llamando a la Policía. No bien pudiera seguir, iría a su coche y volvería a su casa a darse una ducha caliente.

—Nunca entenderé por qué la gente encuentra divertidos los paseos por los bosques —dijo en voz alta. Cuando su respiración fue normal otra vez, se secó las manos en el jersey verde claro. Se cogió al borde de la roca para ponerse de pie. Y sintió algo.

Miró. Trató de gritar, pero no salió ningún sonido, sólo un gemido bajo e incrédulo. Sus dedos estaban tocando otros dedos, manicurados, con las uñas pintadas de rojo oscuro, aprisionados por la roca que se había deslizado de su sitio, enmarcada en el puño azul que había quedado en su subconsciente, y un trozo de plástico negro, como una cinta de luto enrollada en la delgada muñeca inerte.

Denny Adler, con el disfraz de vagabundo borracho se instaló, a las siete de la mañana del viernes, contra la pared de un edificio justo enfrente del «Schwab». Era un día frío y ventoso, y comprendió que todas las posibilidades estaban en contra de que Neeve Kearny fuera caminando al trabajo. Pero mucho tiempo atrás, cuando había perseguido a alguien, había aprendido a ser paciente. El Gran Charley había dicho que la Kearny, por lo general, salía hacia la tienda bastante temprano, entre las siete y media y las ocho.

Alrededor de las ocho menos cuarto empezó el éxodo. Los autocares de los colegios privados elegantes, recogían a los chicos. «Yo también fui a un colegio privado», pensó Denny. El reformatorio de «Brownsville», en Nueva Jersey.

Empezaron a asomar los yuppies. Todos con idénticos impermeables..., no, «Burberrys», se corrigió Denny. Después los ejecutivos de cabello gris, hombres y mujeres. Todos delgados y con aire próspero. Desde su posición podía observarlos perfectamente.

A las nueve menos veinte, Denny comprendió que no era su día. El único riesgo que no podía correr era que su patrón se pusiera furioso con él por llegar tarde. Estaba seguro de que, con sus antecedentes, cuando el trabajo estuviera hecho, él sería uno de los detenidos para interrogar. Pero sabía que hasta el oficial a cargo de su custodia atestiguaría en su favor: «Uno de mis mejores hombres —diría Toohey—. Ni siquiera llega tarde al trabajo. Está limpio.»

De mala gana, Denny se puso de pie, se frotó las manos y miró al suelo. Llevaba un abrigo suelto muy sucio, que olía a vino barato, una gorra demasiado grande, con orejeras que prácticamente le cubrían la cara, y zapatillas agujereadas. Lo que no se veía era que, debajo de este disfraz, estaba bien vestido para ir al trabajo, con una cazadora de algodón y unos tejanos. Llevaba una bolsa de compras. Dentro estaban sus zapatillas normales, una toalla húmeda y otra seca. En el bolsillo derecho del abrigo llevaba una navaja de resorte.

Su plan era ir hasta la estación de Metro en la Calle 72 y Broadway, llegar hasta el fondo del andén, meter el abrigo y la gorra en la bolsa, cambiarse unas zapatillas por otras y lavarse la cara y las manos.

¡Si la Kearny no hubiera tomado ese taxi anoche! Podría haber jurado que se disponía a ir caminando hasta su casa. Habría tenido la mejor oportunidad de alcanzarla en el parque…

La paciencia nacía de la certidumbre absoluta de que lograría el objetivo, si no esta mañana, quizás esta noche, si no hoy quizá mañana. Tuvo la precaución de caminar con pasos desiguales, balanceando la bolsa como si hubiera olvidado qué llevaba en ella. Las pocas personas que se molestaron en mirarlo, se hicieron a un lado con expresiones que iban desde el arco hasta la compasión.

Al cruzar la Calle 72 y West End, chocó con una vieja que caminaba con la cabeza baja, un brazo doblado sobre el bolso, la boca pequeña y maligna. Habría sido divertido darle un empujón y arrebatarle el bolso, pensó Denny, pero desechó la idea. Siguió caminando de prisa, dobló por la Calle 72 y se dirigió hacia la estación del Metro.

Pocos minutos después emergía, manos y cara limpios, el cabello bien peinado, la cazadora de algodón bien cerrada hasta el cuello, y la bolsa de compras con el abrigo, la gorra, las toallas, todo atado prolijamente.

A las diez y media estaba entregando café en la oficina de Neeve.

—Hola, Denny —le dijo ella al verlo—. Esta mañana me dormí, y ahora no puedo ponerme en marcha. Y no me importa lo que digan todos por aquí, tu café es mil veces mejor que el que hace nuestra cafetera automática.

—Todos tenemos derecho a dormir de más alguna mañana, señorita Kearny —dijo Denny mientras sacaba de la bolsa el vaso cerrado con café, y se lo dejaba solícitamente sobre el escritorio.

El viernes por la mañana, al despertarse, Neeve se sobresaltó al ver que eran las nueve menos cuarto. Cielo santo, pensó mientras hacía a un lado las sábanas y saltaba de la cama, no hay nada como quedarse hasta la medianoche con los chicos del Bronx. Se puso la bata y fue de prisa a la cocina. Myles tenía el café a punto, el zumo de naranja ya servido y las tostadas preparadas para ser untadas.

—Debiste llamarme, comisario —lo acusó.

—La industria de la moda sobrevivirá media hora sin ti. —Estaba profundamente concentrado en el *Daily News*.

Neeve se inclinó por encima del hombro de él:

—¿Algo interesante?

—Una historia de primera plana, sobre la vida y milagros de Nicky Sepetti. Lo enterrarán mañana: misa en St. Camilla, entierro en el Calvary.

—¿Qué esperabas, que patearan el cadáver hasta que se perdiera a lo lejos?

—No. Esperaba que lo quemaran, para tener el placer de meter el ataúd en el horno.

—Oh, Myles, vamos. —Neeve trató de cambiar de tema—. Fue divertido anoche, ¿eh?

—Fue divertido. Me pregunto cómo estará la mano de Sal. Apuesto a que no estuvo haciendo el amor con su novia más reciente, anoche. ¿Le oíste decir que piensa casarse otra vez?

Neeve tragó, con el zumo de naranja, una píldora de vitaminas.

—No bromees. ¿Y quién es la afortunada?

—No estoy convencido de que «afortunada» sea la palabra —comentó Myles—. Por cierto que ha tenido todo un muestrario de esposas. No se casó hasta ser rico, pero después lo probó todo, desde una modelo de lencería, hasta una bailarina de ballet, pasando por una señora de la alta sociedad y una gimnasta. Se mudó de Westchester a Nueva Jersey, luego a Connecticut, después a Sneden's Landing, y las fue dejando atrás, a cada una con una hermosa casa. Sólo Dios sabe lo que le ha costado ese deporte, con el paso de los años.

—¿Se estabilizará alguna vez? —preguntó Neeve.

—Quién sabe. Por mucho dinero que haga, Sal Espósito será siempre un chico inseguro tratando de probarse a sí mismo.

Neeve tomó una tostada y empezó a untarla con mermelada:

—¿Qué más me perdí mientras estaba en la cocina?

—A Dev lo han llamado al Vaticano. Eso es estrictamente entre nosotros. Me lo dijo cuando se iban, y Sal había ido a mear... perdón, tu madre me habría prohibido decirlo. Cuando Sal había ido a lavarse las manos.

—Le oí decir algo sobre Baltimore. ¿Se trata de la archidiócesis de allí?

—Él piensa que es inminente.

—Eso significaría el capelo.

—Es posible.

—Debo decir que vosotros, los chicos del Bronx, sois unos triunfadores. Debió de ser algo que había en el aire.

Neeve masticó la tostada generosamente cargada de mermelada. Aun cuando el día se anunciaba sombrío, la cocina estaba alegre con sus armarios de roble y el piso de cerámica en tonos azul, blanco y verde. Los manteles que cubrían la mesa y los estantes, eran de lino cuadriculado verde menta, y hacían juego con las servilletas. Las tazas y platillos, y las jarras de la leche y la crema, eran legados de la juventud de Myles. El dibujo inglés, azul, del sauce. Neeve no concebía un día que no empezara con la porcelana familiar.

Estudió a Myles con atención. Realmente volvía a ser el de antes. No se trataba sólo de Nicky Sepetti. Era la perspectiva de volver a trabajar, de volver a ser útil. Sabía cuánto deploraba Myles la proliferación de las drogas y la devastación que provocaban. Y en Washington podía conocer a alguien. Podía volver a casarse, y ciertamente era un tipo atractivo. Se lo dijo.

—Ya me lo habías dicho anoche —le dijo Myles—. Estoy pensando en ofrecerme para posar en el póster central de *Playgirl*. ¿Te parece que me aceptarán?

—Si lo haces, las chicas harán cola para seducirte —le dijo Neeve, marchándose con su café al dormitorio, pues ya era hora de ponerse en marcha.

Cuando terminó de afeitarse, Seamus advirtió que Ruth se había marchado. Durante un momento permaneció de pie, vacilante, luego atravesó el recibidor con paso inseguro y entró en la habitación, desató el cinturón de la bata que le habían regalado las chicas para Navidad, y se metió en la cama. Sentía un cansancio tan abrumador que a duras penas podía mantener los ojos abiertos. Todo lo que quería era taparse la cabeza con las sábanas y dormir y dormir y dormir.

En todos estos años, con todos los problemas, Ruth nunca había dejado de dormir con él. A veces pasaban semanas, incluso meses enteros sin tocarse, tan preocupados por los problemas de dinero que no podían ni pensar en sexo, pero aun entonces, por un consentimiento tácito, seguían durmiendo juntos, unidos por la tradición de que una esposa se acostaba al lado de su marido.

Seamus miró el dormitorio, viéndolo a través de los ojos de Ruth. Los muebles habían sido de la madre de él, comprados cuando Seamus tenía diez años. No antiguos, simplemente viejos, caoba deslustrada, y el espejo del tocador peligrosamente torcido en su marco. Recordaba cómo su madre se complacía en lustrar esos muebles, y hablaba sobre ellos. Para ella, el juego de la cama, el tocador y la cómoda, había sido un logro, el sueño realizado de una «casa bien puesta».

Ruth solía recortar fotos de *House Beautiful* con la clase de decoración que le gustaría tener. Muebles modernos. Tonos pastel. Luz y aire. Las preocupaciones monetarias le habían borrado la esperanza y la alegría, la habían hecho ser muy estricta con las chicas. Seamus recordaba la ocasión en que le había gritado a Marcy:

—¿Qué quieres decir con que rompiste el vestido? Yo *ahorré* para ese vestido.

Todo por Ethel.

Seamus apoyó la cabeza en las manos. La llamada telefónica que había hecho le pesaba en la conciencia. No hay salida. Era el título de una película que había visto años atrás: *No hay salida*.

La noche anterior había estado a punto de pegarle a Ruth. El recuerdo de esos últimos minutos con Ethel, el momento exacto en que había perdido todo control, cuando había...

Se hundió más en la almohada. ¿De qué servía ir al bar, y tratar de mantener las apariencias? Había dado un paso que no habría creído posible. Era demasiado tarde para deshacerlo. Lo sabía. Y no serviría de nada. Eso también lo sabía. Cerró los ojos.

No tuvo conciencia de haberse dormido, pero de pronto Ruth estaba allí. Estaba sentada en el borde de la cama. En su rostro no había enojo. Parecía aterrorizada, como una niña ante un incendio.

—Seamus —le dijo—. Tienes que decírmelo todo. ¿Qué le hiciste?

Gordon Steuber llegó a su oficina de la Calle 37 Oeste, a las diez de la mañana del viernes. Había subido en el ascensor con tres hombres de trajes severos, a los que reconoció instantáneamente como auditores del fisco que volvían para revisar sus libros. Su personal no tuvo más que ver el arco sombrío que hacían sus cejas, y su paso nervioso, para empezar a hacer correr la voz:

—Cuidado.

Atravesó el salón de exhibiciones, ignorando a clientes y empleados por igual, pasó frente al escritorio de su secretaria sin dignarse responder a los tímidos «Buenos días» de May, y se encerró, dando un portazo, en su oficina privada.

Cuando se sentó tras su escritorio y se echó atrás en el sillón de cuero repujado que siempre inspiraba comentarios admirativos, el gesto de ira se borró dejando lugar a uno de profunda preocupación.

Miró a su alrededor, absorbiendo la atmósfera que había creado para su placer personal: los sillones de cuero, los cuadros que habían costado fortunas, las esculturas que sus asesores artísticos le aseguraban que eran dignas de los mejores museos... Gracias a Neeve Kearny, había buenas posibilidades de que, en lo sucesivo, pasara más tiempo en los tribunales que en su oficina. O en la prisión, pensó, si no era cuidadoso.

Se levantó y fue a la ventana. La Calle 37. La atmósfera frenética de una calle comercial. Seguía teniendo esa cualidad. Le recordaba su infancia, cuando venía directamente de la escuela, a trabajar con su padre que era peletero. Pieles baratas. De las que hacían que las creaciones de I. J. Fox, parecieran hechas de cebellina. Cada dos años, puntual como un reloj, su padre llegaba a la quiebra. Al alcanzar los quince años, Gordon ya había decidido que no pasaría su vida estornudando por culpa de los pelos de conejo, o convenciendo a las gordas de barrio, de que quedaban espléndidas dentro de esas pieles de baja calidad.

Los forros. Eso se le había ocurrido antes de que empezara a afeitarse. La única constante. Ya se tratara de un abrigo, un chaquetón, una estola o una capa, todo debía ser forrado.

Esa simple idea, junto a un préstamo que obtuvo, a regañadientes, de su padre, fueron el comienzo de las empresas Steuber. Los chicos recién salidos de las escuelas de diseño que había contratado, tenían imaginación y olfa-

140

to. Sus forros con diseños novedosos habían tenido éxito.

Pero los forros no bastaban en un negocio siempre sediento de reconocimiento público. Fue entonces cuando empezó a buscar chicos que supieran diseñar trajes. Se hizo el objetivo de llegar a ser un nuevo Chanel.

Y también aquí había triunfado. Sus trajes estaban en las mejores tiendas. Pero era uno entre una docena, o dos docenas, compitiendo por el mismo cliente rico. No había dinero suficiente allí.

Steuber sacó un cigarrillo. Sobre el escritorio estaba su encendedor de oro con sus iniciales incrustadas en rubíes. Se quedó con el encendedor en la mano después de encender el cigarrillo. Todo cuanto tenían que hacer los federales, era sumar todo lo que había costado el contenido de esta oficina, incluyendo su encendedor, y no tendrían más que buscar en los papeles hasta encontrar las pruebas que lo mandarían a la cárcel por evasión de impuestos.

Eran esos malditos sindicatos los que impedían que uno obtuviera verdaderos beneficios, se dijo. Todo el mundo lo sabía. Cada vez que veía un anuncio publicitario de esos servicios sociales, tenía ganas de arrojarle algo al televisor. Todo lo que querían era más dinero. Que se detuviesen las importaciones. Trabajo y sueldos.

Apenas tres años antes, había empezado a hacer lo que hacían todos: emplear obreros sin tarjeta verde, inmigrantes, pagándoles sin dejar rastro en la contabilidad. ¿Por qué no? Las mexicanas eran buenas costureras.

Y después de eso, había descubierto dónde estaba el dinero de verdad. Había estado a punto de cerrar los talleres clandestinos, cuando Neeve Kearny hizo sonar el silbato. Y esa loca de Ethel Lambston había empezado a meter la nariz. Podía ver a esa perra irrumpiendo allí, la semana anterior, la noche del miércoles pasado. May todavía estaba en su puesto. De otro modo, en ese mismo instante…

La había echado, literalmente la había tomado por los hombros y la había arrastrado por todo el salón hasta la puerta, y la había metido de un empujón en el ascensor. Y ni siquiera eso la había intimidado. Cuando cerraba la puerta, ella le había gritado:

—Por si todavía no lo sabe, se le echarán encima por los impuestos y por los talleres clandestinos. Y eso es sólo el comienzo. Yo sé cómo ha estado forrándose los bolsillos.

Había comprendido, entonces, que no podía permitir que ella siguiera entrometiéndose. Era preciso detenerla.

Sonó el teléfono, con un suave murmullo. Irritado, Gordon atendió:

—¿Qué pasa, May?

La secretaria hablaba en tono de disculpa:

—Sé que no quería que lo molestaran, señor, pero los agentes de la «Fiscalía General» insisten en verlo.

—Que pasen. —Steuber alisó la chaqueta de su traje de seda italiana beige claro, limpió una mota de polvo de uno de los diamantes cuadrados de sus gemelos, y se enderezó en el sillón de su escritorio.

Cuando los tres agentes entraron, profesionales y eficientes, Gordon recordó, por décima vez en la última hora, que todo esto había empezado porque Neeve Kearny había organizado el escándalo sobre sus talleres ilegales.

A las once de esa mañana de viernes, Jack Campbell regresó de una reunión de personal, y volvió a atacar el manuscrito que se había propuesto leer la noche anterior. Esta vez se obligó a concentrarse en las picantes aventuras de una eminente psiquiatra de treinta y tres años, que se enamoraba de su paciente, un astro de cine cuyo mejor momento ya había pasado. Se iban juntos a St. Martin, en unas vacaciones clandestinas. El astro, gracias a su prolongada e intensa experiencia con mujeres, logra quebrar las barreras que la psiquiatra ha alcanzado alrededor de su femineidad. A su vez, después de tres semanas de incesantes cópulas bajo los cielos estrellados, ella logra que él recupere la confianza en sí mismo que había perdido. Él vuelve a Los Ángeles y acepta el papel de abuelo en una nueva serie televisiva. Ella regresa a su consultorio, segura de que algún día encontrará un hombre con el que pueda compartir su vida. El libro termina cuando ella hace pasar a un nuevo paciente, un apuesto agente de Bolsa de treinta y ocho años, que le dice: «Soy demasiado rico, y me siento demasiado solo.»

«Oh, Dios mío», pensó Jack al terminar. Depositaba el manuscrito sobre el escritorio en el momento en que entraba Ginny en la oficina, con una pila de cartas en la mano. La secretaria señaló el manuscrito con el mentón:

—¿Qué tal?

—Horrible, pero será un éxito. Es curioso, pero durante todas esas escenas de sexo en el jardín, yo no hacía más que pensar en los mosquitos. ¿Será una señal de que estoy envejeciendo?

—Lo dudo —dijo Ginny con una sonrisa—. ¿Sabe que tiene una cita para almorzar?

—Lo anoté. —Jack se puso de pie y se desperezó.

—¿Se ha dado cuenta de que todas las empleadas solteras de la editorial están pensando en usted? Me preguntan constantemente si estoy segura de que usted no tiene novia.

—Dígales que la tengo a usted.

—Ojalá. Si yo tuviera veinte años menos, quizá.

La sonrisa de Jack se transformó en un gesto de preocuapación:

—Ginny, estaba pensando en una cosa. ¿Con cuánta anticipación cierran el plazo de entrega de artículos para *Contemporary Woman*?

—No sé. ¿Por qué?

—Me preguntaba si podría conseguir una copia del artículo que les escribió Ethel Lambston, acerca el mundo de la moda. Sé que Tony, por lo general, no muestra nada antes de que salga la revista, pero vea qué puede hacer, ¿eh?

—Seguro.

Una hora después, cuando Jack salía para su almuerzo, Ginny le dijo:

—El artículo saldrá en el número de la semana que viene. Tony dijo que, como favor especial, le permitirá leerlo. También mandará fotocopias de las notas de Ethel.

—Muy amable de su parte.

—Ella las ofreció —dijo Ginny—. Me dijo que los borradores de los artículos de Ethel suelen ser una lectura mucho más interesante que lo que los abogados les permiten imprimir. Tony también está empezando a preocuparse por Ethel. Dice que, como usted publicará el libro de Ethel, no considera que mandarle el artículo sea una falta de confidencialidad.

Cuando Jack bajaba en el ascensor, comprendió que estaba muy, muy ansioso por leer aquellas notas de Ethel que eran demasiado arriesgadas para imprimir.

Ni Seamus ni Ruth fueron a trabajar el viernes. Se quedaron en el apartamento, mirándose el uno al otro como dos personas atrapadas en una ciénaga, hundiéndose, sin poder invertir el curso de lo inevitable. Al mediodía, Ruth preparó café fuerte y sandwiches de queso tostado. Insistió en que Seamus se levantara y vistiera.

—Come —le dijo— y vuelve a contarme exactamente qué pasó.

Mientras lo escuchaba, no podía pensar en otra cosa que en lo que esto significaría para las chicas. En las esperanzas que ella había depositado en sus hijas. En las Universidades por las que había ahorrado y se había sacrificado. Las lecciones de danza y de canto, las ropas compradas tan cuidadosamente en las liquidaciones. ¿De qué habría servido todo eso, si su padre estuviera en prisión?

Una vez más, Seamus soltó atropelladamente la historia. La cara redonda le brillaba de sudor, las manos le pesaban sobre el regazo. Volvió a contar cómo le había rogado a Ethel que lo liberara del pago de la pensión, y cómo ella había jugado con él:

—Quizá te perdone y quizá no —le había dicho. Después había buscado bajo los almohadones del sofá—. Veré si puedo encontrar algo de dinero que mi sobrino olvidó robar —le dijo, riéndose, y al encontrar un billete de cien dólares se lo había metido a él en el bolsillo, diciéndole que el último mes no había tenido tiempo libre para salir a comer afuera.

—Le di un puñetazo —dijo Seamus sin entonación—. Lo hice sin pensarlo y sin quererlo. La cabeza se le bamboleó, y cayó hacia atrás. No supe si la había matado. Se levantó, y se la veía muy asustada. Le dije que si me pedía un centavo

144

más, la mataría. Y ella supo que lo decía en serio. Me dijo: «Está bien, no más pensión.»

Seamus tragó el resto del café. Estaban sentados en el estudio. El día había empezado gris y frío, y ahora parecía precipitarse la noche. Gris y frío. Igual que el último jueves, en el apartamento de Ethel. Al día siguiente había estallado la tormenta. La tormenta volvería a desencadenarse. Seamus estaba seguro de eso.

—¿Y te marchaste? —le preguntó Ruth.

Seamus vaciló:

—Me marché.

Flotaba la sensación de que faltaba algo. Ruth miró a su alrededor, los pesados muebles de roble que había despreciado durante veinte años, la gastada alfombra hecha a máquina con la que había sido obligada a convivir, y supo que Seamus no le había dicho toda la verdad. Se miró las manos. Demasiado pequeñas. Cuadradas. Dedos cortos. Las tres chicas tenían dedos largos y finos. ¿De dónde venían esos genes? ¿De Seamus? Probablemente. El álbum de fotografías de la familia de Ruth mostraba gente baja y sólida. Pequeños, pero fuertes. Y Seamus era débil. Un hombre débil y asustado, hundido en la desesperación. ¿Hasta qué punto se había hundido en la desesperación?

—No me lo has dicho todo —le dijo—. Quiero saber. Tengo que saber. Es el único modo en que podré ayudarte.

Con la cara oculta entre las manos, él le contó el resto.

—Oh, mi Dios —gimió Ruth—. Dios mío.

A la una, Denny volvió a «La Casa de Neeve», con una bandeja de plástico con dos sandwiches de atún y café. Una vez más la recepcionista le hizo el gesto de que pasara a la oficina de Neeve. Neeve estaba enfrascada en una conversación con su ayudante, esa negra bonita. Denny no les dio tiempo de que lo despidieran. Abrió la bolsa, sacó los sandwiches y dijo:

—¿Comerán aquí?

—Denny, nos estás malcriando. Esto empieza a parecer un servicio de habitaciones de un hotel —le dijo Neeve.

Denny comprendió que había cometido un error. Se estaba haciendo demasiado visible. Pero quería oír los planes que ella pudiera tener.

Como si respondiera a la pregunta no formulada, Neeve le dijo a Eugenia:

—El lunes iré más tarde a la Séptima Avenida. A la una y media vendrá la señora Poth, y quiere que la ayude a elegir algunos vestidos de fiesta.

—Con eso pagaremos el alquiler de los próximos tres meses —dijo Eugenia.

Denny dobló las servilletas. A *última hora de la tarde, el lunes.* Era bueno saberlo. Echó una mirada alrededor. La oficina era pequeña. Sin ventanas. Qué lástima. Si hubiera habido una ventana al exterior, podría haberle metido un tiro en la espalda desde la calle. Pero Charley le había dicho que no podía parecer un asesinato. Volvió la mirada hacia Neeve. Era verdaderamente guapa. Tenía clase. Con tantos perros que se veían por la calle, era una pena tener que matar a esta gatita. Murmuró una despedida y salió; el agradecimiento de Neeve le quedó resonando en los oídos. La recepcionista le pagó, agregando la generosa propina de siempre. Pero a dos dólares por entrega, uno tarda mucho en reunir veinte mil, pensó Denny mientras empujaba la pesada puerta de vidrio y salía a la calle.

Mientras mordisqueaba el sandwich, Neeve marcó el número de Tony Mendell en *Contemporary Woman*. Al oír la petición de Neeve, Mendell exclamó:

—Por todos los dioses, ¿qué les ha dado a todos? La secretaria de Jack Campbell me llamó para pedirme lo mismo. Le dije que yo también estoy preocupada por Ethel. Seré honesta contigo. Le di a Jack una copia de las notas de Ethel, porque él es su editor. No puedo dártelas a ti, pero sí puedes leer el artículo. —Interrumpió el intento de Neeve de agradecérselo—. Pero, por lo que más quieras, no lo andes difundiendo. Ya habrá bastantes disconformes en el negocio, cuando aparezca la revista.

Una hora más tarde, Neeve y Eugenia leían la copia del

artículo de Ethel. Se titulaba «Grandes maestros y grandes estafadores de la moda», e incluso para Ethel, el sarcasmo era notable (*). Comenzaba mencionando las tres modas más importantes de los últimos cincuenta años: El New look de Christian Dior en 1947, la Minifalda de Mary Quant a comienzos de los años sesenta, y el estilo Arrecife del Pacífico de Anthony della Salva en 1972.

Sobre Dior, Ethel había escrito:

En 1947 la moda seguía en los cuarteles, todavía bajo el hechizo de los estilos militares impuestos por la guerra. Telas burdas; hombros cuadrados; botones de metal. Dior, un modista joven y tímido, dijo que él sólo quería olvidarse de la guerra. Descartó las faldas cortas como moda de épocas de restricción. Mostrando qué genio era, tuvo el valor de decirle a un mundo incrédulo, que el vestido de uso diario del futuro se extendía hasta treinta centímetros del suelo.

No fue fácil para él. Una mujer en California tropezó con su propia falda larga y cayó debajo de un autobús, y colaboró en la rebelión nacional contra el New Look. Pero Dior se afirmó en sus tijeras y, temporada tras temporada, presentó ropa hermosa y femenina: escotes con mucha tela, cinturas moldeadas con pliegues no planchados, que más abajo formaban una falda ajustada. Y sus viejas predicciones quedaron demostradas con la última catástrofe de la minifalda. Quizás algún día todos los diseñadores aprendan que la mística es una guía fundamental para la costura.

A comienzos de los sesenta los tiempos estaban cambiando. No podemos culpar exclusivamente a Vietnam o al Concilio Vaticano II, pero la ola de cambio estaba en el aire, y una diseñadora inglesa, joven y audaz, entró en escena. Era Mary Quant, la

(*) Aquí la autora hace un juego de palabras con las expresiones inglesas «Master» (maestro), y «Masterfal Phonies» (estafadores expertos). Hemos vertido esta última como Magistrales Estafadores, tratando de acercarnos al efecto del original en inglés (N. del T.)

niña que no quería crecer y nunca, nunca quiso usar ropa de gente mayor. Fue la aparición de la Minifalda, de las medias de color, las botas. Lo que apareció fue la idea de que los jóvenes *nunca*, bajo ninguna circunstancia, deben parecer viejos. Cuando le preguntaron a Mary Quant cuál era la finalidad que perseguía la moda, respondió brillantemente: «El sexo.»

En 1972, la minifalda había terminado. Las mujeres, cansadas de ser objeto de comparaciones y comentarios basados en la altura del ruedo, abandonaron la partida y pasaron a la ropa de hombre.

Aparece entonces Anthony della Salva y el estilo Arrecife del Pacífico. Della Salva comenzó la vida, no en un palacio sobre una de las siete colinas de Roma, como sus agentes de publicidad han querido hacer creer, sino en una granja en Williamsbridge Road, en el Bronx. Su sentido del color pudo cultivarse, ayudando a su padre a disponer frutas y verduras en el camión en que salían a venderlas por el vecindario. Su madre, Angelina, no *Condesa* Angelina, era famosa por su ronco saludo: «Diose bendica tuo papa. Diose bendica tua mama. ¿Quiere una rico pomelo?»

Sal no se destacó como estudiante del instituto secundario «Cristóbal Colón» (que está en el Bronx, no en Italia), y apenas si mostró algo de talento en el instituto de formación profesional. Era uno entre una multitud pero, como lo quiere el destino, uno entre le multitud es el afortunado. Y su fortuna fue la colección que lo puso en la cima: el estilo Arrecife del Pacífico, la única idea original que tuvo en su vida.

Pero qué idea. Della Salva, de un solo plumazo magistral, volvió a poner en marcha toda la moda. Cualquiera que haya asistido a aquella primera exhibición, en 1972, recuerda aún el impacto de esa ropa hermosa que parecía flotar sobre las modelos: la túnica con uno de los hombros caídos, los vestidos de tarde, en lana, cortados de modo que modelaran el cuerpo, el uso de faldas plisadas cuyos colores cambiaban con la luz. Y sus colores. Tomó los colores de

148

la vida marina del Pacífico tropical, los corales y plantas y peces, y usó los dibujos que les había dado a aquéllos la Naturaleza, para crear sus diseños exóticos, algunos brillantemente audaces, algunos discretos y misteriosos como las profundidades azules. El creador del estilo Arrecife del Pacífico merece todos los honores que pueda conceder la industria de la moda.

En ese punto, Neeve no pudo menos que reírse:

—A Sal le gustará lo que ha escrito Ethel sobre su ropa —dijo—, pero no sé cómo reaccionará ante el resto. Él ha mentido tanto, que ha llegado a convencerse a sí mismo de que nació en Roma y su madre era una condesa papal. Por otra parte, por lo que dijo la otra noche, ya está esperando algo así. Pero hoy en día, todo el mundo se enorgullece de haber tenido padres pobres y primitivos. Probablemente Sal podrá descubrir en qué barco llegaron sus padres a Ellis Island, y pedirá publicar una rectificación.

Después de cubrir los grandes estilos de la moda, según ella los veía, Ethel pasaba a mencionar a los diseñadores que, según ella, no podían distinguir «un botón de un ojal», y que contrataban a jóvenes de talento para que planificaran y ejecutaran sus colecciones; exponía la conspiración entre diseñadores, para aliviarse el trabajo unos a otros y transformarlo todo cada pocos años, aun cuando eso significara vestir a viudas entradas en años como bailarinas de can-can; se burlaba de los cuatro mil dólares por un vestido que no llegaba a tener dos metros de tela barata.

Tras lo cual Ethel apuntaba sus cañones contra Gordon Steuber:

El incendio que sufrió en 1911 la compañía «Triangle Shirtwaist», alertó al público sobre las horrendas condiciones de trabajo en la industria indumentaria. Gracias al «International Ladies Garment Workers Union», el ILGWU, la industria de la moda se ha vuelto un campo donde la gente de talento puede ganar beneficios decentes. Pero algunos fabricantes han descubierto un modo de aumentar sus ganancias a expresas de los desprotegidos. Los nuevos talleres están en el Bronx y en Long Island City. Allí trabajan, por salarios irrisorios, inmigrantes ilegales, muchos de ellos poco más que niños, que carecen de sus tarjetas verdes y en consecuencia temen protestar. El rey de estos fabricantes deshonestos es Gordon Steuber. Habrá más, mucho más sobre Steuber en un próximo artículo, pero recuérdenlo, amigas: cada vez que se pongan encima un vestido de este tipo, recuerden a la niña que lo cosió. Probablemente en este momento, ella tiene hambre.

El artículo concluía con un elogio a Neeve Kearny, de «La Casa de Neeve», que era quien había dado la voz de alarma sobre Steuber, y quien había iniciado el boicot a sus prendas.

Neeve echó una ojeada al resto, que hablaba sobre ella, y dejó los papeles sobre el escritorio.

—Con esto se ganará un enemigo en cada rincón de la industria de la moda. Quizá se asustó y decidió esconderse hasta que pase lo peor. Estoy empezando a dudar.

—¿Steuber puede demandarla, a ella y a la revista? —preguntó Eugenia.

—La verdad es la mejor defensa que tienen. Obviamente, disponen de pruebas. Lo que *realmente* me mata es que, a pesar de todo esto, Ethel compró un traje de él la última vez, el que nos olvidamos de devolver.

Sonó el teléfono. Un instante después la recepcionista murmuraba por el intercomunicador:

—El señor Campbell para ti, Neeve.

Eugenia alzó la vista:

—Deberías verte el gesto —dijo. Reunió los restos de los sandwiches y los vasos de café, y lo tiró todo al cesto.

Neeve esperó a que se cerrara la puerta antes de coger el teléfono. Trató de sonar casual al decir su nombre, pero comprendió que su ansiedad era imposible de disimular.

Jack fue directamente al grano:

—Neeve, ¿podrías cenar conmigo esta noche? —No

esperó su respuesta—. Llamé planeando decirte que tenía unas notas manuscritas de Ethel Lambston y quizá tú quisieras leerlas, pero la verdad es que quiero verte.

Neeve se avergonzó de sentir cómo le latía el corazón. Acordaron encontrarse en el «Carlyle» a las siete.

Luego, Neeve salió al salón y empezó a atender clientes. Eran todas caras nuevas. Una joven, que no podía tener más de diecinueve años, compró un vestido de noche de mil cuatrocientos dólares y uno de cóctel de novecientos. Insistió mucho en que Neeve en persona la ayudara a elegir.

—Sabe —le confió—, una amiga mía trabaja en *Contemporary Woman*, y vio un artículo que saldrá la semana que viene. Ahí dice que usted tiene más moda en el dedo meñique que la mayoría de los diseñadores de la Séptima Avenida, y que nunca viste mal a una persona. Cuando se lo dije a mi madre, me mandó aquí.

Otras dos clientes le contaron la misma historia. Alguien conocía a alguien que se había enterado del artículo. A las seis y media, Neeve puso, aliviada, el cartel de CERRADO en la puerta.

—Creo que no volveré a hablar mal de la pobre Ethel —dijo—. Es posible que nos haya sido más útil que si hubiéramos publicado anuncios en todos los diarios.

Después del trabajo, Doug Brown comió algo y fue al apartamento de Ethel. Eran las seis y media cuando, al girar la llave en la cerradura, oyó las llamadas persistentes del teléfono.

Al principio decidió ignorarlo como lo había hecho durante toda la semana. Pero cuando las llamadas siguieron sin cesar, vaciló. Una cosa era que a Ethel no le gustaba que nadie contestara sus llamadas. Pero después de una semana, ¿no sería lógico que ella pudiera tratar de comunicarse con él?

Dejó las bolsas de la compra en la cocina. Los timbrazos del teléfono seguían. Al fin levantó el receptor:

—Hola.

La voz al otro lado era borrosa y gutural:

—Tengo que hablar con Ethel Lambston.

—No está aquí. Soy su sobrino. ¿Quiere dejarle un mensaje?

—Por supuesto que quiero. Dígale a Ethel que su ex le debe mucho dinero a la gente que no debería, y no podrá pagarles mientras siga pagándole a ella. Si no libera a Seamus, le enseñarán una lección. Dígale que puede resultarle difícil escribir a máquina con todos los dedos rotos.

Hubo un clic y la línea murió.

Doug dejó caer el receptor sobre la horquilla, y se hundió en el sofá. Sentía que el sudor le mojaba la frente y las axilas. Se cogió una mano con otra para impedir que temblaran.

¿Qué debía hacer? ¿Sería una amenaza verdadera o una broma? No podía ignorarla. No quería llamar a la Policía. Ellos podían empezar a hacer preguntas.

Neeve Kearny.

Ella era la que había empezado a preocuparse por Ethel. Le hablaría de la llamada. Sería un pariente asustado y preocupado, en busca de consejo. De ese modo, fuera en serio o en broma, él quedaría a cubierto.

Eugenia estaba cerrando con llave las cajas de los accesorios caros, cuando sonó el teléfono. Atendió ella misma.

—Es para ti, Neeve. Alguien que parece terriblemente preocupado.

¡Myles! ¿Otro ataque? Neeve corrió al teléfono.

—¿Sí?

Pero era Douglas Brown, el sobrino de Ethel Lambston. No había nada de la insolencia sarcástica propia de él en su voz.

—Señorita Kearny, ¿tiene alguna idea de dónde puedo tratar de encontrar a mi tía? Acabo de volver a su apartamento y estaba sonando el teléfono. Un tipo me dijo que le advirtiera que Seamus, es decir su ex marido, debe mucho dinero y no podrá pagarlo mientras siga pagándole a ella. Si no libera a Seamus, le enseñarán una lección. *Va a serle difícil escribir a máquina con todos los dedos rotos*, dijo el tipo.

152

Douglas Brown sonaba casi lloroso.

—Señorita Kearny, tenemos que avisar a Ethel.

Al colgar, Doug supo que había tomado la decisión correcta. Por consejo de la hija del ex jefe de Policía, él ahora llamaría a la Policía e informaría de la amenaza. Ante los ojos de los representantes de la ley, sería un amigo de la familia Kearny.

Estaba tendiendo la mano hacia el teléfono, cuando lo oyó sonar otra vez. Esta vez atendió sin vacilación.

Era la Policía que lo llamaba a él.

Myles Kearny desaparecía, en la medida de lo posible, los viernes. El viernes era el día en el que iba al apartamento Lupe, la mujer de la limpieza, y se ocupaba de lavar, lustrar, sacudir y frotar.

Cuando llegó Lupe, con el correo de la mañana en la mano, Myles se retiró al estudio. Había otra carta de Washington, urgiéndolo a aceptar la dirección de la Agencia Judicial de Estupefacientes.

Myles sintió el viejo sentimiento combativo en las venas. Sesenta y ocho. No eran tantos años. Y poder hacerse cargo de un trabajo que necesitaba de alguien como él. Neeve. Le he estado dando demasiado amor a tiempo completo, se dijo. Suele no ser lo más conveniente. Sin mí, aquí, todo el tiempo, ella tendrá que ver el mundo real.

Se retrepó en su sillón, el viejo y cómodo sillón que había tenido en su oficina durante los dieciséis años que había sido jefe de Policía. «Le va bien a mi trasero —pensó—. Si voy a Washington, lo llevaré conmigo.»

Oía el ruido de la aspiradora en el pasillo. «No quiero escuchar eso todo el día», pensó. Siguiendo un impulso repentino marcó su viejo número, el de la oficina del jefe de Policía, se identificó ante la secretaria de Herb Schwartz, y un momento después hablaba con éste.

—Myles, ¿qué pasa?

—Yo pregunto primero —respondió Myles—. ¿Cómo

está Tony Vitale? —Podía visualizar a Herb, pequeño de estatura y de cuerpo, con ojos sabios y penetrantes, una tremenda inteligencia, increíble capacidad de ver el panorama completo. Y, lo mejor de todo, un amigo a toda prueba.

—Todavía no estamos seguros. Ellos lo dejaron por muerto, y créeme si te digo que tenían motivos. Pero el chico es increíble. Contra toda probabilidad, los médicos creen que se recuperará. Más tarde iré a verlo. ¿Quieres venir?

Se citaron para almorzar.

Mientras comían sandwiches de pavo en un bar cercano al «Hospital St. Vincent», Herb informó a Myles sobre el inminente funeral de Nicky Sepetti.

—Nosotros lo cubrimos. El FBI lo cubre. La oficina del Fiscal Federal lo cubre. Pero no sé, Myles. Creo que con o sin la intervención celestial, Nicky ya estaba terminado. Diecisiete años son demasiados, para pasarlos fuera de circulación. Todo ha cambiado. En los viejos tiempos, la Mafia jamás se habría metido en drogas. Ahora son su principal fuente de ingresos. El mundo de Nicky ya no existe. Si hubiera estado en libertad, lo habrían mandado liquidar.

Después de comer fueron a la Unidad de Vigilancia Intensiva del «St. Vincent». El detective Anthony Vitale estaba envuelto en vendas. Se lo alimentaba y medicaba por vía intravenosa. Había aparatos que indicaban su presión y ritmo cardíaco. Sus padres estaban en la sala de espera.

—Nos dejan verlo unos pocos minutos por ahora —dijo su padre—. Se salvará. —Había una tranquila confianza en su voz.

—Un policía duro no muere nunca —les dijo Myles dándoles la mano.

Habló la madre de Tony:

—Jefe. —Se dirigía a Myles. Él empezó a señalar a Herb, pero lo interrumpió una discreta negativa de éste—. Jefe, creo que Tony está tratando de decirnos algo.

—Ya nos dijo lo que necesitábamos saber. Que Nicky Sepetti no hizo un contrato por la vida de mi hija.

Rosa Vitale negó con la cabeza:

—Jefe, he estado con Tony cada hora de estos días. Eso no es todo. Hay algo más que él quiere decirnos.

Había una guardia permanente para Tony. Herb Schwartz saludó al joven detective que estaba de guardia en el sector de enfermeras de la UVI.

—Manténgase atento —le dijo.

Myles y Herb bajaron juntos en el ascensor.

—¿Qué te parece? —preguntó Herb.

Myles se encogió de hombros:

—Si hay algo que he aprendido a respetar, es el instinto de una madre. —Recordó aquel día, muchos años atrás, cuando su madre le había dicho que fuera a visitar a aquella buena familia que lo había ayudado durante la guerra—. Tony pudo enterarse de muchas cosas esa noche. Deben de haber hecho un informe general para poner al día a Nicky. —Se le ocurrió algo—. A propósito, Herb, Neeve me ha estado volviendo loco porque una escritora que ella conoce ha desaparecido. Dile a los muchachos que estén atentos, ¿eh? Unos sesenta años. Un metro sesenta y cinco. Bien vestida. Se llama Ethel Lambston. Probablemente sólo está haciéndole la vida imposible a algún pobre infeliz, entrevistándolo para su columna, pero...

El ascensor llegó a la planta baja. Salieron al vestíbulo, y Schwartz sacó una libreta del bolsillo.

—Conocí a la Lambston en Gracie Mansion. Se la presentaron al alcalde, que ahora no puede quitársela de encima. Una mujer de poco seso, ¿no?

—Exacta descripción.

Rieron.

—¿Por qué está preocupada, Neeve?

—Porque jura que la Lambston se marchó de su casa el jueves o viernes, sin llevarse un abrigo. Le compra toda la ropa a Neeve.

—Quizás iba a Florida o al Caribe, y no quería sobrecargar las maletas —sugirió Herb.

—Es una de las muchas posibilidades que le sugerí a Neeve, pero me dice que toda la ropa que falta del armario de Ethel es de invierno, y Neeve tiene motivos para saberlo.

Herb frunció el ceño.

—Quizá tu chica ha dado con algo. Repíteme esa descripción.

Myles volvió al apartamento, ya inmaculadamente limpio, y sobre todo silencioso. La llamada de Neeve, a las seis y media, le agradó y le disgustó al mismo tiempo.

—De modo que sales a cenar fuera. Bien. Espero que el tipo sea interesante.

Ella le habló de la llamada del sobrino de Ethel.

—Le dijiste que informara de la amenaza a la Policía. Era lo que había que hacer. Quizás ella se puso nerviosa y se escapó. Le hablé de ella a Herb, hoy. Le diré esto también.

Myles preparó su propia cena, de fruta y galletas y un vaso de agua «Perrier». Mientras comía y trataba de concentrarse en la revista *Time*, se sentía cada vez más incómodo por haberse mostrado tan ligero con los instintos de Neeve, acerca de que Ethel Lambston estaba en apuros.

Se sirvió un segundo vaso de «Perrier», y llegó al centro de su incomodidad. Esa llamada telefónica amenazante, tal como lo había contado el sobrino, *no* tenía la resonancia de la verdad.

Neeve y Jack Campbell estaban sentados en un sillón del comedor del «Carlyle». Ella se había cambiado el vestido de lana que había usado para trabajar, por uno estampado multicolor. Jack pidió las bebidas, un martini de vodka puro con aceitunas para él, una copa de champán para Neeve.

—Me recuerdas la canción *Una chica bonita es como una melodía* —le dijo—. ¿O ya no queda bien decirle a una chica que es bonita? ¿Preferirías «persona atractiva»?

—Me quedo con la canción.

—¿Ese vestido no es uno de los que usan los maniquíes en tus escaparates?

—Eres muy observador. ¿Cuándo los viste?

—Anoche. Y no fue por casualidad. Sentía una abrumadora curiosidad. —Jack Campbell no parecía en absoluto incómodo al revelar ese hecho.

Neeve lo observó. Esta noche llevaba un traje azul oscuro con finas rayas blancas. Inconscientemente, aprobó el efecto general, la corbata «Hermes» que resaltaba a la perfección el azul, la camisa hecha a medida, los gemelos de oro sin adornos.

—¿Paso el examen? —preguntó él.

Neeve sonrió:

—Son muy pocos los hombres que saben elegir una corbata que vaya realmente bien con el traje. Yo he estado ocupándome de las corbatas de mi padre durante años.

Llegó el camarero con las bebidas. Jack esperó a que se alejara antes de hablar.

—Querría que me dieras algunos datos. Empezando con tu nombre. ¿De dónde lo sacaste?

—Es celta. En realidad se escribe N-I-A-M-H y se pronuncia «Neeve». Renuncié hace mucho a explicarlo, así que cuando abrí la tienda usé la escritura fonética. Te sorprendería saber cuánto tiempo he ahorrado, por no decir nada del bochorno de que me llamasen Nia-mh.

—¿Y quién era la Neeve original?

—Una diosa. Algunos dicen que la traducción exacta es «estrella de la mañana». Mi leyenda favorita acerca de ella, es aquella en la que bajó a la tierra para ligar con el tipo al que quería. Se lo llevó al cielo y fueron felices un tiempo. Después él quiso volver de visita a la tierra. Quedó entendido que si su pie tocaba el suelo, volvería a tener su verdadera edad. El resto te lo imaginas. Resbaló del caballo, y la pobre Niamh lo dejó allí hecho un atado de huesos y volvió a los cielos.

—¿Es lo que haces tú con tus admiradores?

Se rieron juntos. A Neeve le pareció que era por mutuo consentimiento, que dejaban para más tarde el hablar de Ethel. Le había hablado a Eugenia sobre la llamada del sobrino, y curiosamente Eugenia lo había encontrado tranquilizador:

—Si Ethel recibió una llamada así, seguramente habrá decidido desaparecer hasta que las cosas se enfriaran. Le dijiste al sobrino que llamara a la Policía. Tu padre se está ocupando. No puedes hacer nada más. Yo apostaría a que la buena de Ethel está tomando sol en alguna parte.

Neeve quiso creerle. Había borrado a Ethel de su mente, mientras tomaba en champán y le sonreía a Jack Campbell.

Por encima de la ensalada de apio, hablaron de sus años de formación. El padre de Jack era pediatra. Jack había crecido en un suburbio de Omaha. Tenía una hermana mayor, que seguía viviendo cerca de los padres.

—Tina tiene cinco hijos. Las noches son frías allá en Nebraska.

Él había trabajado en una librería, en verano, durante los años de estudios secundarios, y se fascinó con el trabajo editorial.

—Así que después de la Facultad, fui a trabajar a Chicago vendiendo textos universitarios. Eso es toda una prueba. Parte del trabajo, es enterarse de si alguno de los profesores a los que uno les está vendiendo libros, ha *escrito* un libro. Una me persiguió con su autobiografía. Al fin le dije: «Señora, seamos realistas. Su vida ha sido muy aburrida.» Se quejó a mis jefes.

—¿Te echaron? —le preguntó Neeve.

—No. Me hicieron asesor.

Neeve miró el salón. La discreta elegancia del ambiente; la porcelana fina, la buena platería y los manteles de damasco; los arreglos florales; el agradable murmullo de voces provenientes de otras mesas. Se sentía notable y absurdamente feliz. Por encima de la carne de cordero, Neeve le habló a Jack de sí misma:

—Mi padre luchó con uñas y dientes por enviarme a una Universidad lejana, pero a mí me gustaba quedarme en casa. Fui a Mount St. Vincent y además estuve durante un trimestre en Inglaterra, en Oxford, y después un año en la Universidad de Perugia. En los veranos, y después de clase, trabajaba en tiendas de ropa. Siempre supe qué quería hacer. Mi idea de un buen momento, es ir a un desfile de modas. El tío Sal fue perfecto para mí. Desde que murió mamá, enviaba un coche a buscarme cada vez que se presentaba una colección.

—¿Qué haces para divertirte? —preguntó Jack.

La pregunta sonaba demasiado casual. Neeve sonrió,

sabiendo por qué la había hecho él.

—Durante cuatro o cinco veranos, participé en el alquiler de una casa en Hampton —le dijo—. Me gusta mucho. No fui el último verano porque Myles tuvo su ataque. En invierno, esquió en Vail, por lo menos durante un par de semanas. Estuve en febrero.

—¿Con quién fuiste?

—Siempre con mi mejor amiga, Julie. Las otras caras cambian. Él fue a lo que le importaba, sin más rodeos:

—¿Y hombres?

Neeve soltó la risa:

—Pareces Myles. Juro que él no estará contento hasta que haga de padrino de la boda. Sí, he salido con muchos. Durante todos los años de Universidad salí con el mismo tipo.

—¿Y qué pasó?

—Fue a Harvard a doctorarse, y yo abrí mi tienda. Simplemente cada uno derivó hacia su propio mundo. Se llamaba Jeff. Después vino Richard. Un hombre de veras encantador. Pero aceptó un empleo en Wisconsin, y yo comprendí que de ninguna manera podría abandonar la Gran Manzana para siempre, así que aquello no podía ser amor verdadero. —Volvió a reír—. La vez que estuve más cerca de comprometerme, fue hace un par de años. Con Gene. Rompimos relaciones en un baile de caridad, a bordo del *Intrepid*.

—¿El barco?

—Sí. Está amarrado en el Hudson a la altura de la Calle 56 Oeste. Era una fiesta importante, ropa de gala, toneladas de gente. Yo ya conozco al noventa por ciento de los que van siempre a esas fiestas. Gene y yo nos separamos en la multitud. No me preocupé. Supuse que tarde o temprano volveríamos a encontrarnos. Pero cuando lo hicimos, él estaba furioso. Pensaba que yo debería haberme esforzado más en hallarlo. Vi una faceta de su personalidad con la que supe que no me gustaría vivir. —Se encogió de hombros—. La simple verdad es que no creo que ninguno de ellos haya sido el hombre que me está destinado

—Hasta ahora —sonrió Jack—. Estoy empezando a

pensar que *eres* la Neeve de la leyenda, que sigue su carrera y deja a sus admiradores atrás. No es que me hayas estado abrumando a preguntas acerca de mí, pero te lo contaré de todos modos. Yo también soy buen esquiador. Fui a Arosa las últimas dos vacaciones de Navidad. Estoy planeando comprar una casa de verano donde pueda tener un yate a vela. Quizá tú puedas guiarme por Hamptons. Igual que tú, estuve a punto de casarme un par de veces. De hecho, llegué a estar comprometido, y durante cuatro años.

—Es mi turno de preguntar: ¿Y qué pasó?

Jack se encogió de hombros:

—Una vez que el diamante estuvo en su dedo, se volvió una chica muy posesiva. Comprendí que no tardaría mucho en sofocarme. Soy un gran creyente en el consejo de Kahlil Gibran acerca del matrimonio.

—¿Algo así como que «las columnas del templo están separadas»? —preguntó Neeve.

Su recompensa fue la expresión de Jack, mostrando su feliz sorpresa.

—Exacto.

Esperaron hasta terminar las frambuesas y tener delante el *espresso*, antes de pasar al tema de Ethel. Neeve le habló a Jack, acerca de la llamada del sobrino de Ethel y la posibilidad de que ella estuviera escondiéndose.

—Mi padre se puso en contacto con sus colegas. Hará investigar quién está haciendo las amenazas. Y, francamente, tengo que decir que creo que Ethel debería liberar a ese pobre infeliz. No está bien seguir cobrando dinero de él después de tantos años. Y ella no necesita esa pensión.

Jack sacó del bolsillo la copia doblada del artículo. Neeve le dijo que ya lo había visto.

—¿Dirías que es escandaloso? —le preguntó Jack.

—No. Diría que es divertido, malévolo, sarcástico y legible, y que es posible que alguien intente una acción legal. No hay nada en el artículo que la gente que está en el negocio no sepa ya. No sé bien cómo reaccionará el tío Sal, pero conociéndolo, sé que hará una virtud extra del hecho de que su madre haya sido vendedora de fruta. Más me preocuparía por Gordon Steuber. Tengo la sensación de que puede

160

ser muy malvado. ¿Las otras diseñadoras con las que se encarnizó Ethel? ¿Qué se puede decir de ellas? Todo el mundo sabe que esas diseñadoras provenientes de la alta sociedad, salvo alguna excepción, no saben dibujar una línea. Es sólo que les gusta la excitación de jugar a trabajar.

Jack asintió.

—La siguiente pregunta. ¿Te parece que una ampliación de este artículo podría dar material para un libro escandaloso?

—No. Ni siquiera Ethel podría hacerlo.

—Tengo un sobre con lo que no se imprimirá por consejo de los abogados. Todavía no tuve tiempo de examinarlo.

Jack pidió la cuenta.

En la acera de enfrente del «Carlyle», Denny estaba esperando. Era una posibilidad muy remota, y él lo sabía. Había seguido a Neeve en su paseo por la Avenida Madison hasta el hotel, pero sin la menor oportunidad de acercársele. Demasiada gente. Tipos grandotes que volvían del trabajo. Aun en el caso de que hubiera podido liquidarla, las posibilidades de que lo detuvieran eran demasiado grandes. Su única esperanza era que Neeve saliera sola; quizá fuera caminando a tomar el autobús, o incluso caminara hasta su casa. Pero cuando salió lo hizo con un tipo, y ambos se metieron juntos en un taxi.

La frustración deformó el rostro de Denny, bajo las manchas de suciedad que lo hacían igual a los demás borrachos que merodeaban por la zona. Si persistía este clima, ella siempre se desplazaría en taxis. Con el fin de semana no podía contar, pues él debía trabajar. No podía correr el riesgo de llamar la atención sobre su persona, en el trabajo. Eso significaba que sólo podía vigilar el edificio de apartamentos a primera hora de la mañana, o después de las seis de la tarde, con la esperanza de que ella saliera a correr, o a hacer compras.

Le quedaba el lunes. Y la zona de las tiendas de confección. De algún modo, Denny sentía en los huesos que era allí donde sucedería. Se metió en un vestíbulo oscuro, se quitó el harapiento abrigo, se lavó la cara y las manos con una pequeña esponja húmeda, metió todo en una bolsa de compras y se dirigió a un bar de la Tercera Avenida. Necesitaba con urgencia un trago fuerte.

Eran las diez cuando el taxi frenó ante el edificio «Schwab».

—Mi padre debe de estar tomando su brandy antes de acostarse —le dijo Neeve a Jack—. ¿Te interesa?

Diez minutos después estaban en el estudio, tomando una copa de brandy. Neeve sabía que había algún problema. Había un gesto de preocupación en Myles, aun cuando charlaba tranquilamente con Jack. Ella percibía que había algo que tenía que decirle, pero prefería esperar.

Jack le estaba contando a Myles cómo había conocido a Neeve en el avión:

—Salió corriendo tan rápido, que no pudo pedirle el número de su teléfono. Y me dice que perdió el vuelo de enlace.

—Eso puedo atestiguarlo —dijo Myles—. La esperé cuatro horas en el aeropuerto.

—Debo decir que me gustó verla venir hacia mí, en el cóctel, el otro día, para preguntarme por Ethel Lambston. Por lo que Neeve me contó, sé que Ethel no es uno de sus personajes favoritos, señor Kearny.

Neeve quedó boquiabierta al ver el cambio que se produjo en el rostro de Myles.

—Jack —dijo Myles—, algún día aprenderé a prestar atención a las intuiciones de mi hija. —Se volvió hacia Neeve—. Hace un par de horas me llamó Herb. Encontraron un cadáver en el Parque Estatal Morrison, del Condado de Rockland. Responde a la descripción de Ethel. Llevaron al sobrino, que la identificó.

—¿Qué le sucedió? —susurró Neeve.

—Un corte en el cuello.

Neeve cerró los ojos.

—*Sabía* que algo le había sucedido. Lo *sabía*.

162

—Tenías razón. Al parecer, ya tienen un sospechoso. Cuando una vecina del edificio vio el patrullero, bajó corriendo. Según ella, Ethel tuvo una pelea colosal con su ex marido, el jueves por la tarde. Y nadie parece haberla visto desde entonces. El viernes faltó a sus citas, contigo y con el sobrino.

Myles terminó su brandy y se levantó para volver a llenar la copa:

—Por lo general no bebo dos, pero, mañana por la mañana, los detectives de homicidios del Distrito Vigésimo quieren hablar contigo. Y la oficina del fiscal del Condado de Rockland ha pedido que vayamos a ver la ropa que tenía puesta Ethel.

»Lo que importa es que saben que el cuerpo fue trasladado después de la muerte. Tenía arrancadas las etiquetas del traje que llevaba puesto. Quieren ver si puedes identificarlo. Maldición, Neeve —exclamó Myles—. No me gusta la idea de que seas testigo en un caso de asesinato.

Jack Campbell le tendió su copa para que se la volviera a llenar:

—A mí tampoco me gusta —dijo en voz baja.

CAPÍTULO IX

En algún momento de la noche, la dirección del viento había cambiado, y las nubes bajas habían sido llevadas sobre el Atlántico. El sábado amaneció con un bienvenido sol de oro. Pero el aire seguía frío aún, y el meteorólogo de la CBS anunciaba que las nubes regresarían, y que incluso podría haber nevada por la tarde. Neeve salió de la cama de un salto. Se había citado con Jack para correr por el parque, a las siete y media.

Se puso un chándal, las zapatillas, y se ató el pelo en una coleta. Myles ya estaba en la cocina. Al verla, frunció el ceño.

—No me gusta que salgas a correr sola tan temprano.

—Sola, no.

Myles levantó la vista.

—Ya veo. ¿Vais rápido, eh? Me gusta el chico, Neeve.

Ella se sirvió zumo de naranja:

—No te hagas demasiadas esperanzas. El agente de Bolsa también te gustaba.

—No dije que aquél me gustara. Dije que parecía respetable. Hay una diferencia. —Dejó el tono de broma—. Neeve, he estado pensando. Es más lógico que vayas primero al Condado de Rockland y hables con los detectives de allá, antes de ver a los nuestros. Si tienes razón, la ropa que tenía puesta Ethel Lambston salió de tu tienda. Eso es lo primero que hay que establecer. Calculo que después de eso tendrás que volver a revisar su armario, y ver exactamente qué prendas faltan. Sabemos que Homicidio se concentrará en el ex marido, pero nunca se puede dar nada por seguro.

Sonó el timbre del interfono. Atendió Neeve. Era Jack.

—Ya bajo —le dijo.

—¿A qué hora quieres ir al Condado de Rockland? —le preguntó a Myles—. Realmente tendría que trabajar durante un rato.

—A media tarde estará bien. —Ante la expresión sorprendida de su hija, Myles agregó—: Canal Once está cubriendo el funeral de Nicky Sepetti, en directo. Quiero asiento de primera fila.

Denny había tomado posición a las siete. A las siete y veintinueve vio a un tipo alto con chándal dirigiéndose al edificio «Schwab». Pocos minutos después, Neeve Kearny bajaba a reunirse con él. Empezaron a correr hacia el parque. Denny lanzó una maldición en voz baja. Si ella hubiera salido sola… Él había venido a través del parque. Estaba casi desierto. Podría haberla liquidado en cualquier parte. Buscó la pistola en el bolsillo. La noche anterior, al volver a su habitación, el Gran Charley había estado aparcado enfrente de la pensión, esperándolo. Charley había bajado el cristal de la ventanilla y la había tendido una bolsa de papel manila. Denny la había cogido, y sus dedos habían percibido la forma de una pistola.

—La Kearny está empezando a causar graves problemas —le dijo el Gran Charley—. Ya no importa si no parece un accidente. Liquídala como puedas.

Ahora sintió la tentación de seguirlos al parque, y matarlos a los dos. Pero quizás eso no le gustaría al Gran Charley.

Denny empezó a caminar en dirección opuesta. Hoy estaba envuelto en un jersey voluminoso que le colgaba hasta las rodillas, pantalones desgarrados, sandalias de cuero y una gorra que antaño había sido amarilla. Bajo la gorra llevaba una peluca gris; hebras de un grasiento cabello canoso le caían sobre la frente. Parecía un obrero viejo que hubiera perdido la razón. Según el otro disfraz parecía un borracho vagabundo. De este modo nadie recordaría a un tipo de tales y cuales características, que había sido visto rondando el edificio donde vivía Neeve Kearny.

Al meter la moneda en la máquina de la estación de Metro de la Calle 72, pensó que debería cobrarle al Gran Charley el dinero que le costaba cambiarse de ropa.

Neeve y Jack entraron al parque por la Calle 79, y empezaron a correr hacia el Este, y después hacia el Norte. Al acercarse al «Museo Metropolitano», Neeve instintivamente empezó a torcer hacia el Oeste. No quería pasar por el sitio en el que había muerto la madre. Pero ante una mirada intrigada de Jack, dijo:

—Perdón, vamos por donde tú quieras.

Trató de mantener la vista resueltamente hacia delante pero no resistió el impulso de mirar el claro entre los árboles desnudos. *El día que mamá no había ido a recogerla a la escuela. La superiora, hermana María, la había hecho esperar en su oficina y le había sugerido que empezara a hacer los deberes. Ya eran casi las cinco cuando vino Myles a recogerla. Para entonces, ella ya sabía que ocurría algo malo. Mamá se retrasaba.*

No bien alzó la vista y vio a Myles, de pie a su lado, con los ojos enrojecidos, aquella expresión que era una mezcla de angustia y piedad, ella lo comprendió todo. Le había tendido los brazos al tiempo que le decía:

—¿Mamá está muerta?

—Mi pobrecita —había dicho Myles cogiéndola en brazos y apretándola contra el pecho—. Pobrecita mía.

Neeve sintió que le asomaban las lágrimas a los ojos. Aceleró y pasó corriendo frente al claro, y frente a la ampliación del «Met» donde se hallaba la colección egipcia. Había llegado casi hasta la fuente, antes de aminorar la marcha.

Jack se había mantenido a su altura. Ahora la tomó por el brazo.

—Neeve.

Era una pregunta. Cuando doblaron hacia el Oeste, y después hacia el Sur, la marcha reducida a una caminata rápida, ella le habló de Renata.

Salieron del parque por la Calle 79. Las últimas calles que los separaban del edificio «Schwab», las hicieron caminando uno junto a otro, cogidos de las manos.

Cuando encendió la radio, a las siete de la mañana del sábado, Ruth oyó la noticia de la muerte de Ethel. Había tomado una pastilla a medianoche, y durante las horas que siguieron había dormido con un sueño drogado, lleno de pesadillas que ahora apenas si recordaba. Seamus era arrestado. Seamus en un juicio. El demonio-mujer, Ethel, atestiguaba contra él. Años atrás, Ruth había trabajado en el bufete de un abogado, y tenía una idea bastante aproximada de la clase de cargos que podían presentar contra Seamus.

Pero al escuchar el informativo y bajar con mano trémula la taza de té, comprendió que podía agregar un detalle más: *asesinato*.

Apartó la silla de la mesa y corrió al dormitorio. Seamus estaba despertándose. Sacudiendo la cabeza, pasándose la mano por la cara con un gesto característico que a ella siempre le había molestado.

—¡La *mataste*! —gritó—. ¡Cómo puedo ayudarte si no me dices la verdad!

—¿Qué estás diciendo?

Ella encendió la radio. El locutor estaba describiendo cómo y dónde había sido encontrada Ethel.

—Tú llevaste a las chicas de *picnic* al Parque Morrison durante años —le gritó—. Lo conoces como la palma de tu mano. ¡*Ahora dime la verdad*! ¿*Tú la mataste*?

Una hora después, paralizado de terror, Seamus iba al bar. Habían encontrado el cadáver de Ethel. Sabía que la Policía vendría a por él.

Ayer, Brian, el cantinero del turno de día, había hecho los dos turnos. Para mostrar su disgusto, lo había dejado todo sucio y desordenado. El chico vietnamita que se ocupaba de la cocina, ya estaba allí. Al menos *él* trabajaba con ganas.

—¿Está seguro de que debería haber venido, señor Lambston? —le preguntó—. Se lo ve muy enfermo.

Seamus trató de recordar lo que le había dicho Ruth.

Di que tuviste gripe. Nunca faltas al trabajo. Tienen que creer que estuviste enfermo de verdad ayer, y que estuviste enfermo el fin de semana pasado. Tienen que creer que no saliste del apartamento durante el fin de semana pasado. ¿Hablaste con alguien? ¿Alguien te vio? Esa vecina seguramente dirá que fuiste allí por lo menos un par de veces esta semana.

—Todavía siento escalofríos —le dijo a su empleado—. Ayer estuve mal, pero durante el fin de semana fue peor.

A las diez lo llamó Ruth. Como un niño, él repetía, palabra por palabra, lo que ella le decía.

Abrió el bar a las once. Al mediodía los clientes que quedaban empezaron a aparecer.

—Seamus —le dijo uno de ellos, con el rostro jovial cruzado por las arrugas—, es triste por la pobre Ethel, pero es grandioso que tú quedes libre, al fin, del pago de la pensión. ¿La casa invita?

A las dos, poco después de un almuerzo razonablemente concurrido, entraron dos hombres al bar. Uno tenía poco más de cincuenta años, era robusto y de cara roja, un hombre que no necesitaba mostrar la placa para decir que era policía. Su acompañante era un hispánico delgado, de menos de treinta años. Se identificaron como detectives O'Brien y Gómez, del Distrito Vigésimo.

—Señor Lambston —preguntó O'Brien—. ¿Está enterado de que su ex esposa, Ethel Lambston, ha sido encontrada en el Parque Estatal Morrison, víctima de un homicidio?

Seamus se aferró al borde de la barra y los nudillos se le pusieron blancos. Asintió, sin poder articular palabra.

—¿Le molestaría acompañarnos al cuartel central? —preguntó el detective O'Brien. Se aclaró la garganta—. Querríamos revisar algunos datos con usted.

Después de que Seamus salió hacia el bar, Ruth llamó al apartamento de Ethel Lambston. Levantaron el receptor, pero nadie habló. Al fin ella dijo:

—Quiero hablar con el sobrino de Ethel Lambston, Douglas Brown. Habla Ruth Lambston.

—¿Qué quiere? —Ruth reconoció la voz del sobrino.

—Debo verlo. Estaré allí en un momento.

Diez minutos después un taxi la dejaba frente al apartamento de Ethel. Al bajar y pagarle al taxista a través de la ventanilla, Ruth alzó la vista. Una cortina se movió en el cuarto piso. La vecina de arriba que no se perdía nada.

Douglas Brown estaba esperándola. Abrió la puerta y dio un paso atrás para permitirle entrar. El interior seguía notablemente ordenado, aunque Ruth advirtió una fina capa de polvo sobre la mesa. Los apartamentos de Nueva York necesitaban limpieza diaria.

Sin creer que la mera idea pudiera ocurrírsele siquiera en un momento como éste, se quedó frente a Douglas mirando la bata cara, y el pijama de seda que asomaba por debajo del ruedo de ésta. Douglas tenía los ojos pesados, como si hubiera estado bebiendo. Sus rasgos, muy regulares, habrían sido apuestos de haber tenido vigor. En lugar de eso, le recordaban a Ruth las esculturas que hacían los niños con arena, y que deshacían el viento y las olas.

—¿Qué quiere? —preguntó él.

—No le haré perder el tiempo diciéndole que lamento que Ethel haya muerto. Quiero la carta que le escribió Seamus, y quiero poner esto en su lugar. —Extendió la mano. El sobre que sostenía estaba sin cerrar. Douglas miró adentro: contenía un cheque por el monto de la pensión mensual, datado el 5 de abril.

—¿Qué está tramando?

—No estoy tramando nada. Estoy haciendo un intercambio que me parece justo. Devuélvame la carta que Seamus le escribió a Ethel, y ponga esto en su lugar. El motivo por el que vino Seamus el miércoles fue pagar la pensión. Ethel no estaba en casa y volvió el jueves porque estaba preocupado por no haber metido bien el sobre en el buzón. Sabía que ella lo demandaría si el cheque no llegaba.

169

—¿Y por qué iba a hacerlo yo?

—Porque el año pasado Seamus le preguntó a Ethel a quién le dejaría todo su dinero, por eso. Ella le dijo que no tenía alternativa: usted era su único pariente. Pero la semana pasada Ethel le dijo a Seamus que usted le estaba robando, y que ella pensaba cambiar su testamento.

Ruth vio a Douglas ponerse de un blanco lechoso.

—Miente.

—¿Sí? —preguntó Ruth—. Le estoy dando una oportunidad. Désela usted a Seamus. No diremos una palabra sobre lo ladrón que es usted, si usted no dice nada sobre la carta.

Douglas no pudo menos que admirar a esta mujer decidida que se enfrentaba a él, con el bolso apretado bajo el brazo, un abrigo modesto, zapatos de tacón bajo, gafas sin aros que ampliaban sus ojos celestes, y boca rígida. Sabía que ella no estaba alardeando.

Alzó los ojos al cielo.

—Parece olvidar que esa charlatana de arriba le está diciendo a todo el que quiera escucharla, que Seamus y Ethel tuvieron una gran pelea el día antes de que ella desapareciera.

—Hablé con esa mujer. No puede citar una sola palabra. Sólo dice que oyó voces altas. Seamus habla naturalmente alto. Ethel chillaba cada vez que abría la boca.

—Parece haber pensado en todo —le dijo Douglas—. Traeré la carta. —Fue al dormitorio.

Ruth fue, sin ruido, hasta el escritorio. Junto al montón de cartas pudo ver el borde de la daga de mango rojo y dorado de la que le había hablado Seamus. En un instante estaba en su bolso. ¿Era sólo su imaginación, o la sintió pegajosa?

Cuando Douglas Brown salió del dormitorio con la carta de Seamus en la mano, Ruth la cogió echándole apenas una mirada, y la metió en el bolso. Antes de marcharse le tendió la mano.

—Lamento mucho la muerte de su tía, señor Brown —le dijo—. Seamus me pidió que le transmitiera sus condolencias. Por más problemas que hayan tenido, hubo una época en que se quisieron y fueron felices juntos.

Ése es el tiempo que él quiere recordar.

—En otras palabras —dijo Douglas fríamente—, cuando la Policía pregunte, ésta es la razón oficial de su visita.

—Exacto —dijo Ruth—. La razón no oficial es que si mantiene su palabra, ni Seamus ni yo le sugeriremos siquiera a la Policía que estaba planeando desheredarlo.

Ruth volvió a casa y comenzó a limpiar el apartamento con un fervor casi religioso. Frotó las paredes, descolgó todas las cortinas y las dejó remojándose en agua jabonosa dentro de la bañera. La aspiradora de veinte años de edad, gimió con poca eficacia sobre la alfombra gastada.

Mientras trabajaba, su mente seguía obsesionada con la idea de librarse de la daga.

Descartó los lugares obvios. ¿El incinerador? Pero la Policía podía investigar en la basura. No quería arrojarla a un cesto de papeles en la calle. Quizá la estaban siguiendo, y en ese caso, la recuperarían.

A las diez llamó a Seamus y le hizo ensayar lo que debía decir si lo interrogaban.

No podía dilatarlo más. Tenía que decidir qué hacer con la daga. La sacó del bolso, la puso bajo el chorro de agua hirviendo y después la frotó con un polvo para lustrar bronces. Aun así le parecía sentirla pegajosa... pegajosa con la sangre de Ethel.

No estaba de ánimo para sentir la menor compasión por Ethel. Todo lo que importaba era preservar un futuro limpio para sus hijas.

Miró la daga con odio. Ahora parecía nueva, recién comprada. Una de esas porquerías indias, con la hoja afilada como una navaja de afeitar, con el mango decorado con un dibujo complicado, rojo y dorado. Probablemente cara.

Nueva.

Por supuesto. Tan fácil. Tan simple. Sabía exactamente dónde esconderla.

A las doce, Ruth entraba a «Prahm y Singh», un almacén indio en la Sexta Avenida. Fue de exhibidor en exhibidor, deteniéndose a revisar el contenido de las cestas. Al fin, encontró lo que buscaba: una gran cesta de abridores de cartas. Los mangos eran réplicas baratas del abridor de Ethel. Tomó uno. Según su recuerdo, era semejante al que tenía en el bolso.

Sacó la daga de Ethel, la dejó caer en la cesta, y después revolvió el contenido hasta asegurarse de que el arma que había matado a la mujer había quedado en el fondo.

—¿Puedo ayudarla? —preguntó un empleado.

Sobresaltada, Ruth alzó la vista:

—Oh... sí. Estaba... quiero decir, quería ver un abre-latas.

—Venga por aquí, se lo mostraré.

A la una, Ruth estaba de vuelta en el apartamento, haciéndose una taza de té y esperando a que el corazón dejara de golpearle el pecho. Nadie lo encontrará allí, se dijo. Nadie, nunca...

Cuando Neeve se marchó a la tienda, Myles bebió una segunda taza de café, y pensó en el hecho de que Jack Campbell los llevaría en su coche a Rockland. Jack le gustaba instintivamente, pese a recordar que, durante años, había estado previniendo a Neeve acerca de confiar demasiado en el mito del amor a primera vista. «Dios santo —pensó—, ¿será posible que el rayo caiga dos veces en el mismo lugar, después de todo?»

A las diez menos cuarto se instaló en su cómodo sillón de cuero, a mirar la cobertura que hacía la televisión del funeral de Nicky Sepetti. Tres coches cargados de costosos arreglos florales, precedieron al coche fúnebre hasta la iglesia de Santa Camila. Una flota de limusinas llevaba a los deudos, y a quienes simulaban serlo. Myles sabía que en el trayecto estaban los hombres del FBI y de la oficina del Fiscal Federal, además de la Policía local, tomando núme-ros de matrículas de coches privados, fotografiando las caras de todos los presentes en la iglesia.

A la viuda de Nicky, la escoltaban un cuarentón robusto y una mujer más joven, con una capucha negra que la ocultaba buena parte del rostro. Los tres llevaban gafas oscuras. «El hijo y la hija no querían ser reconocidos», pensó Myles. Sabía que ambos se habían distanciado de los asociados de Nicky. Lo que demostraba inteligencia por parte de ellos.

La cobertura seguía adentro de la iglesia. Myles bajó el volumen y, sin apartar la vista de la pantalla, fue al teléfono. Herb estaba en su oficina.

—¿Has visto el *News* y el *Post*? —le preguntó Herb—. Están dándole mucho espacio al asesinato de Ethel Lambston.

—Los vi.

—Seguimos concentrados en el ex marido. Ya veremos qué nos revela la investigación en el apartamento de la Lambston. Esa discusión que oyó la vecina, el jueves, pudo terminar a puñaladas. Por otra parte, él también pudo asustarla lo suficiente como para que ella pensara en huir de la ciudad, y después la siguió. Myles, tú me enseñaste que todo asesino deja su tarjeta de visita. Encontraremos la de éste.

Acordaron que Neeve se encontraría con los detectives de homicidios del Distrito 20, en el apartamento de Ethel, el domingo por la tarde.

—Llámame si hay algo interesante en el Condado de Rockland —dijo Herb—. El alcalde está impaciente por anunciar que el caso está resuelto.

—El alcalde será el primero en enterarse —respondió Myles con ironía—. Te llamaré, Herb.

Myles subió el volumen del aparato, y vio cómo un cura bendecía los restos de Nicky Sepetti. El féretro fue sacado de la iglesia mientras el coro cantaba el salmo «No Temas, Siempre Estaré Contigo». Myles reflexionó sobre las palabras. «No Temas, Siempre Estaré Contigo.» Tú *estuviste* conmigo día y noche, hijo de perra, durante diecisiete años, pensó mientras los portadores quitaban la tela blanca que cubría el ataúd, y se lo echaron al hombro. Quizá cuando esté seguro de que estás pudriéndote en tierra, me sienta libre de ti.

La viuda de Nicky llegó al último peldaño al descender

a la acera, se separó abruptamente de su hija e hijo, y se acercó al locutor de televisión más próximo. Con el rostro en primer plano, cansado y resignado, dijo:

—Quiero hacer una declaración. Hay mucha gente que no aprueba los negocios de mi marido, que en paz descanse. Fue *enviado* a la cárcel por esos negocios. Pero fue *mantenido* en la cárcel durante muchos años más de lo que correspondía, por un crimen que *no* cometió. En su lecho de muerte, Nicky me juró que no había tenido nada que ver con el asesinato de la esposa del jefe de Policía Kearny. Piensen lo que quieran de él, pero sepan que no fue responsable de esa muerte.

Un coro de preguntas sin respuestas la siguió cuando volvía a cogerse del brazo de sus hijos. Myles apagó el televisor. «Mentiroso hasta el fin», pensó. Pero mientras se ponía la corbata y la anudaba con movimientos diestros y veloces comprendió que, por primera vez, germinaba en su mente una semilla de duda.

Después de enterarse de que habían hallado el cuerpo de Ethel Lambston, Gordon Steuber entró en un frenesí de actividad. Mandó vaciar su último almacén clandestino de Long Island, y mandó amedrentar a los obreros ilegales que había empleado, acerca de las consecuencias que sufrirían si hablaban con la Policía. Después, llamó por teléfono a Corea para cancelar el siguiente embarque de una de las fábricas que tenía allí. Al enterarse de que el embarque ya estaba siendo cargado en el aeropuerto, arrojó el teléfono contra la pared en un gesto de salvaje frustración. Después, obligándose a pensar racionalmente, trató de evaluar los riesgos. ¿Cuántas pruebas habría tenido la Lambston, y cuántos habrían sido los tiros al aire? ¿Y cómo podía salirse él mismo del artículo?

Aunque era sábado, May Evans, su secretaria desde hacía muchos años, había venido a poner en orden el fichero. May tenía un marido borracho, y un hijo adolescente que siempre estaba metido en problemas. Gordon había pagado fianzas por este chico al menos media docena de veces. Con eso compraba la discreción de ella. Ahora, le pidió a May que fuera a su oficina.

Tranquilizado, la estudió: la piel apergaminada, que ya se empezaba a derrumbar en arrugas, los ojos ansiosos, los modales nerviosos y ávidos de agradar.

—May —le dijo—, ¿ha oído la noticia de la muerte trágica de Ethel Lambston?

May asintió.

—May, ¿estuvo Ethel aquí, una noche, hace unos diez días?

May lo miró, buscando una pista en su rostro. Al fin arriesgó:

—Hubo una noche en que me quedé un poco después de hora. Todos se habían ido salvo usted. Creí ver a Ethel, pero no estoy segura.

Gordon sonrió:

—Ethel no vino, May.

Ella asintió.

—Entiendo —dijo—. ¿Y usted cogió la llamada de ella la semana pasada? Quiero decir, me parece que le pasé esa llamada y usted le colgó de inmediato, muy irritado.

—No, no cogí esa llamada. —Gordon agarró una de las manos surcadas de venas azules, de May, y la apretó ligeramente—. Según yo lo recuerdo, me negué a hablar con ella, me negué a verla, y no tenía la menor idea de lo que ella pudo escribir sobre mí en su artículo.

May retiró la mano y retrocedió un paso del escritorio. El cabello de un castaño desteñido estaba rizado alrededor del rostro.

—Entiendo, señor —dijo en voz baja.

—Bien. Cierre la puerta al salir.

Igual que Myles, Anthony della Salva vio el funeral de Nicky Sepetti por la televisión. Sal vivía en un ático sobre el Central Park Sur, en «Trump Parc», el lujoso edificio de apartamentos que Donald Trump había renovado para los muy ricos. Su apartamento, decorado por el decorador de interiores más a la moda en el momento, sobre el estilo

175

Arrecife del Pacífico, tenía una vista del Central Park, que cortaba el aliento. Desde el divorcio de su última esposa, Sal había decidido vivir en Manhattan. Basta de casas aburridas en Westchester o Connecticut o la Island o en las Palisades. Le gustaba la libertad de poder salir a cualquier hora de la noche y encontrar un buen restaurante abierto. Le gustaban los estrenos en el teatro y las fiestas chic, y que lo reconociera la gente que importaba. Su lema era «Dejémosle los suburbios a los fracasados.»

Sal llevaba puesta una de sus últimas creaciones: pantalones de ante en color natural, con una chaqueta «Eisenhower» a juego. Puños y cuello verde oscuro le daban un aire deportivo. Los críticos de moda no habían sido amables con sus últimas dos colecciones importantes, pero las habían elogiado. Por supuesto, el verdadero estrellato en el juego de la ropa estaba reservado a los modistos que revolucionaban la moda femenina. Y no importaba lo que dijeran o dejaran de decir acerca de sus colecciones; de todos modos, se referían a él como uno de los maestros del siglo xx, el creador del estilo Arrecife del Pacífico.

Sal pensó en la visita que le había hecho Ethel Lambston, en su oficina, dos meses antes. Esa boca nerviosa e incansable; esa costumbre de hablar demasiado rápido. Escucharla era como tratar de seguir los números en un contador de décimas de segundo. Ethel había señalado el mural con el diseño Arrecife del Pacífico, y había sentenciado:

—Eso es genio.

—Hasta una periodista entrometida como usted, reconoce la verdad, Ethel —había replicado él, y los dos se rieron.

—Vamos —lo había incitado ella—, relájese y olvídese de esas fantasías de la villa en Roma. Lo que gente como usted no entiende, es que esas fábulas de nobleza europea han pasado de moda. Vivimos en un mundo de «Burger Kings». Lo que vale es el hombre de orígenes humildes. Le estoy haciendo un favor, cuando le digo a la gente que usted proviene del Bronx.

—Hay mucha gente en la Séptima Avenida con mucho más para barrer debajo de la alfombra, que el hecho de haber nacido en el Bronx, Ethel. Yo no me avergüenzo.

Sal vio cómo bajaban a pulso el ataúd de Nicky Sepetti por las escalinatas de Santa Camila. «Basta», pensó, y estaba a punto de apagar el aparato cuando la viuda de Sepetti se arrojó sobre un micrófono y afirmó que su marido no había tenido nada que ver con el asesinato de Renata.

Durante un momento Sal se quedó quieto, con las manos cruzadas. Estaba seguro de que Myles había estado mirando. Sabía lo que debía de estar sintiendo Myles, y decidió llamarlo. Le alivió escuchar su voz tranquila. Sí, había visto ese pequeño espectáculo improvisado, dijo.

—Apuesto a que la intención del viejo, al hacer ese juramento, fue que lo creyeran los hijos —sugirió Sal—. Los dos están casados, y no querrán que los nietos se enteren de que el retrato de Nicky estaba en primer plano, en los archivos de la Policía.

—Es una suposición obvia —dijo Myles—. Aunque, para decirte la verdad, el instinto me dice que más en el estilo de Nicky habría estado una confesión genuina en el lecho de muerte, para salvar su alma. —Su voz se apagó—. Debo irme. Neeve tiene el desagradable trabajo de ver si la ropa que estaba usando Ethel, se la había vendido ella.

—Espero que no, por su bien —dijo Sal—. No necesita ese tipo de publicidad. Dile a Neeve que, si no tiene cuidado, la gente empezará a decir que no quiere morirse con ropa de ella puesta. Y una cosa así puede bastar para terminar con la mística de una boutique.

A las tres, Jack Campbell estaba en la puerta del apartamento 16 B en el edificio «Schwab». Cuando volvió Neeve de la tienda, se quitó el traje marinero de Adele Simpson y se puso un jersey rojo y negro largo hasta la cadera, y pantalones. El efecto arlequín quedaba resaltado por los pendientes que ella misma había diseñado para el conjunto: las máscaras de la comedia y de la tragedia, en ónice y granates.

—No puede evitar estar a la moda —contestó Myles secamente, mientras saludaban a Jack.

Neeve se encogió de hombros:

177

—Myles, sabes una cosa, no me gusta nada lo que tengo que hacer. Pero me da la sensación de que a Ethel le agradaría que yo me presente bien vestida a reconocer la ropa que ella llevaba al morir. Es algo que tú no puedes entender, el placer que encontraba ella en la moda.

El estudio estaba iluminado por los últimos rayos del sol de la tarde. El meteorólogo había acertado. Las nubes se espesaban sobre el Hudson. Jack miró a su alrededor, apreciando algunas de las cosas que se le habían escapado la noche anterior. El hermoso paisaje de las colinas de Toscana, colgado a la izquierda de la chimenea. La fotografía sepia, enmarcada, de un bebé en brazos de una mujer morena de rasgos hermosos. Supo que eran Neeve y su madre. Se preguntó cómo sería perder a la mujer amada a manos de un asesino. Intolerable.

Observó que Neeve y su padre se miraban, el uno al otro, exactamente con la misma expresión. La similitud era tan grande que quiso sonreír. Sintió que esta discusión respecto de la moda era algo habitual en ellos, y no quería meterse en medio. Fue a la ventana, donde estaba expuesto al sol un libro que, evidentemente, había sido estropeado.

Myles había preparado café, y estaba sirviéndolo en unos elegantes jarros de «Tiffany».

—Neeve, te diré una cosa —dijo—. Tu amiga Ethel ya no gastará sumas fabulosas en ropa extravagante. En este momento está en su traje de nacimiento, envuelta en una mortaja, en la morgue, con una tarjeta de identificación atada al dedo gordo del pie.

—¿Así fue como terminó mamá? —preguntó Neeve, con voz baja y furiosa. De inmediato abrió la boca y corrió hacia el padre, a quien cogió por los hombros—. Oh, Myles, perdóname. Decir eso fue una estupidez malvada por mi parte.

Myles se había quedado quieto como una estatua, con la cafetera en la mano. Pasaron veinte largos segundos.

—Sí —dijo—, fue así exactamente como terminó tu madre. Y fue una estupidez malvada lo dicho por ambos.

Se volvió hacia Jack:

—Perdona esta pequeña riña doméstica. Mi hija ha sido,

no sé si bendecida o maldita, con una combinación de carácter italiano y susceptibilidad irlandesa. Por mi parte, yo nunca he podido entender por qué las mujeres se preocupan tanto por la ropa. Mi madre, que en paz descanse, lo compraba todo en la tienda «Alexander», en Fordham Road, usaba vestidos abotonados todos los días, y uno estampado, también de «Alexander», para la misa del domingo y las cenas del «Club de Policía». Con Neeve, lo mismo que con su madre antes, yo mantengo interesantes discusiones sobre el tema.

—Ya me he dado cuenta —dijo Jack cogiendo un jarro de la bandeja que le ofrecía Myles—. Me alegra ver que no soy el único que abusa del café —observó.

—En este momento, quizá sería más apropiado un whisky o una copa de vino —observó Myles—. Pero lo ahorraremos para después. Tengo una botella de un borgoña excelente, que nos dará el calor necesario cuando lo necesitemos, pese a lo que me ha dicho el médico. —Fue hasta el botellero, emplazado en la parte inferior de la biblioteca, y sacó una botella—. En los viejos tiempos, yo no distinguía un vino de otro —le dijo a Jack—. El padre de mi esposa tenía una excelente bodega, verdaderamente buena, por lo que Renata creció en casa de un conocedor. Ella me enseñó. Me enseñó muchas cosas que he ido olvidando con el tiempo. —Señaló el libro puesto en la ventana—. Eso era de ella. Se mojó la otra noche. ¿Habría algún modo de restaurarlo?

Jack cogió el libro.

—Qué pena —dijo—. Esos dibujos deben de haber sido preciosos. ¿Tiene una lupa?

—En alguna parte debe de haber una.

Neeve buscó en el escritorio de Myles, y trajo una lupa. Ella y Myles miraron a Jack, que estudiaba las páginas manchadas y arrugadas.

—Los dibujos en sí están intactos —dijo—. Les diré qué haré. Preguntaré a alguien en la editorial, y veré si averiguo el nombre de un buen restaurador. —Le devolvió la lupa a Myles—. Y, a propósito, no creo que sea buena idea dejarlo al sol.

Myles cogió el libro y la lupa y los puso en el escritorio.

—Te agradeceré cualquier cosa que puedas hacer. Y ahora, sería mejor que nos marcháramos.

Se sentaron los tres en el asiento delantero del «Lincoln Town Car» de Myles, quien condujo. Jack Campbell pasó un brazo por encima del respaldo. Neeve trató de no sentir con tanta intensidad su presencia, de no apoyarse contra él cuando el coche giraba por la rampa de la autopista Henry Hudson y entraba en el puente George Washington.

Jack le tocó el hombro:

—Relájate —le dijo—. No muerdo.

La oficina del fiscal de distrito en el Condado de Rockland, era típica de los fiscales de distrito de todo el país. Atestada. Con muebles viejos e incómodos. Archivadores y escritorios cubiertos de carpetas. Habitaciones demasiado calefaccionadas salvo donde estaban abiertas las ventanas, y allí, la triste alternativa eran unas corrientes de aire helado.

Los esperaban dos detectives de la brigada de homicidios.

Neeve notó cómo algo cambiaba en Myles, en el instante de entrar al edificio. Su mandíbula se afirmó. Caminaba más erguido. Sus pupilas adquirieron un matiz azul metálico.

—Está en su elemento —le murmuró a Jack Campbell—. No me explico cómo sobrevivió a la inactividad de todo el año pasado.

—El fiscal querría verlo personalmente, señor. —Resultaba evidente que los detectives sabían que se hallaban en presencia del jefe de Policía que más tiempo había retenido el cargo, y que más se había hecho respetar en él.

El fiscal era una mujer, Myra Bradley, una joven atractiva que no podía tener más de treinta y seis o treinta y siete años. Neeve gozó con el gesto de asombro de Myles. «Vaya, si eres machista —pensó—. Seguramente sabías que habían elegido a Myra Bradley el año pasado, pero preferiste olvidarlo.»

Ella y Jack fueron presentados. Myra Bradley les indicó que se sentaran, y fue el grano de inmediato:

—Como ustedes saben —dijo—, hay un asunto de jurisdicción. Sabemos que el cadáver fue trasladado, pero no sabemos desde dónde. Pudieron matarla en el mismo parque, a dos metros de donde la encontramos. De modo que nos hemos hecho cargo del asunto. —Señaló la carpeta que tenía sobre el escritorio—. De acuerdo con el informe forense, la muerte fue provocada por el corte violento con un instrumento afilado que le seccionó la vena yugular y parte de la tráquea. Es posible que ella haya presentado resistencia. Tenía amoratada la mandíbula, y hay un corte en una mejilla. Debo agregar que es un milagro que no se hayan ensañado con ella los animales en el parque. Probablemente eso se debió a que estaba bien cubierta por las piedras. El cadáver fue escondido con evidente intención de que no se lo encontrara. Meterla en ese sitio es algo que exigió una meticulosa planificación.

—Lo que significa que está buscando a alguien que conozca el parque —dijo Myles.

—Exacto. Es imposible calcular el momento exacto de la muerte pero, por lo que nos dijo el sobrino, ella faltó a una cita que tenía con él, el viernes pasado, hace ocho días. El cuerpo estaba bastante bien conservado, y cuando revisamos los datos del clima, vemos que el frío empezó hace nueve días, el jueves. De modo que, si Ethel Lambston murió el jueves o viernes y fue dejada en el parque inmediatamente después, eso explicaría la ausencia de descomposición.

Neeve estaba sentada a la derecha del escritorio de la fiscal. Jack en una silla a su lado. Si *hubiera recordado su cumpleaños*. Trató de apartar la idea y concentrarse en lo que estaba diciendo la mujer.

—...Ethel Lambston podría haber permanecido allí durante meses, hasta un punto en que la identificación se habría hecho extremadamente difícil. La intención de quien la escondió, era que no se la hallara. Y que no se la identificara. No llevaba joyas; no había bolso ni billetera cerca del cadáver. —Se volvió a Neeve—. ¿La ropa que usted vende tiene siempre las etiquetas de la tienda, cosidas?

—Por supuesto.

—La ropa que llevaba la señorita Lambston carecía de etiquetas. —La fiscal se puso de pie—. Si no le molesta, señorita Kearny, ¿querría ver esas prendas ahora?

Fueron al cuarto adyacente. Uno de los detectives trajo unas bolsas plásticas con prendas arrugadas y manchadas. Neeve miró mientras las vaciaban. Una contenía lencería, un juego de corpiño y bragas con bordes de encaje, el corpiño salpicado de sangre; unas medias con un enganche en la mitad de la pierna derecha. Zapatos de medio tacón, de suave cuero azul; una banda elástica los mantenía juntos. Neeve pensó en los estantes para zapatos que Ethel le había mostrado, con tanto orgullo, en su armario nuevo.

La segunda bolsa contenía un traje de tres piezas: lana blanca con puños y cuellos del mismo azul de los zapatos, falda blanca y una blusa a rayas azules y blancas. Las tres prendas estaban manchadas de sangre y barro. Neeve sintió la mano de Myles en el hombro. Estudió resueltamente la ropa. Algo estaba mal, algo que iba más allá del final trágico al que habían llegado las ropas, y la mujer que las vestía.

Oyó que la fiscal le preguntaba:

—¿Es uno de los trajes que faltaban del armario de Ethel Lambston?

—Sí.

—¿Se lo había vendido usted?

—Sí, para las fiestas. —Neeve miró a Myles—. Lo usó en la fiesta, ¿recuerdas?

—No.

Neeve hablaba lentamente. Sentía como si el tiempo se hubiera disuelto. Estaba en el apartamento, decorado para la fiesta navideña que daban todos los años. Ethel había estado especialmente atractiva. El traje blanco y azul era elegante, y le quedaba muy bien con sus ojos azules y cabello rubio plateado. Hubo muchos que la felicitaron por su apariencia. Después, Ethel se había concentrado en Myles, hablándole sin cesar, y él había pasado el resto de la velada tratando de evitarla.

Había algo que no encajaba en su recuerdo. ¿Qué era?

—Compró este traje junto con otras prendas, a comienzos de diciembre. Es un original de Renardo. Renardo es una sucursal de «Textiles Gordon Steuber». —¿Qué era ese detalle del que no se acordaba? Simplemente no lo sabía—. ¿Llevaba un abrigo?

—No. —La fiscal les hizo un gesto a los detectives, que comenzaron a doblar la ropa y meterla en las bolsas de plástico—. El jefe Schwartz me dijo que el motivo por el que usted comenzó a preocuparse por Ethel, fue que todos sus abrigos seguían en el armario. ¿Pero, no podría haber comprado un abrigo en otra tienda?

Neeve se puso de pie. El cuarto olía levemente a antiséptico. No quería ponerse en ridículo insistiendo en que Ethel no compraba más que en su local.

—Con gusto puedo hacer un inventario del armario de Ethel —dijo—. Tengo todos los recibos de sus compras en una carpeta. Puedo decirles exactamente qué es lo que falta.

—Ms gustaría una descripción lo más completa posible. ¿Con este conjunto, usaba habitualmente algún accesorio especial?

—Sí. Un broche de oro y brillantes. Y unos pendientes haciendo juego. Un brazalete de oro, ancho. Y siempre usaba varios anillos de brillantes.

—No tenía una sola joya encima. Con eso podríamos tener un robo con asesinato.

Jack la cogió del brazo cuando salían de la oficina.

—¿Estás bien?

Neeve negó con la cabeza.

—Hay algo que se me escapa.

Uno de los detectives la había oído. Le dio su tarjeta:

—Llame en cualquier momento.

Fueron hacia la salida del edificio. Myles iba delante, charlando con la fiscal de distrito; era una cabeza más alto que ella. El año pasado, pensó Neeve, esa chaqueta le colgaba de los hombros. Después de la operación había quedado pálido y hundido. Ahora sus hombros llenaban la prenda. Su paso era firme y seguro. Y en esta situación se hallaba en su elemento. Era el trabajo policíaco que le había dado sentido a su vida. Neeve rogó que nada interfiriera con ese puesto que le habían prometido en Washington.

«Mientras pueda trabajar, vivirá hasta los cien años», pensó. Recordó esa frase: «Si quieres ser feliz por un año, gana la lotería. Si quieres ser feliz toda la vida, ama lo que haces.»

El amor al trabajo era lo que había mantenido en pie a Myles, después de la muerte de Renata.

Y ahora Ethel Lambston estaba muerta.

Los detectives se habían quedado en el despacho cuando ellos salieron, guardando las ropas con las que había muerto Ethel, ropa que volvería a ver cuando debiera reconocerlas en el juicio. Las últimas que había usado...

Myles tenía razón. Era una tontería venir a este sitio, vestida como un tablero de ajedrez, con esos pendientes idiotas bailoteando en este lugar siniestro. Se felicitó por no haberse quitado la capa que ocultaba el llamativo conjunto. Una mujer estaba muerta. No una mujer fácil de tratar. No una mujer muy querida. Pero sí una mujer muy inteligente que no soportaba la tontería, que quería tener buen aspecto, pero no tenía ni el tiempo ni el instinto para abrirse camino sola en el mundo de la moda.

La moda. Ahí estaba. Había algo en el conjunto que había llevado...

Neeve sintió un temblor que le recorría el cuerpo. Fue como si Jack Campbell lo sintiera también. De pronto, le había pasado un brazo por encima de los hombros.

—La querías mucho, ¿eh? —le preguntó.

—Mucho más de lo que yo misma creía.

Sus pasos resonaban en el largo pasillo con piso de mármol. El mármol era viejo y estaba gastado, con grietas que lo atravesaban como venas bajo la carne.

La vena yugular de Ethel. El cuello de Ethel había sido tan delgado. Pero sin arrugas. Cerca de los sesenta, la mayoría de las mujeres empiezan a mostrar signos delatores de la edad. «El cuello es lo primero», recordaba Neeve que había dicho Renata, ante un fabricante que trataba de convencerla de comprar vestidos de cuello bajo para señoras maduras.

Ya se hallaban en la puerta. La fiscal y Myles estaban de

acuerdo en que Manhattan y el Condado de Rockland, cooperarían íntimamente en la investigación. Myles dijo:

—En realidad, debería mantener la boca cerrada. Siempre se me hace difícil recordar que ya no estoy apretando botones en la oficina del jefe de Policía.

Neeve comprendió lo que debía decir, y rogó que no sonara demasiado ridículo.

—Me pregunto... —la fiscal, Myles y Jack la miraban. Volvió a empezar—. Me pregunto si podría hablar con la mujer que encontró el cadáver. No sé por qué, pero siento como si debiera hacerlo. —Tragó saliva con firmeza.

Sintió que los ojos de los otros tres estaban fijos en ella.

—La señora Conway hizo una declaración completa —dijo Myra Bradley, lentamente—. Puede leerla si quiere.

—Me gustaría hablar con ella. Que no pregunten por qué —pensó locamente—. Tengo que hacerlo.

—Mi hija fue quien hizo posible la identificación de Ethel Lambston —dijo Myles—. Si ella quiere hablar con esta testigo, pienso que debería poder hacerlo.

Ya había abierto la puerta, y Myra Bradley se estremeció con la fría corriente de aire que entró.

—Parece que estemos en marzo —observó—. Escuche, no tengo ninguna objeción. Podemos llamar a la señora Conway y ver si está en casa. Por mi parte, creo que ha dicho todo lo que sabe, pero siempre cabe la posibilidad de que salga algo nuevo. Esperen un minuto.

Momentos después regresaba:

—Está en su casa. Y no tiene inconveniente en hablar con usted. Aquí está la dirección, y cómo llegar. —Le sonrió a Myles, con la sonrisa de dos policías profesionales—. Si recuerda haber visto al tipo que mató a la Lambston, llámenos, ¿eh?

Kitty Conway tenía un fuego encendido en la chimenea de la biblioteca, una pirámide de leños de la que se desprendían llamas con las puntas azuladas.

—Díganme si hace demasiado calor aquí dentro —dijo disculpándose—. Es que, desde el momento en que toqué la mano de esa pobre mujer, no he dejado de tener frío.

Hizo una pausa, incómoda, pero los tres pares de ojos que la miraban parecían comprensivos.

Le gustaban. Neeve Kearny. Mejor que hermosa. Un rostro interesante, magnético, con esos pómulos altos, la piel muy blanca acentuando esos intensos ojos castaños. Pero el rostro mostraba tensión, las pupilas estaban muy dilatadas. Era obvio que el joven, Jack Campbell, estaba preocupado por ella. Cuando le ayudó a quitarse la capa le dijo:

—Neeve, estás temblando todavía.

Kitty sintió una súbita oleada de nostalgia. Su hijo era del mismo tipo que Jack Campbell, de un poco más de un metro ochenta de estatura, hombros anchos, cuerpo delgado, una expresión fuerte e inteligente. Deploró una vez más el hecho de que Mike Junior viviera el otro lado del planeta.

Myles Kearny. Cuando la fiscal de distrito la había llamado, ella supo inmediatamente quién era *él*. Durante años, su nombre había aparecido constantemente en los medios de comunicación. A veces, incluso lo había visto en persona, cuando ella y Mike comían en el «Pub de Neary», en la Calle 57 Este. Había leído en los periódicos acerca de sus problemas cardíacos y su jubilación, pero ahora lo veía espléndido. Un irlandés realmente apuesto.

Inconscientemente, se felicitó de haberse cambiado los tejanos y el viejo suéter estirado, por una blusa de seda y unos pantalones. Como ellos no aceptaron bebidas alcohólicas, insistió en preparar té.

—Necesitas algo para entrar en calor —le dijo a Neeve.

Sin aceptar ayuda, desapareció por el pasillo que iba a la cocina.

Myles se había sentado en un sillón de respaldo alto con tapizado a rayas rojas y anaranjadas. Neeve y Jack estaban juntos en un sofá en forma de medialuna, emplazado frente al fuego. Myles miraba con aprobación la sala. Cómoda. Había poca gente que tuviera el cerebro necesario para comprar sofás y sillones en los que un hombre alto pudiera echar la cabeza atrás. Se puso de pie y comenzó a examinar las fotos familiares enmarcadas. La historia habitual de una vida. La pareja joven. Kitty Conway no había perdido la belleza por el camino, eso podía asegurarse. Ella y su marido con su hijo. Un *collage* de los años de crecimiento del chico. La última foto mostraba a Kitty, su hijo, la esposa japonesa de éste, y su hijita. Myra Bradley les había dicho que la mujer que encontró el cadáver de Ethel, era viuda.

Oyó los pasos de Kitty en el pasillo. Con rapidez, Myles pasó a la biblioteca. Una sección le llamó la atención, una colección de libros que se veían muy leídos, de antropología. Empezó a examinarlos.

Kitty colocó la bandeja de plata en la mesita redonda, frente al sofá, sirvió el té y les ofreció galletas:

—Horneé una buena cantidad esta mañana; supongo que necesitaba trabajar, después de los nervios de ayer —dijo, y fue hacia Myles.

—¿Quién es el antropólogo en la familia? —preguntó él. Ella sonrió:

—Yo, pero estrictamente aficionada. Me enganché en la Universidad, cuando el profesor nos dijo que para conocer el futuro debíamos estudiar el pasado.

—Algo que yo les recordaba siempre a mis hombres en la brigada —dijo Myles.

—Está sacando a relucir sus encantos —le susurró Neeve a Jack—. No es común en él.

Mientras tomaban el té, Kitty les habló de la estampida del caballo por la pendiente, del plástico que había volado contra su cara, de su impresión borrosa de una mano en una manga azul. Explicó, acerca de la manga azul, de su propio chándal asomando del cesto de la ropa sucia, y de cómo, en ese momento, había sabido que debía volver al parque a investigar.

Neeve escuchaba con atención, la cabeza inclinada hacia un lado como si se esforzara por no perderse una sola palabra. Seguía con la abrumadora impresión de estar perdiéndose algo, algo que estaba frente a sus ojos, esperando solamente a que lo vieran. Y en ese momento comprendió de qué se trataba.

—Señora Conway, ¿podría describirme exactamente lo que vio al hallar el cuerpo?

—Neeve... —dijo Myles, y sacudió la cabeza. Él estaba llevando adelante el interrogatorio, y no le gustaba que lo interrumpieran.

—Perdona, Myles, pero esto es terriblemente importante. *Hábleme de la mano de Ethel. Dígame lo que vio.*

Kitty cerró los ojos.

—Fue como ver la mano de un maniquí. Estaba tan blanca, y las uñas tan rojas. El puño de la chaqueta era azul, le llegaba a la muñeca, y tenía enganchado ese trocito de plástico negro. La blusa era azul y blanca, pero apenas si se veía debajo de la manga. Parecía arrugada. Puede sonar como una locura, pero sentí la tentación de arreglarla.

Neeve soltó un largo suspiro. Se inclinó hacia delante y se frotó la frente con las manos.

—Eso es lo que no encaja. Esa blusa.

—¿Qué pasa con la blusa? —preguntó Myles.

—Es que... —Neeve se mordió el labio. Sabía que volvería a ponerse en ridículo. La blusa que llevaba Ethel era parte del conjunto original de tres piezas. Pero cuando Ethel compró el traje, Neeve le había dicho que no creía que la blusa fuera lo correcto. Le había vendido a Ethel otra blusa, toda blanca, sin la distracción de las franjas azules. Había visto a Ethel usar ese conjunto dos veces, y ambas con la blusa blanca.

¿Por qué llevaba entonces la blusa azul y blanca?

—¿Qué sucede, Neeve? —insistió Myles.

—Probablemente no sea nada. Sólo que me sorprende que usara esa blusa con ese traje. No era lo correcto.

—Neeve, ¿no le dijiste a la Policía que reconociste el conjunto, y dijiste quién era el diseñador?

—Sí, Gordon Steuber. Era un conjunto de una de sus sucursales.

—Lo siento, pero no entiendo. —Myles trataba de ocultar su irritación.

—Creo que yo sí. —Kitty sirvió más té en la taza de Neeve—. Bebe esto —le ordenó—. Se te ve muy pálida. —Miró a Myles—. Si no me equivoco, Neeve está diciendo que Ethel Lambston no se hubiera vestido, deliberadamente, del modo en que fue encontrada.

188

—*Sé* que no habría hecho la combinación de ese modo —dijo Neeve. Miró a los ojos incrédulos de Myles—. La Policía descubrió que el cadáver había sido trasladado. ¿Hay algún modo de establecer si alguien la vistió *después* de muerta?

Douglas Brown ya había sabido que la brigada de homicidios se proponía llevar a cabo una investigación en el apartamento de Ethel. Aun así, cuando llegaron con la orden, le produjeron un sobresalto. Era un equipo de cuatro detectives. Los vio sembrar polvo en las superficies, pasar aspiradoras por alfombras, pisos y muebles, y sellar cuidadosamente las bolsas plásticas en las que guardaban el polvo, y las fibras y partículas; se detuvieron especialmente sobre la pequeña alfombra oriental que había cerca del escritorio de Ethel. La visión del cadáver de Ethel en la morgue judicial, había dejado a Doug con el estómago sensibilizado, como un recuerdo incongruente del paseo en bote que había hecho una vez, y la náusea intensa que le había producido. La vio cubierta de una sábana de la que sólo emergía el óvalo de la cara, como una monja, lo que al menos le permitió no ver la herida en el cuello. Para no tener que pensar siquiera en el cuello, se concentró en el cardenal violáceo y amarillento de la mejilla. Después había tenido un espasmo, y corrido al baño.

Toda la noche había estado despierto, en la cama de Ethel, tratando de decidir qué hacer. Podía hablarle a la Policía acerca de Seamus, sobre su desesperación por interrumpir los pagos de la pensión. Pero en ese caso la esposa, Ruth, lo soltaría todo acerca de él. Se bañó en un sudor frío cuando comprendió lo estúpido que había sido al ir al Banco, aquel día, e insistir en retirar sus fondos en billetes de cien dólares. Si la Policía lo descubría… Antes de que llegara la Policía, se había preguntado, con intensidad dolorosa, si debía dejar esos billetes ocultos por el apartamento. Si no estaban, ¿quién podía decir que Ethel no los había gastado todos? Alguien lo sabría. Esa chica medio loca que había venido a limpiar, podría haber visto los que él había dejado.

189

Al final, Douglas decidió no hacer absolutamente nada. Dejaría que los policías encontraran los billetes. Si Seamus o su esposa trataban de acusarlo, los llamaría mentirosos. Con la tranquilidad que le daba esta idea, Douglas volvió su mente hacia el futuro. Este apartamento ahora era suyo. El dinero de Ethel era suyo. Se liberaría de toda esa estúpida ropa que llenaba el armario, y de las listas más estúpidas aún: A va con A, B va con B. Simplemente haría paquetes y los tiraría a la basura. La mera idea lo hizo sonreír. Pero no tenía sentido desperdiciar las cosas. Todo el dinero que había gastado Ethel, en ropa, no debía tirarse a la basura. Encontraría una buena tienda de segunda mano, y lo vendería todo.

Cuando se vistió, el sábado por la mañana, escogió deliberadamente pantalones azul oscuro y una camisa deportiva color arena, de mangas largas. Quería dar la impresión de un joven de luto. La falta de sueño le había producido ojeras. Hoy, era justo lo que necesitaba.

Los detectives revisaron el escritorio de Ethel. Los vio abrir la carpeta marcada «Importante». El testamento. Todavía no había decidido si debía admitir que lo conocía. El detective terminó de leerlo y lo miró:

—¿Conoce esto? —le preguntó, en un tono casual.

Siguiendo la inspiración del momento, Douglas tomó su decisión.

—No. Son papeles de mi tía.

—¿Ella nunca habló de su testamento, con usted?

Douglas logró mostrar una media sonrisa:

—Bromeaba mucho sobre eso. Me decía que si pudiera legarme la pensión alimenticia de su ex esposo, yo no tendría que trabajar en todo el resto de mi vida.

—¿Entonces, usted no sabía que, aparentemente, ella le ha dejado una importante cantidad de dinero?

Douglas señaló con la mano el apartamento:

—Jamás pensé que la tía Ethel tuviera dinero. Compró este apartamento, que antes alquilaba, cuando se puso en venta. Eso debió de costarle todo lo que tenía. Ganaba mucho con sus artículos, pero no acumulaba gran cosa.

—Debió de ser más ahorrativa de lo que usted creía.

—El detective había sostenido el testamento con manos

enguantadas, y tomándolo por los bordes. Para espanto de Douglas, el detective llamó al experto en huellas dactilares—. Probemos aquí.

Cinco minutos después, retorciéndose nerviosamente las manos sobre el regazo, Douglas confirmaba, y después negaba, cualquier conocimiento de los billetes de cien dólares que la brigada había encontrado ocultos por todo el apartamento. Para apartarlos del tema, les explicó que hasta el día anterior no había contestado al teléfono.

—¿Por qué? —El detective O'Brien era el que se ocupaba de interrogarlo. La pregunta cortó el aire como una navaja.

—Ethel era rara. Una vez que yo estaba de visita contesté al teléfono, y se puso furiosa. Me dijo que a mí no me importaba quién la llamaba. Pero ayer pensé que quizás era ella, que quería ponerse en contacto conmigo. Así que empecé a contestar.

—¿No podría haberlo llamado al trabajo?

—Jamás se me ocurrió.

—Y la primera llamada que cogió fue una amenaza para ella. Qué coincidencia que haya recibido esa llamada casi en el mismo instante en que se descubría el cadáver. —Abruptamente O'Brien dio por terminado el interrogatorio—. Señor Brown, ¿tiene pensado quedarse en este apartamento?

—Sí.

—Vendremos mañana, con la señorita Neeve Kearny. Ella debe revisar el armario de la señorita Lambston, para ver qué ropa falta. Es posible que queramos volver a hablar con usted. Estará aquí. —No era una pregunta, era una simple afirmación.

Por algún motivo, Douglas no se sintió aliviado de que el interrogatorio hubiera terminado. Y no tardó en comprobar que sus temores eran justificados. Pues O'Brien dijo:

—Es posible que le pidamos que pase por el cuartel general. Ya se lo haremos saber.

Cuando se marcharon, llevaban las bolsas plásticas con las briznas, el testamento de Ethel, la agenda y la pequeña alfombra oriental. Antes de que la puerta se cerrara, Doug oyó que uno de ellos decía:

—Por más que lo intenten, nunca logran sacar del todo la sangre de las alfombras.

En el «Hospital St. Vincent», Tony Vitale seguía en la unidad de vigilancia intensiva, todavía en estado grave. Pero el médico a cargo seguía diciéndole a los padres:

—Es joven. Es duro. Creemos que saldrá.

Amortajado en vendajes que le cubrían las heridas de bala en la cabeza, el hombro, el pecho y las piernas, alimentado por vía endovenosa con suero, conectado a monitores electrónicos que señalaban cada cambio de su cuerpo, con tubos plásticos saliéndole de la nariz, Tony derivaba de un estado de coma profundo a instantes de conciencia. Le volvían los últimos momentos. *Los ojos de Nicky Sepetti atravesándolo. Había sabido que Nicky sospechaba que él era un policía. Debería haber ido directamente a jefatura general, en lugar de detenerse a llamar por teléfono. Debería haber sabido que lo habían descubierto.*

Tony se hundió en la oscuridad.

Cuando volvió a abrirse camino hasta una confusa conciencia, oyó que el médico decía:

—Cada día muestra una pequeña mejoría.

¡Cada día! ¿Cuánto hacía que estaba allí? Trató de hablar, pero no salió ningún sonido.

Nicky había gritado, y había golpeado con el puño en la mesa, y les había ordenado que cancelaran el contrato.

Joey le había dicho que era imposible.

Entonces Nicky había preguntado quién lo había ordenado.

—... Alguien lo puso al descubierto —había dicho Joey—. Arruinaron su operación. Ahora los Federales están sobre el rastro...

Y después Joey había dado el nombre.

Mientras se deslizaba a la inconsciencia, Tony recordó ese nombre.

Gordon Steuber.

Con el rostro redondo muy pálido y bañado en sudor, Seamus esperaba en el Distrito Vigésimo de la Calle 82 Oeste. Trató de recordar todas las indicaciones que le había dado Ruth, todo lo que ella le había mandado decir.

Todo se le confundía.

La habitación en la que estaba sentado, no tenía más muebles que una mesa con la superficie marcada por quemaduras de cigarrillos, y unas sillas de madera, incómodas, en una de las cuales estaba sentado él. Una ventana de cristales sucios, que daba a la calle lateral. Afuera, el tráfico era un infierno; taxis y autobuses y coches tocándose el claxon unos a otros. El edificio estaba rodeado de coches patrulla aparcados.

¿Cuánto tiempo lo harían esperar allí?

Pasó otra media hora antes de que entraran dos detectives. Los seguía una estenógrafa judicial, que se sentó en una silla detrás de Seamus. Él se volvió y la miró apoyar la máquina estenográfica sobre el regazo.

El nombre del detective de más edad, era O'Brien. Se había presentado a sí mismo y a su compañero, Steve Gómez, en el bar.

Seamus había esperado que le leyeran sus derechos. De todos modos fue un *shock* oírselos leer, y que O'Brien le diera una copia impresa para que siguiera el texto. ¿Había comprendido? Asintió. ¿Quería que estuviera presente un abogado? No. ¿Comprendía que podía negarse a proseguir respondiendo, en cualquier momento? Sí. ¿Comprendía que cualquier cosa que dijera podía ser utilizada en contra suya?

—Sí —susurró.

Los modales de O'Brien cambiaron. De algún modo se volvieron más cálidos. Su tono se hizo de conversación:

—Señor Lambston, tengo el deber de decirle que usted es considerado un posible sospechoso en la muerte de su ex esposa, Ethel Lambston.

Ethel muerta. No más cheque de pensión. No más estar entre dos fuegos, entre ella, y Ruth y las chicas. ¿O esa posición entre dos fuegos sólo ahora comenzaba? Podía ver las manos de ella aferradas a él, ver el modo en que la había mirado cuando cayó hacia atrás, ver el modo en que se había levantado y había cogido el abrecartas. Sintió la humedad de la sangre de Ethel en las manos.

¿Qué estaba diciendo el detective, con su tono amistoso y conversacional?

Señor Lambston, usted discutió con su ex esposa. Ella lo estaba volviendo loco. El pago de la pensión alimenticia lo estaba llevando a la quiebra. A veces las cosas se acumulan de tal modo, que la presión nos hace romper los cerrojos. ¿Fue eso lo que pasó?

¿Se había vuelto loco? Podía sentir el odio de ese momento, el modo en que la bilis le subió a la garganta, el modo en que había apretado el puño y lo había dirigido contra esa boca burlona y malvada.

Seamus inclinó la cabeza sobre la mesa y comenzó a llorar. Los sollozos le sacudían todo el cuerpo.

—Quiero un abogado —dijo.

Dos horas después, Robert Lane, el abogado cincuentón que Ruth había logrado localizar tras frenéticos esfuerzos, apareció.

—¿Están dispuestos a presentar acusaciones formales contra mi cliente? —preguntó.

El detective O'Brien lo miró con expresión agria:

—No. No ahora.

—¿Entonces el señor Lambston puede retirarse?

O'Brien suspiró:

—Sí.

Seamus había estado seguro de que lo arrestarían. Sin atreverse a creer en lo que había oído, apoyó las palmas de las manos en la mesa y se levantó con esfuerzo de la silla. Sintió que Robert Lane le ponía la mano bajo el brazo, y lo guiaba hacia la puerta. Oyó que Lane decía:

—Quiero una transcripción de la declaración de mi cliente.

—La tendrá. —El detective Gómez esperó a que la puerta se cerrase, y después se volvió hacia su compañero—. Habría preferido encerrar a ese tipo.

O'Brien mostró una delgada sonrisa sin alegría:

—Paciencia. Debemos esperar el informe del laboratorio. Tenemos que confirmar los movimientos de Lambston, el jueves y viernes. Pero si quieres apostar sobre seguro, apuesta a que tendremos una orden judicial de detención, antes de que Seamus Lambston empiece a disfrutar del fin de sus pagos de la pensión.

Cuando Neeve, Myles y Jack volvieron al apartamento, había un mensaje en el contestador automático. ¿Podría Myles llamar al jefe Schwartz, a su oficina, por favor?

Herb Schwartz vivía en Forest Hill, «donde tradicionalmente han vivido el noventa por ciento de los jefes de Policía», le explicaba Myles a Jack Campbell mientras cogía el teléfono.

—Si Herb no está en su casa un sábado por la noche, algo grande tiene que estar ocurriendo.

La conversación fue breve. Cuando cortó, Myles dijo:

—Aparentemente, todo ha terminado. No bien se llevaron al ex marido y empezaron a interrogarlo, el tipo se echó a llorar como un bebé y pidió un abogado. Es sólo cuestión de tiempo hasta que tengan pruebas suficientes para acusarlo.

—Lo que estás diciendo es que no confesó —dijo Neeve—. ¿No es así? —Mientras hablaba, comenzó a encender lámparas de mesa, hasta que todo el ambiente quedó bañado en un suave resplandor cálido. Luz y calor. ¿Era eso lo que pedía su espíritu, después de haber presenciado la dura realidad de la muerte? No podía quitarse de encima la sensación de algo ominoso que la rodeaba. Desde el momento en que había visto la ropa de Ethel sobre esa mesa, la palabra *mortaja* había seguido bailando en su cabeza. Comprendía que lo que se había preguntado desde el primer momento era qué ropa llevaría ella misma en el momento de su propia muerte. ¿Intuición? ¿Superstición irlandesa? ¿La sensación de que alguien caminaba sobre su tumba?

Jack Campbell la miraba. «Él sabe», pensó Neeve. Él siente que hay en juego algo más que la ropa. Myles había sugerido que, si la blusa que Ethel usaba habitualmente con ese traje estaba en la tintorería, automáticamente habría escogido sustituirla con la que pertenecía originalmente al conjunto.

Todas las respuestas que daba Myles tenían igual sensatez. Myles. Estaba de pie, frente a ella; le apoyaba las manos en los hombros:

—Neeve, no has oído una palabra de lo que dije. Me hiciste una pregunta y te la respondí. ¿Qué es lo que te pasa?

—No sé. —Trató de sonreír—. Escucha, ha sido una tarde horrible. Creo que deberíamos tomar una copa.

Myles le examinó el rostro:

—Creo que deberíamos tomar una copa *cargada*, y después Jack y yo te llevaremos a cenar fuera. —Miró a Jack—. Salvo que vosotros tengáis otros planes, por supuesto.

—No hay planes salvo, si me permiten, preparar las copas.

El escocés, como el té en casa de Ketty Conway, logró apartar momentáneamente a Neeve de la sensación de ser arrastrada por una corriente sombría. Myles repitió lo que le había dicho el jefe: los detectives de homicidios consideraban que Seamus Lambston estaba al borde de confesarse culpable.

—¿Aun así quieren que revise el armario de Ethel mañana?

Neeve no sabía si en realidad quería que la librasen de esa tarea.

—Sí. No creo que importe, en un sentido u otro, si Ethel había planeado irse y había hecho las maletas ella misma, o si él la mató y trató de hacer ver que ella había salido en uno de sus viajes, pero de todos modos no queremos dejar cabos sueltos.

—¿Pero él no debería haber seguido pagando indefinidamente la pensión, mientras se creyera que ella estaba de viaje? Recuerdo que Ethel me dijo, una vez, que le había dado órdenes a su contable, de demandarlo si se atrasaba un solo día en el pago. Si el cuerpo de Ethel no hubiera sido descubierto, él debería haber seguido pagando durante siete años, antes de que la declarasen legalmente muerta.

Myles se encogió de hombros:

—Neeve, el porcentaje de homicidios resultante de la

violencia familiar, es abrumador. Y no demuestra mucha inteligencia por parte de sus autores. Se meten en un problema insoluble. Después tratan de borrar las huellas. Me has oído decirlo muchísimas veces: «Todo asesino deja su tarjeta de visita.»

—Si eso es cierto, comisario, me interesaría saber cuál es la tarjeta de visita que dejó el asesino de Ethel.

—Te diré cuál creo que es la tarjeta en este caso: ese cardenal en la mandíbula de Ethel. Tú no viste el informe de la autopsia. Yo sí. De joven, Seamus Lambston fue un buen boxeador amateur. El golpe casi le rompe la mandíbula a Ethel. Con o sin la confesión, yo habría empezado buscando a alguien que tuviera antecedentes de boxeador.

—Habló la Leyenda. Y está completamente equivocada.

Jack Campbell estaba en el sofá, bebiendo su «Chivas Regal», y por segunda vez en el día decidió no interponerse mientras Neeve y su padre discutían. Observarlos, no era distinto de presenciar un partido de tenis entre dos oponentes de fuerzas parejas. Casi sonrió al pensarlo, pero sintió pena al ver a Neeve. Seguía muy pálida, y el cabello negro que le enmarcaba el rostro, acentuaba el brillo lechoso de la piel. Había visto esos ojos castaños brillar de alegría, pero esta noche se le ocurrió que había en ellos una tristeza que iba más allá de la muerte de Ethel Lambston. «Sea lo que sea lo que pasó con Ethel —pensó Jack—, no ha terminado, y tiene que ver con Neeve.»

Sacudió la cabeza con impaciencia. Sus ancestros escoceses, con la carga de pretendidos sextos sentidos, volvían a él. Se había ofrecido a acompañar a Neeve y a su padre a la oficina de la fiscal de Rockland, por la simple razón de que quería pasar el día con Neeve. Al dejarla esta mañana había ido a su apartamento, se había duchado, cambiado, y luego había ido a la Biblioteca Pública de Manhattan Centro. Allí había leído, en microfilmes, los periódicos de diecisiete años antes, con los grandes titulares: ESPOSA DEL JEFE DE POLICÍA ASESINADA EN CENTRAL PARK. Había absorbido cada detalle; estudió las fotos de la procesión funeral desde la catedral de San Patricio. Neeve, de diez años, con un abrigo oscuro y un sombrero, su manita perdida en la de Myles, los ojos brillantes de lágrimas. El rostro de Myles tallado en granito. Las filas y filas de policías. Parecían extenderse a lo largo de toda la Quinta Avenida. Los comentaristas relacionaban el crimen con el mafioso convicto Nicky Sepetti.

Esa mañana había enterrado a Nicky Sepetti. Aquello tenía que haber devuelto, a Neeve y a su padre, al recuerdo de la muerte de Renata Kearny. Los microfilmes de aquellos viejos periódicos estaban llenos de suposiciones acerca de si Nicky Sepetti, desde su celda, había ordenado también la muerte de Neeve. Aquella mañana, Neeve le había dicho que el padre había temido la liberación de Nick, por ella, y que creía que la muerte de Sepetti lo había liberado, al fin, de ese miedo obsesivo.

«¿Entonces por qué yo estoy preocupado por ti, Neeve?», se preguntó Jack.

La respuesta le vino a la mente como si hubiera hecho la pregunta en voz alta. Porque la amo. Porque la he amado desde aquel primer día cuando ella salió corriendo del avión.

Jack notó que los tres habían vaciado sus vasos. Se levantó y cogió el de Neeve:

—Esta noche no creo que debas volar con una sola ala.

Con la segunda copa miraron el telediario de la noche. Hubo imágenes del funeral de Nicky Sepetti, incluyendo la apasionada declaración de la viuda.

—¿Qué te parece? —le preguntó Neeve a Myles en voz baja.

Myles apagó el aparato.

—Lo que pienso no autorizan a imprimirlo.

Cenaron en el «Pub de Neary», en la Calle 57 Este. Jimmy Neary, un irlandés de ojos brillantes con una sonrisa de duende, corrió a saludarlos:

—Jefe, es maravilloso verlo.

Los condujo personalmente a una de las buscadas mesas de rincón que Jimmy reservaba para clientes especiales. Jack le fue presentado a Jimmy, quien le señaló las fotos en las paredes:

—Ahí tiene. —La foto del ex gobernador Carey estaba situada donde nadie pudiera dejar de verla—. Sólo la crema de Nueva York viene aquí —le dijo a Jack—. Allí está el jefe. —La foto de Myles estaba frente a frente con la del gobernador.

Fue una buena velada. El «Pub de Neary» era siempre un sitio de reunión para políticos y clérigos. Hubo más de un comensal que se acercó a la mesa para saludar a Myles.

—Nos alegramos de volver a verlo, jefe. Se le ve en forma.

—Él adora esto —le susurró Neeve a Jack—. Odiaba estar enfermo, y estuvo ocultándose casi un año. Creo que ya está a punto para volver al mundo.

Se acercó el senador Moynihan:

—Myles, espero que aceptarás el puesto en la Agencia Judicial de Estupefacientes —le dijo—. Te *necesitamos*. Tenemos que librarnos de ese problema, y tú eres el hombre indicado.

Cuando el senador se marchó, Neeve levantó la vista al cielo:

—¡Y decías que sólo habías estado «tanteando la posibilidad!» Y resulta que ya es de dominio público.

Myles estaba estudiando el menú. Margaret, su camarera favorita, se acercó a tomar nota.

—¿Cómo está la langosta a la Creole, Margaret?

—Brillante.

Myles suspiró.

—Me lo temía. En honor a mi dieta, tráeme lenguado hervido.

Todos pidieron, y cuando probaban el vino, Myles dijo:

—Ese trabajo significará pasarme gran parte del tiempo en Washington. Tendré que alquilar un apartamento allí. No creo que hubiera podido dejarte aquí sola, Neeve, si Nicky Sapetti siguiera en las calles. Pero ahora me siento seguro. La banda no aprobó que Nicky ordenara la muerte de tu madre. Mantuvimos la máxima presión sobre ellos, hasta que gran parte de la plana mayor terminó presa junto a él.

—¿Entonces no cree en esa confesión en el lecho de muerte? —le preguntó Jack.

—Es difícil, para los que crecimos creyendo que un arrepentimiento final podía ganarnos el cielo, creer que alguien pueda morirse con un juramento falso en los labios. Pero en el caso de Nicky, me aferro en mi primera postura. Creo que fue un gesto de adiós a su familia, y obviamente ellos le creyeron. Pero ya ha sido un día bastante escabroso. Hablemos de algo interesante. Jack, ¿has estado lo suficiente en Nueva York como para decidir si el alcalde ganará su reelección?

Cuando terminaban el café, Jimmy Neary volvió a la mesa:

—Jefe, ¿sabe que el cadáver de la mujer Lambston lo encontró una de mis viejas clientas, Kitty Conway? Solía venir mucho con su marido. Es una dama de verdad.

—La conocimos hoy —dijo Myles.

—Si vuelven a verla, háganle llegar mis saludos, y díganle que vuelva.

—Quizás haga algo mejor que eso —dijo Myles como al pasar—. Quizá yo mismo la traiga.

La primera parada del taxi fue el apartamento de Jack. Al despedirse, dijo:

—Oídme, sé que puedo parecer entrometido, ¿pero habría alguna objeción si os acompaño mañana al aparcamento de Ethel?

Myles alzó las cejas.

—No si prometes mantenerte en segundo plano y no abrir la boca.

—¡Myles!

Jack sonrió:

—Tu padre tiene razón, Neeve. Acepto las condiciones.

Cuando el taxi se detuvo ante el edificio «Schwab», el portero abrió la portezuela para Neeve. Ella salió mientras Myles esperaba el cambio. El portero volvió a la entrada. La noche se había puesto clara. El cielo estaba lleno de estrellas. Neeve caminó unos pasos apartándose del taxi. Echó atrás la cabeza y admiró el firmamento.

Enfrente, Denny Adler estaba sentado en la acera, con la

espalda apoyada en la pared, una botella de vino a su lado y la cabeza gacha. Pero miraba a Neeve con los párpados entornados. Inhaló con fuerza. La tenía en la mira, y podría desaparecer antes de que nadie lo viera. Buscó en el bolsillo de la mugrienta chaqueta con la que se había disfrazado esa noche.

Ahora.

Su dedo se ajustó sobre el gatillo. Estaba a punto de sacar la pistola cuando se abrió la puerta a su derecha. Salió una mujer mayor, con una correa en la mano y un pequeño caniche al extremo de aquélla. El caniche se arrojó sobre Denny.

—No le tema a *Abejita* —dijo la mujer—. Es adorablemente amistosa.

La furia subía por Denny como la lava de un volcán, mientras veía salir del taxi a Myles Kearny, y a padre e hija entrar en el edificio. Estiró una mano para tomar por el cuello al caniche, pero logró controlarse a tiempo, y dejó caer la mano al suelo.

—A *Abejita* le encanta que la acaricien —lo alentó la señora—, aunque sea un extraño. —Dejó caer una moneda de veinticinco centavos sobre el regazo de Denny—. Espero que esto sea una ayuda.

CAPÍTULO X

El domingo por la mañana, el detective O'Brien llamó por teléfono y pidió hablar con Neeve.

—¿Para qué la quiere? —preguntó Myles abruptamente.

—Querríamos hablar con la mujer de la limpieza que estuvo en el apartamento de la Lambston la semana pasada, señor. ¿Su hija tiene el número?

—Oh. —Myles no supo por qué sintió un instantáneo alivio—. Es fácil. Se lo preguntaré a Neeve:

Cinco minutos después, llamaba Tse-Tse:

—Neeve, soy testigo. —Parecía excitadísima—. ¿Podría citarlos en tu apartamento a la una y media? Nunca antes me interrogó la Policía. Me gustaría que tú y tu papá estuvierais cerca. —Su voz bajó un tono—: Neeve, ¿no creerán que la maté yo, no?

Neeve no pudo evitar una sonrisa:

—Por supuesto que no, Tse-Tse. No hay problema. Papá y yo iremos a la misa de doce en San Pablo. A la una y media será perfecto.

—¿Debo hablarles sobre ese misterioso sobrino que sacó el dinero y lo volvió a poner, y al que Ethel amenazó con desheredarlo?

Neeve se sorprendió:

—Tse-Tse, me dijiste que Ethel se había puesto furiosa con él. No que había amenazado con desheredarlo. Por supuesto que debes decírselo.

Cuando colgó, Myles esperaba a su lado, con las cejas levantadas:

—¿De qué se trata?

Ella se lo dijo. Myles soltó un silbido bajo.

Tse-Tse apareció con un modoso rodete. Su maquillaje era sumamente discreto, salvo por las pestañas postizas. Llevaba un vestido de abuelita, y zapatos de tacón bajo.

—Es lo que usé cuando hice el papel de la casera juzgada por envenenar a su patrón —dijo en secreto.

Pocos minutos después llegaban los detectives O'Brien y Gómez. Cuando Myles los saludó, Neeve pensaba: Nadie imaginaría que ha dejado de ser el Número Uno en la Policía: estos hombres prácticamente le están haciendo reverencias.

Pero cuando les presentaron a Tse-Tse, O'Brien pareció confundido:

—Douglas Brown no dijo que la mujer de la limpieza era sueca. —Abrieron muy redondos los ojos mientras Tse-Tse les explicaba que ella interpretaba distintos personajes, según los papeles en que estuviera trabajando en algún teatro del off-off-Broadway.

—Ahora estoy interpretando a una doncella sueca —dijo en conclusión—, y le envié una invitación personal a Joseph Papp para la función de anoche. Era la última representación. Mi astrólogo me dijo que Saturno estaba en el cenit de Capricornio, lo que significa una radiación muy fuerte sobre mi vida profesional. Tenía un presentimiento de que iría. —Sacudió la cabeza con tristeza—. No fue. De hecho, no fue nadie.

Gómez tosió enérgicamente. O'Brien se tragó una sonrisa.

—Lo siento. Ahora bien, Tse-Tse…, si me permite llamarla así. —Empezó a interrogarla.

Neeve intervino para explicar por qué había ido con Tse-Tse al apartamento de Ethel, y por qué había vuelto luego a revisar la ropa del armario, y echar una mirada a la agenda de Ethel. Tse-Tse habló sobre la discusión telefónica con el sobrino, un mes atrás, y sobre el dinero que había sido repuesto en su lugar la semana anterior.

A las dos y media O'Brien cerró su libreta.

—Las dos han sido de gran ayuda. Tse-Tse, ¿tendría inconveniente en acompañar a la señorita Kearny al apartamento de Ethel Lambston? Usted lo conoce bien. Me gustaría saber si usted tiene la impresión de que algo pudiera faltar. Nos reuniremos allí dentro de una hora. Mientras tanto, yo tendré otra pequeña charla con Douglas Brown.

Myles había estado todo el tiempo sentado en su sillón, con el ceño fruncido.

—Así que ahora entra en esecena un sobrino codicioso —dijo.

Neever sonrió ácidamente:

—¿Cuál crees que habrá sido su tarjeta de visita, jefe?

A las tres y media, Myles, Neeve, Jack Campbell y Tse-Tse entraban en el apartamento de Ethel. Douglas Brown estaba sentado en el sofá, retorciéndose las manos sobre el regazo. Cuando levantó la vista, su expresión no era amistosa. Su rostro apuesto estaba húmedo de sudor. Los detectives O'Brien y Gómez estaban sentados frente a él, con sus libretas. La superficie de las mesas y del escritorio, estaban sucias y desordenadas.

—Yo dejé esto impecable cuando me fui —le susurró Tse-Tse a Neeve.

Neeve le susurró una explicación: el polvo lo habían puesto los detectives del laboratorio, buscando huellas dactilares. Después se dirigió a Douglas Brown.

—Lo siento muchísimo por su tía. Yo la quería mucho.

—Entonces era de los pocos —respondió Brown de inmediato. Se irguió, sin ponerse de pie—. Escuche, cualquiera que conociera a Ethel podría decirles lo irritante e insoportable que podía ser. Es cierto que me invitó a muchas cenas. Hubo muchas noches en que yo renuncié a salidas con mis amistades porque ella necesitaba compañía.

Por eso me regalaba, a veces, algunos de esos billetes de cien que escondía por todo el apartamento. Después se olvidaba de dónde había escondido el resto, y me acusaba de haberlos cogido. Después los encontraba y me pedía perdón. Y eso es todo. —Miró fijamente a Tse-Tse—. ¿Qué está haciendo con ese disfraz? ¿Hizo una apuesta? Si quiere servir de algo, ¿por qué no se pone a limpiar un poco?

—Yo trabajaba para la señorita Lambston —dijo Tse-Tse con dignidad—. Y la señorita Lambston está muerta. —Miró al detective O'Brien—: ¿Qué quiere que haga?

—Querría que la señorita Kearny haga una lista de la ropa que falta del armario, y querría que usted examine el apartamento en general, para ver si falta algo.

Myles le murmuró a Jack:

—¿Por qué no vas con Neeve? Podrías ayudarla tomando notas. —Por su parte, prefirió sentarse en una silla cerca del escritorio. Desde allí podría ver con claridad la pared cubierta con fotos de Ethel. Al cabo de un momento se puso de pie para estudiarlas, y no pudo sino sorprenderse, con un gruñido, al ver una serie donde aparecía Ethel en la última convención Republicana, posando con la familia del Presidente; Ethel abrazada al alcalde en la Mansión Gracie; Ethel recibiendo el premio anual al mejor artículo periodístico otorgado por la Sociedad Norteamericana de Periodistas y Autores. Por lo visto, había más en esa mujer de lo que él había notado. «Me apresuré, al descartarla como una charlatana sin cerebro», pensó Myles.

El libro que se había propuesto escribir Ethel. Había mucho dinero de la Mafia que era lavado en la industria de la moda. ¿Habría tropezado con algo de eso? Myles tomó nota mental de preguntarle a Herb Schwartz si se estaba llevando a cabo alguna investigación importante en ese campo.

Aunque la cama estaba hecha y no había nada en desorden en el dormitorio, reinaba allí la misma apariencia sucia que en el resto del apartamento. Hasta el armario parecía diferente. Era evidente que cada prenda y accesorio había sido sacada, examinada y vuelta a meter en cualquier parte.

—Fantástico —le dijo Neeve a Jack—. Esto lo hará todo más difícil.

Jack llevaba un jersey blanco tejido a mano, y unos pantalones de pana. Al llegar al edificio «Schwab», Myles le había abierto la puerta, y al verlo alzó las cejas:

—Parecerán los Mellicitos Felices —dijo con una sonrisa sarcástica.

Se hizo a un lado y Jack vio a Neeve, que también llevaba un jersey blanco hecho a mano, y unos pantalones de pana. Se rieron de la coincidencia, y Neeve se cambió el jersey por uno azul y blanco.

La coincidencia había iluminado el humor sombrío de Neeve ante la perspectiva de ocuparse de los efectos personales de Ethel. Ahora, lo que la invadía era la fatiga ante la difícil tarea a la que se enfrentaba.

—Más difícil, pero no imposible —dijo Jack con calma—. Dime cómo crees que habría que hacer esto.

Neeve le dio la carpeta con las copias en papel carbón de las cuentas de Ethel:

—Empezaremos por las últimas compras.

Sacó las ropas nuevas que Ethel no había llegado a usar, las tendió sobre la cama, y después fue retrocediendo en el tiempo, indicándole a Jack los vestidos y trajes que seguían en el armario. No tardó en hacerse evidente que las ropas que faltaban eran todas de abrigo:

—Eso elimina cualquier idea de que ella pudiera haber planeado ir al Caribe o algo por el estilo, y no llevar deliberadamente un abrigo —susurró Neeve tanto para sí misma como para Jack—. Pero Myles podría tener razón. La blusa blanca que iba con el traje que tenía puesto cuando la encontraron, no está allí. Quizás *está* en la tintorería... ¡Espera un minuto!

Con un gesto repentino tendió un brazo hasta el fondo del armario para sacar una percha que estaba oculta entre dos prendas de lana. De la percha colgaba una blusa blanca con encaje en el cuello y los puños.

—Esto era lo que estaba buscando —le dijo a Jack en tono triunfante—. ¿Por qué no se la puso Ethel? Y si por esa vez decidió usar la blusa original del conjunto, ¿por qué no se llevó ésta también?

Se sentaron juntos en la *chaise longue* mientras Neeve

copiaba las notas de Jack, hasta que tuvo una lista ordenada de la ropa que faltaba del armario de Ethel. Esperando en silencio, Jack miró a su alrededor. El dormitorio estaba sucio, probablemente a causa de la investigación policíaca. Muebles buenos. Una colcha cara, y almohadones decorativos. Pero le faltaba identidad. No había toques personales, instantáneas enmarcadas, recuerdos caprichosos. Los pocos cuadros que colgaban de las paredes carecían de toda evocación, como si hubieran sido elegidos sólo para llenar espacio. Era un cuarto deprimente, más vacío que íntimo. Jack comprendió que empezaba a sentir una enorme compasión por Ethel. Su imagen mental de ella había sido muy distinta. Siempre la había considerado una pelota de tenis autopropulsada, rebotando de un lado de la pista al otro, en un movimiento frenético e incesante. La mujer que sugería este dormitorio, había sido más bien una solitaria patética.

Volvieron a la sala a tiempo para ver a Tse-Tse revisando entre los montones de cartas que había sobre el escritorio de Ethel.

—No está —dijo.

—¿Qué es lo que no está? —preguntó O'Brien muy interesado.

—Ethel tenía una daga antigua que usaba como abridor de cartas, una de esas cosas indias con un mango decorado, rojo y dorado.

Neeve pensó que el detective O'Brien se parecía, de pronto, a un perro que había olido un rastro.

—¿Recuerda cuándo fue la última vez que vio esa daga, Tse-Tse? —preguntó.

—Sí. Estaba aquí los dos días de esta semana, cuando vine a limpiar, el martes y el jueves.

O'Brien miró a Douglas Brown.

—Esa daga no estaba aquí ayer, cuando estuvimos buscando huellas dactilares. ¿Alguna idea de dónde podríamos encontrarla?

Douglas tragó saliva. Trató de parecer como si estuviera reflexionando profundamente. El viernes por la mañana esa daga estaba sobre el escritorio. Nadie había venido, salvo Ruth Lambston.

Ruth Lambston. Ella lo había amenazado con decirle a la Policía que Ethel quería desheredarlo. Pero él ya le había dicho a la Policía que Ethel siempre estaba encontrando el dinero que le acusaba de robar. Eso había sido una respuesta brillante. Pero ahora, ¿les diría que había venido Ruth?

O'Brien estaba repitiendo la pregunta, esta vez en tono más perentorio. Douglas decidió que era hora de desviar de él la atención de los policías.

—El viernes por la tarde vino Ruth Lambston. Se llevó una carta que Seamus había dejado para Ethel. Me amenazó con decirles a ustedes que Ethel estaba enfadada conmigo, si yo les hablaba de Seamus. —Se detuvo, y después agregó, virtuosamente—: Esa daga estaba ahí cuando ella vino. Estaba de pie cerca del escritorio cuando yo fui a la habitación de mi tía. No he vuelto a verla desde entonces. Tendrán que preguntarle *a ella* por qué la robó.

Cuando Ruth recibió la angustiada llamada de Seamus, el sábado por la tarde, logró ponerse en contacto con la jefa de personal de la compañía para la que trabajaba. Fue esta mujer la que envió el abogado, Robert Lane, a la Comisaría de Policía.

Cuando Lane trajo a Seamus a casa, Ruth estuvo segura de que su marido estaba al borde de un ataque al corazón, y quiso llevarlo al servicio de urgencias del hospital. Seamus se negó con vehemencia, pero sí aceptó meterse en cama. Tenía los ojos enrojecidos e hinchados de lágrimas; al entrar en el dormitorio, era un hombre quebrado y vencido.

Lane esperó en la sala para hablar con Ruth:

—No soy un abogado criminalista —dijo sin rodeos—. Y su marido necesitará uno.

Ruth asintió.

—Por lo que me dijo en el taxi, podría tener una oportunidad de absolución, o pena reducida por trastorno mental transitorio

Ruth se sintió helada:

—¿Admitió haberla matado?

—No. Me dijo que le dio un puñetazo, que ella quiso

tomar la daga abrecartas, que él se la arrebató y que en la riña le cortó la mejilla derecha. También me dijo que contrató a un personaje que suele ir a su bar, para que le hiciera llamadas amenazadoras.

Ruth tenía los labios rígidos:

—De eso me enteré anoche.

Lane se encogió de hombros:

—Su marido no soportará un interrogatorio intenso. Mi consejo es que confiese todo y trate de conseguirle clemencia. Usted cree que la mató, ¿verdad?

—Sí.

Lane se puso de pie:

—Como le dije, no soy abogado criminalista, pero averiguaré si puedo conseguirle uno. Lo siento.

Durante horas Ruth se quedó sentada inmóvil, con la inmovilidad de la desesperación total. A las diez encendió la televisión y oyó que el ex marido de Ethel Lambston había sido interrogado como sospechoso del crimen. Dio un salto para apagar el aparato.

Los hechos de la última semana pasaban una y otra vez por su mente. Diez días atrás, la llorosa llamada de Jennie («Mamá, fue tan humillante. El cheque no tenía fondos. Me lo devolvieron»), lo había puesto todo en marcha. Ruth recordó el modo en que le había gritado a Seamus. «Lo empujé hasta un punto donde perdió la razón», pensó.

Pedir clemencia. ¿Qué significaba eso? ¿Cuántos años podían echarle por homicidio? ¿Quince? ¿Veinte? Pero él había enterrado el cuerpo. Se había tomado toda clase de problemas para ocultar el crimen. ¿Cómo había logrado mantener la calma?

¿Calma? ¿Seamus? ¿Con esa daga en la mano, mirando a una mujer cuyo cuello acababa de cortar? Imposible.

Un nuevo recuerdo le volvió a Ruth, algo que había sido una broma familiar en los días en que todavía se reían. Seamus había entrado a la sala de partos, cuando nació Marcy. Y se había desmayado. De sólo ver la sangre, había perdido el conocimiento. «Se preocuparon más por tu padre, que por ti y por mí —le decía Ruth a Marcy—. Fue la primera y última vez que tu padre entró a la sala de partos.

Su vocación es servir copas en un bar, no jugar al médico.»

Seamus mirando la sangre manar del cuello de Ethel, metiendo el cuerpo en una bolsa plástica, sacándola del apartamento. Recordó algo que decían los diarios: que habían arrancado las etiquetas de la ropa de Ethel. ¿Seamus habría tenido el valor de hacer eso, y después enterrarla en esa cueva en el parque? «Simplemente no era posible», pensó.

Pero si él no había matado a Ethel, si la había dejado viva como había dicho, entonces al lavar y hacer desaparecer esa daga, ella podía haber destruido la prueba que podría haber conducido a otro...

Era demasiado abrumador para pensarlo siquiera. Agobiada, Ruth se puso de pie y fue al dormitorio. Seamus respiraba con ritmo regular, pero se movió:

—Ruth, ven conmigo.

Cuando ella se metió en la cama, él la abrazó y se quedó dormido con la cabeza apoyada en el hombro de su mujer.

A las tres, Ruth seguía tratando de decidir qué hacer. Después, casi como una respuesta a una plegaria no formulada, pensó en la frecuencia con la que había visto al ex jefe de Policía Kearny en el supermercado, desde la jubilación de aquél. Siempre sonreía con tanta amabilidad al saludar. Una vez, al romperse la bolsa en que ella había metido sus provisiones, él se detuvo a ayudarla. A ella le había gustado instintivamente, aun cuando verlo le bastaba para recordar que parte del dinero que su marido pagaba como pensión, iba a parar a la tienda elegante de la hija de este hombre.

Los Kearny vivían en el edificio «Schwab», en la Calle 74. *Mañana, ella y Seamus irían allí y pedirían ver al jefe. Él sabría qué debían hacer. Podía confiar en él.* Ruth, al fin, se durmió, pensando: tengo que confiar en alguien.

Por primera vez en años, Ruth durmió toda la mañana del domingo. Su reloj de pulsera marcaba las doce menos cuarto cuando se incorporó apoyándose en un codo para mirarlo. La luz brillante del sol entraba por los postigos cerrados. Miró a Seamus. En sueños, él perdía la expresión ansiosa y temerosa que tanto la irritaba, y sus rasgos regulares recordaban que había sido un hombre apuesto. Las chicas habían heredado la apostura de él, pensó Ruth, y el sentido del humor. En los viejos tiempos, Seamus había sido un hombre confiado, ocurrente. Después, vino la decadencia. El alquiler del bar aumentó astronómicamente, el barrio cambió de fisonomía, y los antiguos clientes desaparecieron uno tras otro. Y todos los meses, el cheque de la pensión.

Ruth saltó de la cama y fue hasta la cómoda. Un rayo de sol revelaba, sin piedad, las marcas sobre la madera. Trató de abrir el cajón sin hacer ruido, pero crujió. Seamus hizo un movimiento.

—Ruth —no estaba totalmente despierto.

—Quédate ahí —le dijo ella con voz tranquilizadora—. Te llamaré cuando esté el desayuno.

Sonó el teléfono cuando sacaba el tocino de la sartén. Eran las chicas. Se habían enterado de la muerte de Ethel, dijo Marcy, la mayor.

—Mamá, lo sentimos por ella, pero eso significa que papá no tendrá que pagar más, ¿no?

Ruth trató de sonar alegre:

—Así parece… Todavía no nos hemos acostumbrado a la idea.

Llamó a Seamus, que se acercó al teléfono. Ruth sabía el esfuerzo que él estaba haciendo al hablar.

—Es terrible alegrarse de que alguien muera, pero no es terrible alegrarse de que a uno le quiten de encima un peso financiero. Y ahora dime, ¿cómo están mis niñas? No hay chicos propasándose, espero.

Ruth había preparado zumo de naranja, tocino, huevos revueltos, tostadas y café. Esperó a que Seamus terminara de comer, y le sirvió una segunda taza de café. Después se sentó frente a él, al otro lado de la pesada mesa de roble que había sido una donación no pedida de la tía solterona de él, y dijo:

—Tenemos que hablar.

Apoyó los codos en la mesa, se unió las manos debajo del mentón, vio su imagen en el espejo maltrecho que estaba sobre el aparador de la vajilla, y comprendió fugazmente que se veía, y se sentía, como una vieja. Su vestido estaba desteñido; su cabello castaño, que siempre había sido hermoso, ahora estaba raleado y grisáceo; los anteojos redondos hacían que su rostro pequeño pareciera mezquino. Apartó de su mente esos pensamientos, que no tenían nada que ver con el problema que tenían entre manos, y siguió hablando:

—Cuando me dijiste que le habías dado un puñetazo a Ethel, que se había herido con esa daga abrecartas, que le habías pagado a alguien para que la amenazara, creí que habías ido un paso más allá. Creí que la habías matado.

Seamus miraba fijamente la taza de café. Se diría que ahí adentro están todos los misterios del universo, pensó Ruth.

Luego irguió la cabeza y la miró a los ojos. Era como si una buena noche de sueño, hablar por teléfono con las chicas y un desayuno decente, lo hubieran devuelto a la cordura:

—No maté a Ethel —dijo—. La asusté. Diablos, me asusté a mí mismo. Ni pensé en golpearla, pero fue algo que surgió por instinto. Ella se cortó por su culpa, por coger esa daga. Se la arranqué de las manos y la arrojé sobre el escritorio. Pero ella estaba asustada. Fue entonces cuando dijo «Está bien, está bien. Puedes guardarte esa maldita pensión.»

—Eso fue el jueves por la tarde —dijo Ruth.

—El jueves, a eso de las dos de la tarde. Ya sabes la falta de clientes que hay a esa hora. Y sabes el estado en que te encontrabas por ese cheque devuelto. Salí del bar a la una y media. Dan se quedó remplazándome.

—¿Volviste al bar?

Seamus terminó la taza de café y la devolvió al platillo.

—Sí. Tenía que volver. Después regresé a casa y me emborraché. Y seguí borracho todo el fin de semana.

—¿A quién viste? ¿Saliste a comprar el periódico?

Seamus sonrió, con una sonrisa delgada y sin alegría:

—No estaba en condiciones de leer nada —esperó la reacción de ella, y después Ruth creyó ver un atisbo de esperanza en su rostro—. ¿Me crees? —dijo Seamus con un tono humilde y sorprendido.

—No te creía ayer o el viernes —dijo Ruth—. Pero ahora te creo. Eres muchas cosas, y sobre todo *no* eres muchas cosas, pero sé que no podrías coger un cuchillo y cortar un cuello.

—No ganaste la lotería conmigo —dijo Seamus en voz muy baja.

Ruth habló con más vivacidad:

—Pudo ser peor. Ahora vamos a lo práctico. No me gusta ese abogado, y él mismo dijo que necesitabas a otro. Quiero probar algo. Por última vez, júrame que no mataste a Ethel.

—Lo juro por mi vida —dijo Seamus, y vaciló un instante—. Por las vidas de mis tres hijas.

—Necesitamos ayuda. Ayuda en serio. Vi el noticiero anoche. Hablaron de ti. Que te estaban interrogando. Tienen prisa por probar que lo hiciste tú. Tenemos que decirle toda la verdad a alguien que pueda aconsejarnos qué hacer, o enviarnos al abogado correcto.

Le llevó toda la tarde convencer a Seamus, a fuerza de argumentos, órdenes, ruegos y razones. Eran las cuatro y media cuando se pusieron los abrigos. Ruth, sólida y compacta dentro del suyo, Seamus, con el botón central tirante, y caminaron las tres calles que los separaban del edificio «Schwab». Por el camino hablaron poco. Aun cuando el viento era más fuerte y frío de lo que correspondía a la estación, la gente gozaba del sol. Los niños aferrando globos, de la mano de padres con aire exhausto, hicieron sonreír a Seamus:

—¿Recuerdas cuando llevábamos a las chicas al zoológico, los domingos por la tarde? Me alegra que lo hayan reabierto.

En el edificio «Schwab», el portero les dijo que el jefe Kearny y la señorita no estaban. Con timidez, Ruth pidió permiso para esperar. Durante media hora estuvieron sentados, el uno junto al otro, en el sofá del vestíbulo, y Ruth empezó a dudar de la sabiduría de su decisión de venir. Estaba a punto de sugerir que se marcharan, cuando el portero abrió la puerta y entró un grupo de cuatro personas. Los Kearny y dos extraños.

Antes de perder el valor, Ruth se precipitó hacia ellos.

—Myles, habría preferido que les dejaras hablar contigo.

Estaban en la cocina del apartamento. Jack preparaba una ensalada. Neeve estaba descongelando los restos de salsa de la cena del jueves.

Myles preparaba un par de martinis secos muy cargados, para él y Jack:

—Neeve, no tenía sentido dejarlos que se confesaran conmigo. Tú eres una testigo del caso. Si les dejaba decirme que él había matado a Ethel en una lucha, yo tendría la obligación moral de informarlo.

—Estoy segura de que no es eso lo que querían decirte.

—Sea como sea, puedo asegurarte que tanto Seamus Lambston como su esposa están siendo bien interrogados en la jefatura. No olvides que si ese resbaladizo sobrino dijo la verdad, Ruth Lambston robó el abrecartas, y puedes apostar a que no lo quería como recuerdo. Llamé a Pete Kennedy. Es un excelente abogado criminalista, y los verá por la mañana.

—¿Y ellos pueden permitirse un gran abogado criminalista?

—Si Seamus Lambston tiene las manos limpias, Pete les dirá a nuestros muchachos que están sobre la pista equivocada. Si es culpable, cualquier cantidad que cobre valdrá la pena para reducir la condena de homicidio en primer grado, a asesinato accidental.

Durante la cena, Neeve notó que Jack apartaba deliberadamente la conversación del tema de Ethel. Le preguntó a Myles por algunos de sus casos famosos, tema del que Myles nunca se cansaba de hablar. Sólo cuando levantaban la mesa, Neeve advirtió que Jack sabía mucho sobre casos de los que seguramente nunca se habían ocupado los diarios del Medio Oeste.

—Estuviste investigando sobre Myles en diarios viejos —acusó.

Jack no pareció avergonzado.

—Sí. Eh, deja esas ollas en el fregadero. Yo las lavaré. Tú podrías estropearte las uñas.

Es imposible, pensaba Neeve, que hayan sucedido tantas cosas en una semana. Le parecía como si Jack siempre hubiera estado cerca. ¿Qué estaba pasando?

Sabía bien qué estaba pasando. Después la invadió un frío doloroso. Moisés viendo la Tierra Prometida, y sabiendo que nunca la pisaría. ¿Por qué sentía eso? ¿Por qué sentía como si, de alguna forma, se estuviera alejando de todo? ¿Por qué hoy, al mirar esa instantánea de Ethel, creyó ver en su expresión algo secreto, dirigido a ella, como si Ethel le dijera: «Espera un poco y verás»?

«¿Qué es lo que veré?», se preguntó Neeve.

La muerte.

El telediario de las diez contenía material sobre Ethel. Alguien había montado filmaciones de su casa, su barrio, las redacciones de las revistas en que trabajaba. El día había sido más bien escaso en noticias, y Ethel ayudaba a llenar el vacío.

El telediario terminaba cuando sonó el teléfono. Era Kitty Conway. Su voz clara, casi musical, sonaba algo ansiosa:

—Neeve, perdona que te moleste, pero acabo de llegar a casa. Cuando colgaba mi abrigo descubrí que tu padre había dejado el sombrero en el armario. Iré a la ciudad mañana por la tarde, así que pensé que podía llevárselo.

Neeve estaba atónita.

—Espera un minuto, te pasaré con él. —Al pasarle el receptor a Myles, le susurró—: Tú nunca olvidas nada. ¿Qué te traes entre manos?

—Oh, es la bonita Kitty Conway. —Sonaba complacido—. Me preguntaba si encontraría alguna vez ese maldito sombrero. —Cuando colgó, le echó una mirada tímida a Neeve—. Pasará por aquí mañana, a eso de las seis. La llevaré a cenar. ¿Quieres venir?

—Por cierto que no. Salvo que creas necesitar un testigo. De todos modos, mañana tengo que ir a la Séptima Avenida.

En la puerta, al despedirse, Jack le dijo:

—Dime si me estoy poniendo pesado. Si no, ¿qué te parece si cenamos mañana?

—Sabes muy bien que jamás podrías ser un pesado. Una

215

cena mañana me parece perfecta, si no te molesta esperar a que te llame. No sé a qué hora estaré libre. Por lo general, los días que hago compras en la Séptima Avenida, termino en la oficina del tío Sal, así que te llamaré desde allí.

—No me molesta. Neeve, una cosa más. Ten cuidado. Eres una testigo importante en la muerte de Ethel Lambston, y al ver a esa pareja, Seamus Lambston y su esposa, me sentí intranquilo. Neeve, esa gente está desesperada. Culpables o inocentes, quieren detener la investigación. Ese deseo de confesarse con tu padre pudo ser sincero y espontáneo, o pudo ser una maniobra bien calculada. Lo importante es que los asesinos no vacilan en volver a matar, si alguien se interpone en su camino.

CAPÍTULO XI

Como el lunes era el día libre de Denny en el restaurante, su ausencia allí no despertaría sospechas, pero además quería dejar bien establecida la coartada de que había pasado el día en la cama.

—Me parece que pesqué una gripe —le farfulló al desinteresado portero de la casa de pensión donde vivía. El Gran Charley lo había llamado el día anterior por teléfono:

—Liquídala o pondremos a otro que pueda hacerlo.

Denny sabía lo que significaban esas palabras. Él no viviría para contar su fracaso, pues su conocimiento del asunto podía servirle en el futuro para negociar otro delito con algún fiscal. Además, quería el resto del dinero.

Hizo sus planes con todo cuidado. Fue a la farmacia de la esquina y, entre toses, le pidió al farmacéutico que le sugiriese algo para su malestar. De vuelta en la pensión, se obligó a hablar con la mujerzuela estúpida que vivía a dos puertas de él, y siempre estaba tratando de iniciar una conversación. Cinco minutos después, salía del cuarto de ella con una taza de té maloliente.

—Esto cura cualquier cosa —le dijo la mujer—. Iré a verlo más tarde.

—Quizás pueda hacerme más té al mediodía —gimió Denny.

Fue al baño que compartían los inquilinos de los pisos segundo y tercero, y se quejó de cólicos al viejo borracho que esperaba pacientemente a que la puerta se abriese. El borracho se negó a cederle su lugar en la cola.

Una vez en su cuarto, Denny empaquetó con cuidado toda la ropa harapienta qué había usado en el seguimiento de Neeve. Uno nunca sabía qué portero podía ser observador, y describir en detalle a los vagabundos que habían andado rondando el edificio «Schwab». Incluso esa maldita vieja del perrito. Le había echado una buena mirada. Denny no tenía ninguna duda de que cuando la hija del ex jefe de Policía fuera asesinada, los policías no dejarían rincón sin revisar.

Arrojaría ese lío de ropas en el cubo de basura más cercano. Eso era fácil. La parte más difícil era seguir a Neeve Kearny, desde su tienda hasta la Séptima Avenida. Pero había ideado un modo de hacerlo. Tenía un chándal nuevo, gris. Nadie lo había visto usar. Tenía una peluca *punk* y anteojos negros de aviador. Con ese atuendo parecería uno de esos mensajeros que recorrían toda la ciudad en bicicleta, atropellando a todo el mundo. Se proveería de un gran sobre manila bajo el brazo, y esperaría a que Neeve Kearny saliera. Probablemente ella iría en taxi a la Zona de Ropas. La seguiría en otro taxi. Le contaría cualquier historia al taxista, que le habían robado la bicicleta y que esa señora necesitaba los papeles que él llevaba.

Él mismo había oído a Neeve Kearny acordar una cita, a la una y media, con una de esas mujeres ricas que podían permitirse gastar miles de dólares en ropa.

Siempre había que dejar un margen de error. Él estaría vigilando la tienda antes de la una y media.

No importaba si el taxista sumaba dos más dos después de la muerte de Kearny. Buscarían a un tipo con un corte de pelo *punk*.

Hechos sus planes, Denny metió el lío de ropa vieja bajo la cama. «Qué pocilga», pensó mirando a su alrededor. Un criadero de cucarachas. Maloliente. Pero cuando terminara este trabajo y le pagaran los restantes diez mil, no tendría más que esperar a que su libertad condicional se cumpliese, y después se marcharía. Vaya si se marcharía.

Durante el resto de la mañana hizo frecuentes viajes al retrete, quejándose de dolores a cualquiera que quisiera oírlo. Al mediodía, la mujer vino a llamar a la puerta y le dio otra taza de té y un panecillo rancio. Hizo más viajes al retrete, permaneciendo dentro, durante largo rato cada vez, tratando de no respirar los olores hediondos, y haciendo esperar a los otros a pesar de sus protestas.

A la una menos cuarto, volvía del baño y se cruzó con el viejo borracho:

—Creo que me siento mejor. Veré si duermo un poco.

Su cuarto estaba en el primer piso y daba al callejón lateral. Había un alero providencial bajo su ventana, y de ahí podía pasar, sin dificultad, al tejado de al lado que tenía escalera al callejón. Se puso el chándal gris, se ajustó a la cabeza la peluca *punk*, se calzó los anteojos, arrojó el lío de ropa vieja por la ventana, y salió él mismo.

Se deshizo del lío de ropa en un cubo de basura infestado de ratas detrás de un edificio en la Calle 108, tomó el Metro hasta Lexington y la Calle 86, compró un sobre manila grande y un rotulador en un expendedor automático, escribió «Urgente» en el sobre, y tomó posición frente a la casa de Neeve.

A las diez de la mañana del lunes, el vuelo 771 de un carguero coreano aterrizó en el aeropuerto «Kennedy». Camiones de textiles «Gordon Steuber» esperaban para cargar los contenedores con vestidos y ropa deportiva, que serían transportados a los depósitos de la compañía de Long Island City; depósitos que no figuraban en ningún papel de la compañía.

Pero había otras personas esperando ese embarque: funcionarios policiales convencidos de que harían uno de los descubrimientos de drogas más grandes de los últimos diez años.

—Excelente idea —observó uno de ellos al otro mientras esperaban, disfrazados con uniformes de mecánico, al borde de la pista—. He visto droga escondida en muebles, en muñecas, en collares para perros, en pañales de bebé, pero nunca en ropa de marca.

El avión describió un arco en el cielo, aterrizó, y frenó a

la altura del hangar. En un instante, el área hormigueaba de policías federales.

Diez minutos después, había sido abierto el primer contenedor. Se cortaron los dobladillos de una chaqueta de lino de líneas exquisitas. Un chorro de heroína pura cayó a una bolsa de plástico que sostenía el jefe de las fuerzas policiales.

—Cielos —dijo con asombro—. Debe de haber unos dos millones sólo en esta caja. Que detengan ahora mismo a Steuber.

A las nueve y cuarenta la Policía irrumpía en la oficina de Gordon Steuber. La secretaria trató de detenerlos, pero fue hecha a un lado con firmeza. Steuber escuchó impasible la lectura de sus derechos. Sin el menor rastro de emoción, vio cómo le ponían esposas en las muñecas. Por dentro ardía en una ira brutal y asesina, cuyo blanco era Neeve. Cuando lo sacaban, se detuvo para hablar con la llorosa secretaria:

—May —le dijo—, cancele todas mis citas. No lo olvide.

La expresión en los ojos de ella le indicó que había entendido. May no diría que doce días antes, un miércoles por la noche, Ethel Lambston había invadido la oficina para decirle que estaba enterada de sus actividades ilícitas.

Douglas Brown no durmió bien el domingo por la noche. Mientras se revolvía sin descanso entre las sábanas buenas de Ethel, soñaba con ella, sueños realistas en los que Ethel levantaba una copa de «Dom Pérignon», en San Domenico:

—Por Seamus el gusano.

Sueños en los que Ethel le decía con frialdad:

—¿Cuánto me robaste esta vez?

Sueños en los que la Policía venía a llevárselo.

A las diez de la mañana del lunes, llamaron de la oficina del forense del Condado de Rockland. Como su pariente más próximo, se le preguntaba a Doug acerca de sus planes con respecto a los restos mortales de Ethel Lambston. Doug trató de sonar solícito:

—El deseo de mi tía era ser incinerada. ¿Podría sugerirme qué debo hacer?

En realidad, Ethel había dicho algo acerca de ser enterrada con sus padres en Ohio, pero sería mucho más barato enviar una urna que un ataúd.

Le dieron el nombre de una funeraria. La mujer que lo atendió se mostró cordial y comprensiva, y le preguntó sobre la responsabilidad del pago. Doug prometió volver a llamarla, y telefoneó al contable de Ethel. El contable había estado ausente durante el fin de semana largo, y acababa de enterarse de la horrible noticia.

—Yo hice de testigo en el testamento de la señorita Lambston —le dijo el contable—. Tengo una copia del original. Ella lo quería mucho a usted.

—Y yo la quería a ella con todo mi corazón —colgó.

Tenía que acostumbrarse a que era un hombre rico. Al menos, rico para lo que había sido hasta ahora.

«Si no se echa todo a perder», pensó.

Por instinto, había estado esperando a la Policía, pero aun así, el golpe enérgico en la puerta, la invitación a ir a la jefatura para un interrogatorio, lo hicieron temblar. Una vez en la jefatura, se congeló al oír que le leían sus derechos.

—Deben de estar bromeando —dijo.

—Preferimos excedernos en las precauciones —le dijo el detective Gómez con acento tranquilizador—. Recuerde, Doug, que no está obligado a responder preguntas. Puede llamar a un abogado. O puede dejar de responder cuando quiera.

Doug pensó en el dinero de Ethel; en las propiedades de Ethel; en la chica del trabajo que lo miraba con buenos ojos; en no tener que volver a trabajar; en decírselo a ese miserable que era su jefe inmediato. Se decidió por una postura de colaboración.

—Estoy dispuesto a responder a cualquier pregunta.

Pero se le hizo difícil responder a la primera pregunta que le hizo el detective O'Brien:

—El jueves pasado usted fue al Banco y retiró cuatrocientos dólares, que pidió en billetes de a cien. No vale la pena negarlo, Doug, porque lo hemos comprobado. Ése fue el dinero que encontramos en el apartamento, ¿no es así, Doug? Ahora, ¿por qué ponerlo ahí cuando usted nos dijo que su tía siempre encontraba el dinero que ella le acusaba a usted de haber robado?

Myles durmió desde la medianoche hasta las cinco y media. Al despertarse supo que no podría volver a conciliar el sueño. Y no había cosa que detestara más, que quedarse en la cama esperando una posibilidad huidiza de dormirse. Se levantó, se puso una bata y fue a la cocina.

Bebiendo una taza de café descafeinado examinó, paso por paso, todos los hechos de la semana. Su sentimiento inicial de liberación al enterarse de la muerte de Nicky Sepetti, se estaba desvaneciendo. ¿Por qué?

Miró a su alrededor en la cocina bien ordenada. La noche anterior había aprobado, sin palabras, el modo en que Jack Campbell ayudó a Neeve a limpiar. Jack sabía manejarse dentro de una cocina. Myles sonrió a medias, pensando en su propio padre. Un tipo corpulento. Su madre se refería a él siempre con respeto. Pero Dios era testigo de que papá jamás había llevado un plato al fregadero, ni se había ocupado de un chico o empujado una aspiradora. Hoy los maridos jóvenes eran diferentes. Y la diferencia estaba bien.

¿Qué clase de marido había sido él para Renata? Bueno, según casi todas las normas.

—La amaba —dijo Myles ahora, con la voz poco más alta que un susurro—, y estaba orgulloso de ella. Nos divertíamos juntos. Pero me pregunto si la conocía bien. ¿Hasta qué punto fui un reflejo de mi padre durante nuestro matrimonio? ¿La tomé realmente en serio, fuera de su papel de esposa y madre?

La noche anterior, o había sido la otra, le había dicho a Jack Campbell que Renata le había enseñado a apreciar el vino. Yo estaba muy ocupado puliéndome, por entonces, pensó Myles, recordando cómo, antes de conocer a Renata, había iniciado un programa personal de mejoramiento. Entradas al «Carnegie Hall». Entradas para el «Met». Visitas al «Museo de Arte».

Fue Renata la que cambió esas visitas del deber de un escolar, a expediciones de descubrimiento llenas de emoción. Renata que, cuando volvían de la ópera, cantaba las melodías con su clara y vigorosa voz de soprano.

—Milo, *caro*, ¿es posible que seas el único irlandés en el mundo sin oído musical? —bromeaba.

En los once maravillosos años que compartimos, apenas si llegamos a descubrir todo lo que podíamos ser el uno para el otro.

Myles se levantó para servirse una segunda taza de café. ¿Por qué sentía con tanta fuerza estos pensamientos? ¿Qué se le escapaba? Algo. Algo. Oh, Renata, rogó. No sé por qué, pero estoy preocupado por Neeve. Hice todo lo que pude durante estos diecisiete años. Pero ella es tu niña, también. ¿Está en problemas?

La segunda taza de café le levantó el ánimo, y empezó a sentirse algo tonto. Cuando Neeve apareció bostezando en la cocina, estaba lo bastante recuperado como para decir:

—Tu editor es un buen lavaollas.

Neeve sonrió, se inclinó para besar la cabeza de Myles, y respondió:

—Lo mismo digo de «la bonita Kitty Conway». Lo apruebo, comisario. Ya es hora de que empieces a mirar a las damas. Después de todo, ya estás bastante crecidito.

Y esquivó de un salto la palmada que él le soltó.

Para ir a trabajar, Neeve eligió un traje «Chanel», rosa y gris claro, con botones dorados, zapatos de cuero gris y un bolso a juego. Se levantó el cabello en un rodete.

Myles la miró con aprobación:

—Me gusta ese arreglo. Mejor que el tablero de ajedrez del sábado. Debo decir que tienes tanto gusto como tu madre, en materia de ropa.

—La aprobación de Sir Hubert es todo un elogio. —En la puerta, Neeve vaciló un instante—. Comisario, ¿soportarías un capricho más de mi parte? Pregúntale al forense si existe la posibilidad de que le hayan cambiado la ropa a Ethel, después de muerta.

—No lo había pensado.

—Piénsalo, por favor. Y aun cuando no llegues a una

conclusión favorable, pregunta, hazlo por mí. Una cosa más: ¿Crees que Seamus Lambston y su esposa estaban tratando de hacernos caer en una trampa?

—Es enteramente posible.

—De acuerdo. Pero, Myles, escúchame sin hacerme callar, por una sola vez. La última persona que admite haber visto viva a Ethel es su ex marido Seamus. Sabemos que eso fue el jueves por la tarde. ¿Podría preguntarle alguien qué ropa tenía puesta ella? Apuesto a que era un caftán multicolor de lana ligera, que no se quitaba nunca cuando estaba en casa. Ese caftán no estaba en el armario. Ethel nunca viajaba con él. Myles, no me mires así. Sé de qué estoy hablando. Supón que Seamus, o alguna otra persona, mató a Ethel mientras ella tenía puesto ese caftán, y después le cambió la ropa.

Neeve abrió la puerta. Myles comprendió que ella esperaba alguna respuesta sarcástica por parte de él. Mantuvo el tono impersonal:

—¿Qué podría significar eso?

—Que si le cambiaron de ropa a Ethel después de muerta, es imposible que su ex marido haya sido el responsable. Viste cómo estaban vestidos él y su mujer. No tienen más idea acerca de la moda, que la que yo tengo respecto al funcionamiento de un transbordador espacial. Por otra parte, está ese resbaladizo bastardo llamado Gordon Steuber, que instintivamente habría elegido algo proveniente de su propia compañía, y habría vestido a Ethel con el traje que él le vendió. —Antes de cerrar la puerta tras de sí, Neeve agregó—: Eres tú el que dice siempre que un asesino deja su tarjeta de visita, comisario.

A Peter Kennedy, abogado, solían preguntarle si estaba emparentado con los Kennedy. De hecho, tenía un notable parecido con el difunto presidente. Era un hombre de poco más de cincuenta años, con el cabello más rubio que gris, un rostro fuerte y cuadrado, y cuerpo longilíneo. A comienzos de su carrera profesional había sido ayudante del fiscal federal, y había constituido una permanente amistad con

Myles Kearny. Tras la llamada urgente de Myles, Pete canceló una cita que tenía a las once y accedió a recibir a Seamus y Ruth Lambston en su céntrica oficina.

Ahora los escuchaba con incredulidad, observando sus rostros tensos y cansados. De vez en cuando, los interrumpía con una pregunta.

—Me está diciendo, señor Lambston, que le dio un puñetazo tan violento a su ex esposa que ella cayó hacia atrás al suelo, que se puso de pie y cogió la daga que usaba como abrecartas, y que en la lucha por arrebatársela le hizo un corte en la mejilla.

Seamus asintió.

—Ethel se dio cuenta de que yo había estado casi a punto de matarla.

—¿Casi?

—Casi —dijo Seamus, con voz baja y avergonzada—. Quiero decir, por un segundo, si ese puñetazo la hubiera matado, yo me habría alegrado. Ella hizo de mi vida un infierno durante más de veinte años. Después, cuando la vi ponerse de pie, comprendí lo que podría haber pasado. Pero estaba asustada. Me dijo que me olvidara de los pagos de la pensión.

—Y entonces...

—Me fui. Fui al bar. Después fui a casa, me emborraché y seguí borracho. Conocía a Ethel. Habría sido muy de ella llamar a la Policía y pedir que me detuvieran. Tres veces trató de hacerme arrestar cuando me atrasé con la pensión. —Se rió sin alegría—. Una de esas veces fue cuando nació Jeannie.

Pete continuó su interrogatorio y puso en claro, con habilidad, el hecho de que Seamus había temido que Ethel hiciera una denuncia por la agresión; y había estado seguro de que, después de reflexionar, exigiría el pago de la pensión; y había sido lo bastante atolondrado como para decirle a Ruth que Ethel había accedido a no recibir más cheques; y se había sentido aterrorizado cuando Ruth le exigió que lo pusiera por escrito, en una carta a Ethel.

—Y después, involuntariamente, dejó tanto el cheque como la carta en el buzón, y volvió con la esperanza de recuperarlos.

Seamus se retorcía las manos en el regazo. Él mismo se consideraba un idiota. Y lo era. Y había más. Las amenazas. Pero, por algún motivo, todavía no se decidía a contar eso.

—No volvió a ver ni a hablar de su ex esposa, Ethel Lambston, después del jueves trece de marzo.

—No.

«No me lo ha dicho todo», pensó Pete, pero basta para empezar. Vio a Seamus retreparse en la silla. Estaba empezando a relajarse. Pronto estaría lo bastante tranquilo como para ponerlo todo sobre la mesa. Insistir demasiado en este momento sería un error. Pete se volvió hacia Ruth Lambston. Ella seguía muy tiesa, sentada junto a su marido, la mirada perdida. Pete comprendió que Ruth se estaba empezando a asustar por las revelaciones de su marido.

—¿Es posible que alguien acuse a Seamus por agresión física, o como se llame el puñetazo que le dio a Ethel? —preguntó Ruth.

—Ethel Lambston no está viva para presentar cargos —respondió Pete—. Técnicamente, la Policía podría dejar pasar eso. Señora Lambston, creo ser bastante buen juez de caracteres. Fue usted quien persuadió a su marido de que fuera a hablar con el jefe —se corrigió—, el *ex* jefe Kearny. Creo que tenía razón al pensar que en el punto en el que están, necesitan ayuda. Pero no puedo ayudarlos si no me dicen la verdad. Hay algo que usted está midiendo y sopesando, y yo debo saber de qué se trata.

Bajo la mirada de su marido y de este abogado de aspecto impresionante, Ruth dijo:

—Creo que hice desaparecer el arma homicida.

Para cuando salieron, una hora después, y con la avenencia de Seamus para someterse al detector de mentiras, Pete Kennedy ya no estaba tan seguro de sus instintos. Al fin de la sesión, Seamus había admitido que había contratado a uno de los borrachos que merodeaban por su bar, para amenazar telefónicamente a Ethel. O bien sólo es estúpido y está asustado, o está jugando una mano muy astuta, decidió Pete, y tomó una nota mental de hacerle saber a

Myles Kearny que no todos los clientes que le enviaba, eran los que él escogería.

La noticia del arresto de Gordon Steuber corrió como una marejada por todo el mundo de la moda. Los rumores inundaban las líneas telefónicas: «No, no es por los talleres ilegales. Eso lo hacen todos. Es por drogas.» Y después, la gran pregunta: «¿Por qué? Él gana millones. Es cierto que pudo afectarlo en algo el hecho de que saliera a luz lo de sus talleres clandestinos. Es cierto que lo están investigando por evasión de impuestos. Un buen equipo de abogados podría paralizar, durante años, esos procesos. ¡Pero drogas!» Al cabo de una hora, se encendieron los primeros chispazos de humor negro. «Cuidado, que Neeve Kearny no se enfade contigo. Cambiarías el reloj pulsera por un par de brazaletes de acero.»

Anthony della Salva, rodeado de laboriosos ayudantes, trabajaba en los detalles finales del desfile de su colección de otoño, que tendría lugar la semana siguiente. Era una colección eminentemente satisfactoria. El chico nuevo que había contratado, recién salido del Instituto de Moda, era un genio:

—Eres otro Anthony della Salva —le dijo a Roget, feliz. Era el mayor elogio que podía dispensar.

Roget, con su rostro delgado, cabello lacio y cuerpo pequeño, murmuró para sí:

—O un futuro Mainbocher. —Pero le devolvió a Sal su sonrisa beatífica. Estaba seguro de que en dos años tendría el respaldo suficiente para abrir su propia compañía. Había luchado con uñas y dientes contra Sal, acerca del uso de miniaturas del diseño Arrecife del Pacífico como accesorios de la nueva colección, pañuelos de cuello y bolsillo, y cinturones, en brillantes matices tropicales y dibujos intrincados que capturaban la magia y el misterio del mundo acuático.

—No lo quiero —había dicho Sal sin rodeos.

—Sigue siendo lo mejor que hayas hecho. Es tu marca de fábrica. —Cuando la colección estuvo completa, Sal tuvo que admitir que Roget tenía razón.

Eran las tres y media cuando Sal oyó la noticia acerca de Gordon Steuber. Y las bromas. Inmediatamente llamó a Myles.

—¿Sabías que pasaría esto?

—No —dijo Myles, con voz que sonaba algo molesta—. No estoy enterado de todo lo que está pasando en la Policía. —El tono de voz preocupado de Sal, aumentó el presentimiento funesto que lo había estado persiguiendo todo el día.

—Quizá deberías hacerlo —replicó Sal—. Escucha, Myles, todos sabíamos que Steuber tenía contactos con la Mafia. Una cosa es que Neeve haya llamado la atención sobre sus obreros sin tarjeta verde. Otra muy distinta es que ella sea la causa indirecta de una requisa de drogas por valor de cien millones de dólares.

—Cien millones. No había oído la cifra.

—Enciende la radio entonces. Mi secretaria acaba de oírlo. Lo importante es que quizá deberías pensar en contratar un guardaespaldas para Neeve. ¡Cuídala! Sé que es hija tuya, pero yo también tengo invertido mucho en ella.

—Se respetará tu inversión. Hablaré con los muchachos de la jefatura y veremos. Hace un momento llamé a Neeve pero no la encontré. Ya debe de haber salido hacia la Séptima Avenida. Hoy es su día de compras. ¿Pasará a verte?

—Por lo general viene. Y sabe que quiero que vea mi nueva colección. Le encantará.

—Dile que me llame, no bien la veas. Dile que estaré esperando la llamada.

—Así se hará.

Myles empezaba a despedirse, pero tuvo un recuerdo súbito:

—¿Cómo está la mano, Sal?

—No demasiado mal. Me enseñará a no ser tan torpe. Mucho más importante, me siento ruin por haber estropeado el libro.

—No te preocupes. Se está secando. Neeve tiene un

nuevo novio, un editor. Él lo llevará a un restaurador.

—De ninguna manera. El problema es mío. Yo mandaré a alguien a arreglarlo.

Myles soltó la risa:

—Sal, puedes ser un buen diseñador de ropa, pero pienso que Jack Campbell es el indicado para este trabajo.

—Myles, insisto.

—Nos veremos, Sal.

A las dos, Seamus y Ruth Lambston volvieron a la oficina de Peter Kennedy para hacer la prueba del detector de mentiras. Pete les había explicado:

—Si están dispuestos a estipular que se use el detector de mentiras de la Policía, en el caso de que vaya a juicio, creo que podré convencerlos de que no presenten cargos por agresión o destrucción de pruebas.

Ruth y Seamus habían pasado las dos horas de intervalo, almorzando en un pequeño café del centro. Ninguno de los dos pasó de unos pocos mordiscos a los sandwiches que les pusieron en la mesa. Los dos pidieron más té. Seamus rompió el silencio:

—¿Qué te parece ese abogado?

Ruth no lo miró:

—Me parece que no nos cree. —Se volvió y lo miró a los ojos—: Pero si estás diciendo la verdad, hicimos lo correcto.

La prueba le recordó a Ruth su último electrocardiograma. La diferencia era que estos cables medían impulsos diferentes. El técnico que manejaba el aparato se mostró impersonalmente cordial. Le preguntó a Ruth su edad, dónde trabajaba, su familia. Cuando habló sobre las chicas, empezó a relajarse y una nota de orgullo se deslizó en su voz:

—Marcy... Linda... Jeannie...

Después vinieron las preguntas sobre su visita al apartamento de Ethel, sobre la destrucción del cheque, el robo del abrecartas que se llevó a su casa, lavó y luego dejó en la cesta de una tienda india en la Sexta Avenida.

Cuando terminó, Peter Kennedy le pidió que esperara en

la recepción, y mandó pasar a Seamus. Durante los cuarenta y cinco minutos que siguieron, Ruth estuvo sentada inmóvil, atontada por la preocupación. «Hemos perdido el control de nuestras vidas», pensó. Será otra gente la que decida si vamos a juicio, y si nos meten en la cárcel.

La sala de espera era impresionante. El elegante sofá tapizado en cuero, con botones dorados. Debía de haber costado por lo menos seis o siete mil dólares. El resto del mobiliario, una mesita redonda de caoba, en la que descansaban los números recientes de varias revistas; excelentes grabados modernistas en la pared. Ruth notó que la recepcionista le dirigía furtivas miradas de curiosidad. «¿Qué veía en ella esa joven elegantemente vestida?», se preguntó Ruth. Una mujer sin atractivos, madura, con un vestido simple de lana verde, zapatos de tacón bajo, cabello que empezaba a desprenderse del rodete. Probablemente está pensando que no podemos pagar los precios que cobran aquí, y está en lo cierto.

Se abrió la puerta del pasillo que daba a la oficina privada de Peter Kennedy. El abogado estaba allí, con una sonrisa cálida en el rostro:

—¿No quiere pasar, señora Lambston? Todo está bien.

Cuando el técnico se marchó, Kennedy puso las cartas sobre la mesa:

—Por lo general no me gusta avanzar tan rápido. Pero ustedes tienen motivos para estar preocupados, pues cuanto más tiempo los medios de comunicación se refieran a Seamus como sospechoso, peor será para sus hijas. Propongo que nos pongamos en contacto con la brigada de homicidios que investiga el caso. Yo pido una prueba inmediata, con el detector de mentiras, para aclarar esta atmósfera que a ustedes les resulta intolerable. Les advierto una cosa: para hacerlos aceptar una prueba inmediata tendremos que estipular que, si usted alguna vez llega a juicio, los resultados de la prueba serán admitidos como testimonio. Creo que, siendo así, aceptarán. También creo que puedo convencerlos de que no presenten otros cargos.

Seamus tragó saliva. Tenía el rostro brillante, como si una capa permanente de sudor se hubiera adherido a ésta.

—Adelante —dijo.

Kennedy se puso de pie.

—Son las tres. Es posible que todavía podamos hacerlo hoy. ¿Les molestaría esperar afuera mientras hago unas llamadas?

Media hora después, salió de la oficina:

—Cerramos trato. Vamos.

El lunes era, por lo general, un día lento en las ventas pero, como le dijo Neeve a Eugenia: «No podrían demostrarlo basándose en nosotros.» Desde el momento en que entró en la tienda, a las nueve y media, las clientes no dejaron de afluir. Myles le había transmitido la preocupación de Sal acerca de la mala publicidad que podía provocar la muerte de Ethel, pero después de trabajar sin pausa hasta casi las doce, Neeve comentó secamente:

—Al parecer hay mucha gente que no tendría problemas en morirse con ropa de «La Casa de Neeve» puesta. —Después agregó—: Llama pidiendo café y un sandwich, por favor.

Cuando entregaron el pedido en su oficina, Neeve miró al repartidor y enarcó las cejas:

—Oh, esperaba a Denny. No se habrá despedido, ¿no?

El chico, un adolescente larguirucho de diecinueve años, puso la bolsa de papel sobre la mesa:

—El lunes tiene el día libre.

Cuando la puerta se cerró tras él, Neeve dijo:

—No parece dispuesto a dar servicio especial. —Levantó con avidez la tapa del envase humeante.

Pocos minutos después llamó Jack:

—¿Todo bien?

Neeve le sonrió al receptor:

—Por supuesto que todo está bien. De hecho, no sólo estoy bien, sino que voy camino de la prosperidad. Fue una gran mañana.

—Quizá deberías hacer planes para mantenerme. Salgo a un almuerzo con un agente al que no le gustarán mis comentarios. —Jack abandonó el tono bromista—. Neeve, anota el número del sitio en el que estaré. Es el «Four Seasons». Si me necesitas, estaré allí un par de horas.

—Estoy a punto de atacar un sandwich de atún. Si sobra algo de ese almuerzo, métalo en una bolsa para el perro.

—Neeve, hablo en serio.

La voz de Neeve bajó de tono:

—Jack, estoy perfectamente. Sólo te pido que guardes algo de apetito para la cena. Te llamaré alrededor de las seis y media o siete.

Mientras colgaba, Eugenia la miraba con ojo crítico:

—El editor, supongo.

Neeve desenvolvió su sandwich:

—Ajá…

Apenas le había dado un mordisco, cuando volvió a sonar el teléfono.

Era el detective Gómez:

—Señorita Kearny, estuve estudiando las fotografías *post mortem* de la difunta Ethel Lambston. Usted tiene la impresión de que pudo ser vestida después de muerta.

—Sí. —Neeve sintió que se le cerraba la garganta, e hizo a un lado el sandwich. Sentía que Eugenia la estaba mirando, y sentía cómo palidecía.

—Hice ampliar en gran tamaño las fotografías. Las pruebas todavía no están completas, y sabemos que el cuerpo fue trasladado, así que es muy difícil decidir si su impresión es correcta o no, pero dígame esto: ¿Ethel Lambston saldría de su casa con una media rota en un lugar visible?

Neeve recordó haber advertido esa rotura cuando identificó la ropa de Ethel:

—Nunca.

—Es lo que yo pensé —asintió Gómez—. La autopsia mostró fibras de nylon en una uña del pie. De modo que la rotura se hizo al poner la media. Eso significa que si Ethel Lambston se vistió ella misma, lo hizo con un traje de alta costura y una media muy visiblemente rota. Me gustaría volver a hablar de esto en los próximos días. ¿Seguirá en la ciudad?

Mientras Neeve colgaba, pensó en lo que había dicho a Myles esa misma mañana. Por lo que a ella concernía,

Seamus Lambston, con su notoria falta de todo sentido de la moda, no había podido vestir el cuerpo sangrante de su ex esposa. Recordó otra cosa que también le había dicho a Myles. Gordon Steuber habría elegido instintivamente la blusa original para el conjunto.

Hubo un rápido golpecito en la puerta, y entró la recepcionista:

—Neeve —susurró—. Está la señora Poth. ¿Sabes que arrestaron a Gordon Steuber?

Neeve se las arregló para mantener una sonrisa cortés y atenta en el rostro, mientras ayudaba a su rica cliente a elegir tres vestidos de noche firmados por Adolfo, cuyos precios iban desde los cuatro a los seis mil dólares cada uno; más dos trajes de «Donna Karan», uno de ellos de mil quinientos dólares y el otro de dos mil doscientos; a lo que se agregaron los correspondientes zapatos y bolsos. La señora Poth, una dama de unos sesenta y cinco años y un celebrado buen gusto, no se mostró interesada en la bisutería:

—Muy bonitas, pero prefiero mis joyas reales. —Al final dijo—: De todos modos, éstas son más interesantes.

Y aceptó las sugerencias de Neeve.

Neeve acompañó a la señora Poth hasta su limusina, aparcada directamente frente a la tienda. La Avenida Madison estaba atestada de gente que paseaba y hacía compras. Parecía como si todos hubieran salido a disfrutar del sol, sin importarles la temperatura, que seguía siendo baja. Cuando volvía a entrar, notó a un hombre de chándal gris apoyado contra la pared del edificio de enfrente. Por un instante le vio algo de conocido, pero lo olvidó al entrar de prisa en la tienda y meterse en su oficina. Allí se retocó la pintura de labios y cogió su agenda.

—Quedas a cargo —le dijo a Eugenia—. No volveré hoy, así que ocúpate de cerrar, por favor.

Sonriendo con placidez, y tras detenerse un instante a intercambiar unas palabras con alguna cliente conocida, volvió a la puerta de la calle. La recepcionista había llamado un taxi, que ya estaba esperando. Neeve se introdujo en él rápidamente, y no vio al hombre con el raro peinado *punk* y el chándal gris que llamaba a su vez a un taxi desocupado.

Una y otra vez, desde ángulos diferentes, Doug respondía a las mismas preguntas. La hora a la que había llegado a casa de Ethel. Su decisión de mudarse al apartamento. La llamada telefónica amenazando a Ethel si no liberaba de su obligación al ex marido. El hecho de que se había instalado en el apartamento el viernes treinta y uno, pero no empezó a atender el teléfono hasta una semana después, y entonces la primera llamada que recibió fue una amenaza. ¿Cómo era posible?

Una y otra vez, le repitieron que estaba en libertad para marcharse si quería. Podía llamar un abogado; podía negarse a responder a las preguntas. Su respuesta invariable fue:

—No quiero un abogado. No tengo nada que esconder.

Les dijo que no había contestado al teléfono porque tenía miedo que fuera Ethel la que llamaba, y lo obligara a irse del apartamento.

—Por lo que yo sabía, estaría ausente un mes. Y yo necesitaba un lugar donde alojarme.

—¿Por qué había hecho un reintegro en el Banco en billetes de cien dólares, y después los había escondido por el apartamento de su tía?

—Está bien. Admito que tomé prestados algunos dólares que Ethel tenía dispersos por el apartamento, y después los devolví.

Había dicho que no estaba enterado del testamento de Ethel, que sin embargo estaba cubierto con sus huellas digitales.

Doug sintió un asomo de pánico:

—Fue cuando empecé a sospechar que quizás algo estaba mal. Miré en la agenda de Ethel y vi que había cancelado todas sus citas para después de ese viernes en que se suponía que debíamos encontrarnos en el apartamento. Eso me hizo sentir mejor. Pero la vecina me dijo que ese idiota del ex marido había tenido una pelea con Ethel, y después había aparecido cuando yo estaba en el trabajo. Luego, la esposa de él prácticamente irrumpió en el apartamento para hacer trizas el cheque de pensión de Ethel. Empecé a pensar que quizás algo andaba mal.

—Y entonces —dijo el detective O'Brien, con la voz cargada de sarcasmo—, decidió responder al teléfono, y la primera llamada que cogió fue una amenaza contra la vida de su tía. Y la segunda fue de la oficina del fiscal del Condado de Rockland, notificándole que había sido hallado el cadáver.

Doug sentía el sudor que le empapaba las axilas. Se movió tratando de ponerse más cómodo en la silla de madera de respaldo recto. Al otro lado de la mesa, los dos detectives lo observaban, O'Brien con su cara carnosa, de rasgos gruesos, Gómez con su brillante cabello negro y mentón aguzado. Parecían sendas caricaturas: el irlandés y el latinoamericano.

—Me estoy cansando un poco de esto —dijo Doug.

El rostro de O'Brien se endureció.

—Entonces salga a dar un paseo, Dougie. Pero antes denos una respuesta más. La alfombra que estaba frente al escritorio de su tía, apareció salpicada de sangre. Alguien hizo un trabajo muy cuidadoso limpiándola. Dígame, Doug, usted, antes de conseguir el empleo que tiene ahora, ¿no trabajó en el departamento de limpieza de alfombras y muebles de «Sears»?

El pánico produjo una acción refleja en Doug. Se puso de pie de un salto, y al hacerlo echó atrás la silla con tanta fuerza que la hizo caer.

—¡Váyanse a la mierda!

Escupió las palabras al tiempo que se precipitaba hacia la puerta de la sala de interrogatorios.

Denny había corrido un riesgo calculado al llamar a un taxi en el momento en que Neeve Kearny se metía en el suyo. Pero sabía que los taxistas eran entrometidos, y podían aceptar perfectamente una historia como la que inventó al meterse en el vehículo, simulando estar sin aliento:

—Un cretino me robó la bicicleta. Siga a ese taxi, y no lo pierda, ¿eh? Me juego la cabeza si no le entrego este sobre a esa mujer.

El taxista era vietnamita. Asintió con indiferencia, y

adelantó velozmente y con mano experta a un autobús, cortándole el paso, siguió por Madison hacia arriba, y dobló a la izquierda por la Calle 85. Denny se hundió en un rincón, con la cabeza baja. No quería que el taxista tuviera mucha oportunidad de verlo por el espejo retrovisor. La única observación del taxista fue:

—Imbéciles. Si la mierda se cotizara, ellos estarían en primer puesto.

«El inglés del vietnamita era increíblemente bueno», pensó Denny agriamente.

En la Séptima Avenida y la Calle 36 el otro taxi pasó justo un semáforo que estaba cambiando del verde al rojo, y lo perdieron.

—Lo siento —se disculpó el taxista.

Denny sabía que Neeve bajaría probablemente en la calle próxima o algo así. Probablemente el coche iría a velocidad mínima con este tráfico.

—Que me despidan entonces. Lo intenté.

Le pagó al taxista, bajó y comenzó a caminar hacia atrás. Una mirada de reojo le mostró que el taxi arrancaba y seguía por la Séptima Avenida. Rápidamente, Denny cambió de dirección y corrió por la Séptima Avenida hacia la Calle 36.

Como siempre, las calles pasando la Calle 35, Séptima Avenida arriba, bullían con la hiperactividad de la zona de la ropa de confección. Camiones enormes, en proceso de descarga, estaban estacionados en doble fila a lo largo de la calle, dejando apenas el espacio mínimo para el tráfico. Mensajeros con patines zigzagueaban entre la multitud de peatones; repartidores de ropa, indiferentes a peatones y vehículos, empujaban incómodos percheros con ruedas cargados de prendas. Los cláxons atronaban. Hombres y mujeres, vestidos a la última moda, caminaban rápidamente hablando con excitación, sin ver nada de la gente y los vehículos que los rodeaban.

«Un sitio perfecto para un asesinato», pensó Denny con satisfacción. A cincuenta metros vio un taxi acercarse a la acera, y que salía de él Neeve Kearny. Antes de que Denny pudiera acercársele, ella entró en un edificio. Denny eligió un sitio enfrente de aquél, desde el que podía vigilar, semioculto tras uno de los grandes camiones. «En lugar de elegir esa ropa elegante, deberías estar comprándote una mortaja, Kearny», dijo entre dientes.

Jim Greene, de treinta años, había sido ascendido recientemente a detective. Su capacidad para evaluar sobre la marcha una situación, y elegir por instinto el curso de acción correcto, había bastado para sus superiores en el Departamento de Policía.

Ahora había sido asignado a la tarea aburrida pero importante, de custodiar la cama de hospital del detective Tony Vitale. No era un trabajo que él hubiera elegido. Si Tony hubiera estado en una habitación privada, Jim podría haber vigilado la puerta. Pero en la unidad de vigilancia intensiva, debía quedarse en el cubículo de las enfermeras. Y allí, durante las ocho horas de su turno, no podía cerrar los ojos ni un minuto a la fragilidad de la vida, cada vez que se encendía la alarma de algún monitor, y el personal médico se precipitaba hacia una cama para ahuyentar a la muerte.

Jim era delgado y apenas de estatura media, hecho que le hacía posible representar un mínimo de molestia en el área pequeña y cerrada en la que se hallaba. Al cabo de cuatro días, las enfermeras habían comenzado a tratarlo como un viejo conocido. Y todas parecían tener una preocupación especial por el joven y resistente policía que estaba luchando por su vida.

Jim sabía las agallas y el valor que se necesitaban para ser un policía infiltrado en una organización delictiva, para sentarse a comer a la mesa con asesinos de sangre fría, sabiendo que en cualquier momento podían desenmascararlo. Estaba al tanto del hecho de que Nicky Sepetti podía haber ordenado la muerte de Neeve Kearny; y había presenciado el alivio de todos cuando Tony logró decirles «Nicky..., no hizo contrato, Neeve Kearny...»

Jim había estado de turno cuando el jefe de Policía vino al hospital con Myles Kearny, y había tenido la oportunidad de estrecharle la mano al ex jefe. La Leyenda. Kearny se había ganado el apodo. Después del modo en que murió su esposa, debía de haber vivido en un perpetuo tormento, preguntándose si la próxima sería su hija.

El jefe les había dicho que la madre de Tony creía que estaba tratando de decirles algo más. Las enfermeras tenían instrucciones de llamar a Jim en cualquier momento en que Tony pudiera hablar.

Sucedió el lunes, a las cuatro de la tarde. Los padres de Vitale acababan de marcharse, con la fatiga en sus rostros iluminada por la esperanza. Inesperadamente, los médicos habían declarado a Tony fuera de peligro. Una enfermera había ido a revisar los aparatos a los que estaba conectado. Jim miraba de lejos, y al ver que la enfermera le hacía un gesto, fue rápidamente hacia allá.

Tony tenía un tubo inyectando suero en el brazo, y tubos en la nariz que le daban oxígeno. Sus labios se movían. Susurró una palabra.

—Está diciendo su propio nombre —le dijo la enfermera a Jim.

Jim negó con la cabeza. Inclinándose, puso el oído sobre la boca de Tony. Oyó «Kearny». Después un débil «Nee…»

Le tocó la mano a Vitale:

—Tony, soy policía. Dijiste «Neeve Kearny», ¿no? Apriétame la mano si estoy en lo cierto.

Tuvo la satisfacción de sentir una debilísima presión en la palma de la mano.

—Tony —dijo—, cuando viniste aquí, trataste de hablar sobre un contrato. ¿Es eso lo que quieres decirme?

—Está excitando demasiado al paciente —protestó la enfermera.

Jim le dirigió una breve mirada.

—Es policía, un buen policía. Se sentirá mejor si logra comunicar lo que sabe. —Repitió la pregunta al oído de Vitale.

Otra vez, una presión casi imperceptible en la mano.

—Muy bien. Dijiste algo sobre Neeve Kearny y un contrato. —Jim pensó velozmente en lo que sabía que había dicho Vitale al llegar al hospital—. Tony, dijiste «Nicky no hizo el contrato». Quizás eso sólo era una parte de lo que querías decir. —De pronto se le ocurrió una idea que le produjo un escalofrío—. Tony, ¿estabas tratando de decirnos que no fue Sepetti el que hizo el contrato por la vida de Neeve Kearny, pero que lo hizo otra persona?

Pasó un instante, y después hubo un apretón convulsivo en la mano.

—Tony —rogó Jim—. Inténtalo. Te estoy mirando los labios. Si sabes quién lo ordenó, dímelo.

Era como si las preguntas que hacía el policía resonaran a lo largo de un túnel. Tony Vitale sintió un inmenso y abrumador alivio al haber podido hacerse entender. Ahora tenía el cuadro muy claro en la mente: Joey diciéndole a Nicky que Steuber había ordenado el asesinato. La voz simplemente no le obedecía, pero pudo mover los labios lentamente, llevarlos a la forma de la sílaba «Stu», y luego aflojarlos a la forma de «ber».

Jim lo observaba con la máxima atención.

—Creo que está tratando de decir algo como «Tru...».

La enfermera intervino:

—Yo entendí más bien «Stu-ber».

Con un último esfuerzo antes de caer en un sueño profundo y curativo, el detective encubierto Anthony Vitale apretó la mano de Jim y asintió con la cabeza.

Después de que Doug Brown huyera de la sala de interrogatorios, los detectives O'Brien y Gómez recapitularon lo que sabían del caso. Estaban de acuerdo en que Doug Brown era un cretino; que su historia era frágil; que probablemente le había estado robando a su tía; que su absurda coartada para no atender el teléfono era una mentira; que debió entrar en pánico al iniciar la historia de las amenazas a Ethel en el momento en que se hallaba el cadáver.

O'Brien se echó atrás en su silla y trató de poner los pies sobre la mesa, lo que constituía su posición de pensar. Pero la mesa era demasiado alta para hacerlo con comodidad, y tuvo que bajar los pies al suelo, molesto, maldiciendo esos muebles inadecuados. Después dijo:

—Esa Ethel Lambston era un buen juez de caracteres. Su ex marido es realmente un gusano; y su sobrino un ladrón. Pero si tuviera que elegir, yo diría que el que la mató fue el ex marido.

Gómez miraba a su socio con gesto cauto. Se le habían ocurrido algunas ideas que quería presentar gradualmente. Cuando empezó a hablar, lo hizo como si acabara de ocurrírsele algo:

—Supongamos que fue asesinada en su casa.

O'Brien gruñó un asentimiento. Gómez continuó:

—Si tú y la chica Kearny tenéis razón, alguien le cambió la ropa a Ethel, alguien arrancó las etiquetas, alguien probablemente arrojó al río las maletas y el bolso.

Con los ojos entrecerrados, pero atentos, O'Brien hizo un gesto de asentimiento.

—Aquí está el punto. —Gómez comprendió que era hora de desarrollar su teoría—. ¿Por qué iba a esconder el cuerpo Seamus? Si se lo descubrió tan pronto, fue sólo por accidente. Él tendría que haber seguido enviando los pagos al contable de Ethel. ¿Y por qué escondería el cuerpo, el sobrino, y arrancaría las etiquetas? Si Ethel se hubiera podrido sin que la encontraran, habría tenido que esperar siete años para cobrar la herencia, y aun entonces se habría visto envuelto en grandes demoras judiciales. Cualquiera de ellos dos que lo hubiera hecho, habría *querido* que el cuerpo fuera encontrado, ¿no?

O'Brien levantó una mano.

—No les adjudiques tanto cerebro a esos cretinos. Si seguimos presionándolos y poniéndolos nerviosos, tarde o temprano uno de ellos dirá: «No fue mi intención.» Sigo apostando por el marido. ¿Quieres apostarle cinco dólares al sobrino?

El timbrazo del teléfono salvó a Gómez de la alternativa. El jefe de Policía quería verlos a ambos en su oficina, de inmediato.

Camino a la jefatura central en un coche patrulla, O'Brien y Gómez evaluaron su propia actuación en el caso. La intervención del jefe los intrigaba. ¿Habría una reprimenda? Eran las cuatro y quince cuando llegaron.

El jefe de Policía Herbert Schwartz, escuchó con atención las exposiciones. El detective O'Brien se negaba terminantemente a concederle a Seamus Lambston, siquiera una inmunidad limitada.

—Señor —le dijo a Herb con voz respetuosa—, hasta ahora he estado convencido de que el ex marido es el culpable. Espere un poco. Deme tres días y lo resolveré.

Herb estaba a punto de inclinarse en favor de O'Brien, cuando entró su secretaria con algo muy urgente. Se disculpó y fue a la oficina contigua. Cinco minutos después volvía:

—Acaban de decirme —dijo—, que Gordon Steuber puede haber hecho un contrato por la vida de Neeve Kearny. Lo interrogaremos inmediatamente. Neeve fue la primera en denunciarlo por sus talleres clandestinos, y eso inició la investigación que llevó al descubrimiento de las drogas, así que esto tiene sentido. Pero Ethel Lambston también pudo enterarse de estas actividades. De modo que hay una buena posibilidad de que Steuber haya estado involucrado en la muerte de Ethel Lambston. De modo que quiero quitar al ex marido de la lista de sospechosos. Hagan el trato con su abogado. Y que la prueba con el detector de mentiras se haga hoy mismo.

—Pero... —empezó O'Brien, quien al ver la expresión que se dibujaba en el rostro del jefe, dejó sin terminar la frase.

Una hora después, en dos habitaciones separadas, eran interrogados Seamus Lambston, y Gordon Steuber, quien no había reunido aún los diez millones de dólares que exigía la fianza. El abogado de Steuber no se apartaba de él ni un instante, mientras el detective O´Brien disparaba las preguntas.

—¿Tiene algún conocimiento de un contrato hecho contra la vida de Neeve Kearny?

Gordon Steuber, inmaculado a pesar de las horas que había pasado en la celda de detención, y que seguía evaluando la gravedad de su situación, estalló en una carcajada.

—Deben de estar bromeando. Pero qué gran idea.

En la otra habitación, Seamus, bajo inmunidad limitada, después de contar su historia fue conectado a un aparato detector de mentiras por segunda vez en el día. Seamus se repetía todo el tiempo que este aparato era igual al otro, y que había pasado la prueba del primero. Pero *no era* el mismo. Los rostros duros y nada amistosos de los detectives, la pequeñez claustrofóbica del cuarto, la seguridad de que ellos estaban convencidos de que él había matado a Ethel, todo lo aterrorizaba. No lo ayudaban los comentarios alentadores que le dirigía el abogado Kennedy. Supo que había cometido un error al acceder a esta prueba.

A duras penas logró contestar las primeras preguntas, muy simples. Cuando llegó al tema de su último encuentro con Ethel, fue como si estuviera con ella nuevamente, viendo su rostro burlón, sabiendo que ella disfrutaba de su desgracia, sabiendo que nunca lo dejaría en paz. La ira creció en él como lo había hecho aquella noche. Las preguntas pasaron a ser algo secundario.

—Le dio un puñetazo a Ethel Lambston.

Su puño haciendo impacto contra la mandíbula. La cabeza de ella sacudiéndose hacia atrás.

—Sí. Sí.

—Ella tomó el abrecartas y trató de atacarlo.

El odio en la cara de Ethel. No. No odio, sino *burla*, desprecio. Sabía que lo tenía en la palma de la mano. Le había gritado «Te haré arrestar, gorila». Había tomado el abrecartas y se había lanzado hacia él. Él le había retorcido la mano y ella se cortó la cara forcejeando. Entonces ella vio lo que había en los ojos de Seamus. Y dijo: «Está bien, está bien, no más cheques.»

Después…

—¿Usted mató a su ex esposa, Ethel Lambston?

Seamus cerró los ojos:

—No. No…

Peter Kennedy no necesitó confirmación de parte del detective O'Brien para saber lo que había intuido ya. Había perdido la apuesta.

Seamus no había pasado la prueba del detector de mentiras.

Herb Schwartz escuchaba, con rostro impasible y ojos lejanos, en su segunda reunión de ese día con los detectives O'Brien y Gómez.

Durante la última hora Herb había librado una agonizante batalla consigo mismo, acerca de hablar o no con Myles y decirle que sospechaban que Gordon Steuber podía haber hecho un contrato contra la vida de Neeve. Sabía que podía ser suficiente para desencadenar otro ataque al corazón.

Si Steuber había ordenado un contrato contra Neeve, ¿era demasiado tarde para detenerlo? Herb sentía anudado todo su interior, al comprender cuál era la respuesta más probable: No. Si Steuber lo había puesto en movimiento, la orden ya se habría filtrado a través de cinco o seis pistoleros. El encargado de la ejecución nunca sabría quién la había ordenado. Lo más probable sería que trajeran a algún asesino de otra ciudad, que volvería a su lugar de origen no bien cometido el crimen.

Neeve Kearny. «Dios —pensó Herb—, no puedo permitir que suceda.» Herb había sido ayudante del jefe cuando Renata fue asesinada; tenía entonces treinta y cuatro años. Hasta el día de su propia muerte nunca olvidaría la cara de Myles Kearny cuando se arrodilló al lado del cuerpo de su esposa.

¿Y ahora su hija?

La línea de investigación que podía haber implicado a Steuber en el asesinato de Ethel Lambston, ya no parecía válida. El ex marido no había pasado la prueba del detector de mentiras, y O'Brien había confirmado su sospecha de que fue Seamus Lambston quien le cortó el cuello a su ex esposa. Le pidió que volviera a exponer sus razonamientos.

Había sido una jornada muy larga. Irritado, O'Brien no pudo evitar un gesto de impaciencia; pero bajo el acero de una mirada del jefe, tomó una actitud más respetuosa. Con tanta precisión como si estuviera en el banquillo de testigos, hizo una vigorosa condena de Seamus Lambston.

—Está quebrado. Está desesperado. Tuvo una terrible pelea con su actual esposa por un cheque devuelto a la Universidad a la que asisten sus hijas. Fue a ver a Ethel, y la vecina de cuatro pisos más arriba pudo oírlos discutir. No volvió a su bar en todo el fin de semana. Nadie lo vio. Conoce el Parque Estatal Morrison como la palma de su mano. Llevaba a sus hijas a pasar allí los domingos. Un par de días después, le deja una carta a Ethel, agradeciéndole por haberlo liberado de los pagos, y junto a esa carta incluye un cheque que se supone que no debía mandar. Vuelve para recuperarlo. Admite haber golpeado y cortado a Ethel. Es probable que le haya confesado todo a su esposa, porque ella robó el arma homicida y la hizo desaparecer.

—¿La han encontrado? —interrumpió Schwartz.

—Tenemos gente buscándola. Y, señor, el último argumento es…, que falló en el detector de mentiras.

—Y pasó el que le hizo el abogado en su oficina —intervino Gómez. Sin mirar a su compañero, Gómez decidió que tenía que decir lo que pensaba—. Señor, yo hablé con la señorita Kearny. Ella está segura de que hay algo mal en la ropa que llevaba puesta Ethel Lambston. La autopsia muestra que la víctima desgarró una media al ponérsela. Al pasar por el pie derecho, una uña se enganchó en la malla y provocó un gran desgarrón en la parte frontal. La señorita Kearny cree que Ethel Lambston nunca habría salido así, y comparto esa opinión. Una mujer interesada en la moda no saldría de su casa con una media visiblemente desgarrada, cuando no le llevaría más de diez segundos cambiarse.

—¿Tiene el informe de autopsia y las fotos de la morgue? —preguntó Herb.

—Sí señor.

Herb estudió las fotos con frialdad clínica. La primera, la mano asomando del suelo; el cuerpo una vez sacado de esa abertura entre las rocas, endurecido por el rigor mortis, en posición fetal. Los primeros planos de la mandíbula de Ethel, violeta y negra y azul. El corte sangrante en la mejilla.

Pasó a otra foto. Ésta mostraba sólo el área entre el mentón de Ethel y la parte inferior del cuello. La horrible abertura de la carne hizo parpadear a Herb. Por muchos años que llevara en la Policía, la prueba terrible de la crueldad del hombre con su prójimo seguía entristeciéndolo.

Había más que eso.

Herb apretó convulsivamente la cartulina. El modo en que el cuello había sido cortado. El largo corte sesgado, y después la línea precisa que subía de la base de la garganta hasta el oído izquierdo. Había visto ese mismo trazo, antes. Extendió una mano al teléfono.

Las oleadas de emoción que lo recorrían no afectaron su timbre de voz cuando pidió, con toda calma, una carpeta de los archivos.

Neeve no tardó en comprender que su mente no estaba puesta en estos pedidos de ropa deportiva. Su primera parada era «Gardner Separates». Los pantalones cortos y camisetas, con chaquetillas sueltas en colores contrastantes, eran divertidos y bien cortados. Podía imaginarse el escaparate frontal de su tienda con estas prendas en un fondo de motivo marino, a comienzos de junio. Pero después de tomar esa decisión, no pudo concentrarse en el resto de la línea. Con la excusa de falta de tiempo, hizo una cita para el lunes siguiente, y se apartó de prisa del vendedor ansioso que insistía en mostrarle...

—...la nueva moda de playa. No podrá creerlo, es maravillosa.

Al llegar a la calle, Neeve vaciló. «Por dos centavos me iría a casa —pensó—. Necesito un poco de calma.» Notó que estaba en los comienzos de una jaqueca: el síntoma, bien conocido por ella, era una débil presión, como si un elástico la apretara, alrededor de la cabeza. «Pero yo nunca tengo jaquecas», se dijo mientras permanecía indecisa en la puerta del negocio.

No podía irse a casa. Antes de marcharse, la señora Poth le había pedido que le buscara un vestido largo blanco, muy simple, que fuera bien en una pequeña boda íntima.

—Nada demasiado elaborado —le había explicado—. Mi hija ya rompió dos compromisos. El cura anota con lápiz

245

la fecha para casarla. Pero esta vez podría suceder.

Había varias casas en las que Neeve planeaba buscar ese vestido. Fue unos pasos hacia la derecha, y se detuvo. Quizá le convenía ir hacia el otro lado. Al dar media vuelta, su mirada fue a dar a la acera de enfrente. Un hombre con chándal gris, un gran sobre de papel bajo el brazo, pesadas gafas oscuras y un alocado corte de pelo *punk*, venía hacia ella cruzando la calle atestada de vehículos. Por un instante se miraron, y Neeve sintió como si sonara un timbre de alarma. La presión que sentía sobre la frente se acentuó. Un camión se puso en movimiento, ocultando al hombre del chándal gris, y, repentinamente enfadada consigo misma, Neeve empezó a caminar rápidamente.

Eran las cuatro y media. El sol empezaba a ocultarse tras los edificios. Neeve estaba casi rezando para encontrar un vestido adecuado en la primera tienda que visitara. «Después —pensó—, abandonaría las compras e iría a ver a Sal.»

Había renunciado a convencer a Myles de que era importante la blusa que llevaba Ethel. Pero Sal lo comprendería.

Jack Campbell fue directamente desde su almuerzo a una reunión de directivos en la editorial. La reunión duró hasta las cuatro y media. De vuelta en su oficina, trató de concentrarse en la montaña de correspondencia que Ginny le había seleccionado, pero le resultó imposible. El presentimiento de algo desastroso, lo abrumaba. Algo que se le había pasado por alto. ¿Qué era?

Ginny estaba en la puerta que separaba la oficina de Jack de su área, y lo miraba pensativa. En el mes que había transcurrido desde que Jack se hiciera cargo de la presidencia de «Givvons y Marks», la secretaria había llegado a admirarlo y apreciarlo inmensamente. Después de veinte años de trabajar para su predecesor, había temido no poder adaptarse al cambio, o bien que Jack no quisiera un recuerdo de la presidencia anterior.

Ambas preocupaciones resultaron infundadas. Al mirarlo ahora, aprobando sin palabras el buen gusto de su traje gris oscuro, y divertida por el modo infantil en que se había aflojado la corbata y desabrochado el botón de la camisa, Ginny advirtió que su jefe estaba seriamente preocupado. Tenía las manos entrelazadas bajo el mentón. Miraba fijamente la pared. Había arrugas en su frente. «¿Habría habido algún inconveniente en la reunión?», se preguntó la secretaria. Sabía que persistían algunos resentimientos por la veloz escalada de Jack hacia la cima.

Dio un golpe en la puerta abierta. Jack alzó la vista y ella vio cómo su mirada volvía a la realidad.

—¿Interrumpo una meditación muy profunda? —preguntó—. Si es así, el correo puede esperar.

Jack intentó sonreír.

—No, es sólo este asunto de Ethel Lambston. Hay algo que se me ha estado escapando todo el tiempo, y me exprimo el cerebro tratando de ver qué es.

Ginny se sentó en el borde de una silla, frente a Jack:

—Quizá yo puedo ayudar. Recuerde el día en que vino Ethel. Pasaron apenas dos minutos encerrados, y la puerta se abrió, así que pude oír el resto. Ella hablaba sobre un escándalo en el mundo de la moda, pero sin dar absolutamente ningún detalle. Quería hablar de cifras, y usted le dijo una, aproximativa. No creo que se esté olvidando de nada.

Jack suspiró:

—Supongo que no. Pero le diré una cosa. Quiero ver esas notas que envió Tony. Quizá hay algo en las notas de Ethel.

A las cinco y media, cuando Ginny se asomó para despedirse, Jack se limitó a asentir, distraído. Seguía revisando las voluminosas notas de Ethel. Al parecer, para cada diseñador mencionado en su artículo había preparado una carpeta separada, con información biográfica y fotocopias de docenas de columnas de moda, de periódicos y revistas como el *New York Times*, *W*, *Women's Wear Daily*, *Vogue* y *Harper's Bazaar*.

Obviamente, había sido una investigadora meticulosa. Las entrevistas con los diseñadores estaban marcadas con frecuentes notas: «No es lo que dijo en *Vogue*», «Revisar estas cifras», «Nunca ganó ese premio», «Tratar de entrevistar a la niñera, y ver si es cierto que le cosía vestidos a las muñecas»...

Había una docena de borradores diferentes para el artículo final, con agregados y tachaduras en cada versión.

Jack comenzó a hojear el material hasta que vio el nombre «Gordon Steuber». Steuber. Neeve había insistido mucho en el hecho de que, aunque la blusa que tenía puesta Ethel era la original del conjunto, ella no se la habría puesto deliberadamente.

Analizó con cuidado minucioso el material sobre Gordon Steuber, y lo alarmó ver la frecuencia con que se lo mencionaba, en artículos periodísticos, como alguien bajo investigación. En el artículo, Ethel había acreditado a Neeve como la primera acusadora contra Steuber. El penúltimo borrador del artículo, no sólo se ocupaba de sus talleres clandestinos y sus problemas por evasión de impuestos, sino que contenía una frase extra: «Steuber se inició con su padre, haciendo forros para abrigos de piel. Se dice que nadie, en la historia de la moda, ha hecho más dinero con los forros, del que ha hecho en estos últimos años el astuto señor Steuber.»

Ethel había subrayado toda esa frase, y había anotado al margen: «Guardarla.» Ginny le había mencionado a Jack el arresto de Steuber, aquella mañana, tras un hallazgo de drogas. ¿No habría descubierto Ethel, varias semanas atrás, que Steuber estaba metiendo heroína en el país dentro de los forros de la ropa que importaba?

«Coincide —pensó Jack—. Coincide con la teoría de Neeve sobre la ropa que llevaba puesta Ethel. Coincide con promesa de Ethel de un "gran escándalo".»

Jack pensó si debía llamar a Myles, y luego decidió que antes le mostraría la carpeta a Neeve.

Neeve. ¿Era posible que en realidad la conociera desde hacía apenas seis días? No. Seis años. La había estado buscando desde aquel día en el avión. Miró el teléfono. La necesidad que sentía de estar con ella era abrumadora. Ni siquiera la había tenido en sus brazos nunca, los cuales ahora le dolían de deseo. Le había dicho que lo llamaría desde la oficina de su tío Sal cuando estuviera lista para ir a cenar.

Sal. Anthony della Salva, el famoso diseñador. La carpeta siguiente, llena de recortes y notas, era sobre él. Sin dejar de echarle miradas ansiosas al teléfono, deseando que Neeve llamase *ya*, Jack empezó a revisar el legajo de Anthony della Salva. Tenía abundancia de fotografías de la colección Arrecife del Pacífico. «Entiendo por qué causó tanto furor», pensó Jack, aun sin entender nada sobre moda. Los vestidos parecían salir flotando de las páginas. Recorrió con la vista los elogios que le habían dedicado los reporteros de moda. «Túnicas ligeras de telas pesadas y finas, que caen como alas desde los hombros…», «… simples vestidos de calle que modelan el cuerpo con una discreta elegancia…» En cuanto a los colores, los elogios tomaban tonos líricos.

Anthony della Salva visitó el Acuario de Chicago a comienzos de 1972, y encontró allí su inspiración en la belleza acuática de la espléndida exhibición titulada Arrecife del Pacífico.

Durante horas caminó por los salones, y dibujó el reino submarino donde las criaturas de brillante hermosura compiten con la maravillosa vida vegetal, los racimos de coral y los centenares de conchas de exquisita coloración. Esbozó estos colores de los dibujos y combinaciones creadas por la Naturaleza. Estudió el movimiento de los habitantes del mar para capturar, con sus tijeras y telas, la gracia flotante que los caracteriza.

Señoras, archiven esos trajes de hombre y esos vestidos de noche con sus mangas abullonadas y faldas voluminosas. Éste es el año de ser hermosas. Gracias a Anthony della Salva.

«Supongo que *es* bueno», pensó Jack, y empezó a ordenar los papeles dentro de la cartera, para cerrarla, pero se preguntó qué le estaba molestando. Había algo que se le había escapado. ¿Qué era? Había leído la redacción final del artículo. Ahora miró la anterior.

El borrador estaba cubierto de anotaciones. «Acuario de Chicago: ¡confirmar la fecha en que fue!» Ethel había recortado una fotografía del diseño básico de la colección

Arrecife del Pacífico, y la había pegado a una de las hojas en las que escribía. Al lado de la foto, había hecho un dibujo.

La boca de Jack se secó. Él había visto ese dibujo en los últimos días. Lo había visto en las páginas manchadas del libro de cocina de Renata Kearny.

Y el Acuario. «Confirmar la fecha.» *¡Por supuesto!* Con horror creciente, empezó a comprender. Tenía que asegurarse. Eran casi las seis. Eso significaba que en Chicago eran las cinco. Rápidamente marcó el código de información del área Chicago.

A las cinco menos un minuto, hora de Chicago, respondieron al número que marcó:

—Por favor, llame al señor director por la mañana —le respondió una voz impaciente.

—Dele mi nombre. Él me conoce. Debo hablar con él de inmediato, y quiero decirle, señorita, que si descubro que él está y usted no me comunica, la haré echar.

—En seguida le paso, señor.

Al momento, una voz sorprendida preguntaba:

—¿Qué pasa, Jack?

La pregunta salió de los labios de Jack. Notó que tenía las manos endurecidas. «Neeve —pensó—, Neeve, ten cuidado.» Miró el artículo de Ethel y notó que donde había escrito originalmente «Saludamos a Anthony della Salva por crear el estilo Arrecife del Pacífico», Ethel había tachado el nombre de Della Salva.

La respuesta del director del Acuario fue incluso más terrible de lo que había anticipado.

—Tienes toda la razón. ¿Y sabes qué es lo más curioso? Eres la segunda persona que me llama para preguntármelo en estas últimas dos semanas.

—¿Recuerdas quién fue la otra? —preguntó Jack, sabiendo muy bien lo que oiría.

—Por supuesto. Una escritora. Edith…, no, Ethel. Ethel Lambston.

Myles tuvo un día inesperadamente ocupado. A las diez sonó el teléfono. ¿Estaba disponible al mediodía para conversar sobre el puesto que se le ofrecía en Washington? Accedió a almorzar en el «Plaza». A la tarde fue al Club Atlético a nadar, tras lo cual se dio un masaje y quedó secretamente complacido cuando el masajista le confirmó:

—Jefe Kearny, su cuerpo vuelve a estar en gran forma.

Myles sabía que su piel había perdido esa palidez cerúlea de la enfermedad. Y no era sólo superficial. Se *sentía* feliz. «Puedo tener sesenta y ocho años —pensó mientras se anudaba la corbata—, pero me siento joven.»

Mientras esperaba el ascensor, volvió a decirse: a mi juicio, estoy bien. Una mujer puede juzgar de otro modo. O, más específicamente, reconoció cuando salía del vestíbulo frente al Central Park Sur y cogía por la Quinta Avenida rumbo al «Plaza», Kitty Conway puede verme bajo una luz menos condescendiente.

El almuerzo con el asesor presidencial fue de negocios. Myles debía dar una respuesta. ¿Aceptaba la presidencia de la Agencia Judicial de Estupefacientes? Myles prometió tomar una decisión en las próximas cuarenta y ocho horas.

—Tenemos la esperanza de que sea afirmativa —le dijo el funcionario—. Según el senador Moynihan, lo será.

Myles sonrió:

—Nunca me atrevería a contradecir a Pat Moynihan.

Fue al regresar al apartamento cuando se desvaneció el sentimiento de bienestar. Había dejado abierta una ventana del estudio. Al llegar él, una paloma entró volando, describió un círculo a la altura del cielo raso, se posó en el marco de la ventana, y se marchó volando por encima del Hudson.

—Una paloma en la casa es señal de muerte.

Esas palabras, que le había oído a su madre, quedaron resonando en su cabeza.

«Locura, superstición —pensó Myles enojado consigo mismo—, pero no pudo librarse del sentimiento persistente de mal augurio.» Comprendió que necesitaba hablar con Neeve. Marcó el número de la tienda.

Contestó Eugenia:

—Acaba de salir hacia la Séptima Avenida. Puedo tratar de localizarla.

—No. No es importante —dijo Myles—. Pero si por casualidad telefonea, dígale que me llame a casa.

Acababa de colgar cuando el teléfono sonó. Era Sal, para decirle que él también estaba preocupado por Neeve.

Durante la siguiente media hora, Myles estuvo dudando en llamar a Herb Schwartz. ¿Pero para qué? Neeve no sería siquiera testigo en el caso contra Steuber. Ella se había limitado a llamar la atención sobre sus talleres clandestinos, y a partir de ahí había crecido la investigación. Con todo, Myles reconocía que una aprehensión de drogas por valor de cien millones de dólares era motivo más que suficiente para que Steuber y sus cómplices desearan vengarse.

Quizá pueda persuadir a Neeve para mudarse conmigo a Washington, pensó Myles, y rechazó la idea como ridícula. Neeve tenía toda su vida en Nueva York, sus negocios y amistades. Y ahora, si su juicio experimentado no lo engañaba, tenía también a Jack Campbell. Olvidemos Washington, decidió Myles paseándose por el estudio. Debo quedarme aquí y cuidarla. Le gustará o no a ella, contratarían un guardaespaldas para su hija.

Esperaba a Kitty Conway alrededor de las seis. A las cinco y cuarto fue a su dormitorio, se desnudó, se duchó y eligió cuidadosamente el traje, camisa y corbata que se pondría para la cena. A las seis menos veinte estaba vestido.

Tiempo atrás había descubierto que el trabajo manual ejercía efectos sedantes sobre sus nervios, cuando debía enfrentarse con un problema que de otro modo se le hacía intolerable. Decidió que, durante los siguientes veinte minutos, vería si podía arreglar el asa de la cafetera que se había roto la otra noche.

Volvió a notar que echaba miradas de ansiosa evaluación a los espejos. El cabello ya era totalmente blanco, pero seguía siendo abundante. No había tonsuras monjiles en su familia. ¿Y qué diferencia implicaba eso? ¿Por qué una bonita mujer, diez años menor que él, habría de tener interés en un ex jefe de Policía operado del corazón?

En un esfuerzo por apartarse de esa línea de razonamientos, miró a su alrededor. La cama de baldaquín, el armario, la cómoda, el espejo, eran antigüedades, regalos de matrimonio de la familia de Renata. Miró la cama, recordando a Renata, sentada sobre almohadones, con una Neeve recién nacida sobre el pecho.

—*Cara, cara, mia cara* —había murmurado él, besando la frente de la niña.

Se agarró con fuerza al respaldar que estaba a los pies de la cama, y volvió a oír la preocupada advertencia de Sal:

—Cuida a Neeve.

¡Cielo santo! Nicky Sepetti había dicho:

—Cuide a su esposa y a su hija.

Basta, se dijo Myles saliendo del dormitorio. Fue a la cocina. «Te estás volviendo un viejo asustadizo, que saltaría al ver un ratón.»

En la cocina, buscó entre las ollas y sartenes hasta hallar la cafetera automática que le había quemado la mano a Sal, el jueves por la noche. La llevó al estudio, la puso sobre el escritorio, sacó el equipo de herramientas del armario y se instaló, en el papel que Neeve llamaba burlonamente «Señor Arreglos».

Un momento después, comprendió que el motivo por el que se había salido el asa no eran tornillos flojos o rotos. Dijo en voz alta:

—¡Pero esto es una completa locura!

Trató de recordar qué había sucedido exactamente la noche que Sal se había quemado...

El lunes por la mañana Kitty Conway se despertó con un sentimiento de entusiasmo respecto a ese día, algo que no recordaba desde hacía muchos años. Negándose a la tentación de quedarse unos minutos más en la cama, se puso un chándal y salió a correr por Ridgewood hasta las ocho.

Los árboles, a ambos lados de las avenidas, tenían ese particular tono rojizo que indicaba la inminencia de la primavera. Apenas la semana pasada, al correr por aquí, había notado los primeros brotes, había pensado en Mike y había recordado un fragmento de un poema: «¿Qué puede hacer la primavera / sino recordarme / mi necesidad de ti?»

La semana pasada había mirado con nostalgia al joven

marido que, desde su coche en la esquina, antes de girar, saludaba por última vez a su esposa y niños en la puerta de casa. Le parecía que había sido ayer cuando ella salía con Michael en brazos para despedir a Mike.

Ayer, era treinta años atrás.

Hoy sonreía al saludar a los vecinos. Volvía a casa. La esperaban en el museo al mediodía. Volvería a las cuatro, a tiempo para vestirse y salir rumbo a Nueva York. Pensó si le convenía o no ir a hacerse peinar, y decidió que ella misma lo haría mejor.

Myles Kearny.

Kitty buscó en el bolsillo del chándal la llave de la puerta, entró en casa y soltó un largo suspiro. Le hacía bien correr, pero también le hacía sentir que tenía cincuenta y ocho años.

Siguiendo un impulso, abrió el armario del vestíbulo y miró el sombrero que Myles Kearny se había «olvidado». Al verlo, la noche anterior, había sabido que era la excusa de él para volver a verla. Pensó en el capítulo de *La buena tierra*, donde el marido deja su pipa como señal de que planea regresar a la habitación de la esposa, esa noche. Kitty sonrió, le dirigió un saludo burlón al sombrero, y subió a ducharse.

El día pasó rápido. A las cuatro y media estaba reflexionando frente a dos vestidos posibles: uno de lana negra, cuello cuadrado y corte muy simple, que acentuaba su delgadez; y un traje de dos piezas, azul verdoso, que destacaba el rojo de su cabello. Se decidió por este último.

A las seis y cinco minutos el portero anunciaba su llegada, y le daba el número del apartamento de Myles. A las seis y siete minutos salía del ascensor, y él la estaba esperando en el pasillo.

De inmediato, Kitty notó que algo no andaba bien. El saludo de Myles fue casi apresurado. Y aun así, ella sabía instintivamente que la frialdad no era dirigida contra ella.

Myles la tomó del brazo y entraron al apartamento. Al trasponer la puerta, cogió el abrigo de ella y lo colocó distraídamente sobre una silla.

—Kitty —dijo—, sé paciente conmigo. Hay algo que estoy tratando de explicarme, y es importante.

254

Entraron al estudio. Kitty echó una mirada a ese ambiente adorable, admirando la comodidad y calidez, y el buen gusto profundo.

Myles se sentó en su escritorio.

—La cosa es —dijo, hablando consigo mismo—, que este asa no se aflojó. Fue *arrancada* de la cafetera. Era la primera vez que Neeve la usaba, así que quizá venía así. Hoy en día los fabricantes… Pero entonces, ¿no habría notado ella que la maldita asa estaba colgando de un hilo?

Kitty sabía que Myles no esperaba una respuesta. Caminó en silencio por el cuarto, admirando las hermosas pinturas, y las fotografías familiares enmarcadas. Sonrió inconscientemente al ver la foto de tres bañistas. Aunque las gafas de inmersión hacían casi imposible el identificarlos, eran sin duda Myles, su esposa, y una Neeve de siete u ocho años. Ella y Mike y Michael también solían practicar el buceo en Hawai.

Miró a Myles. Sostenía el asa frente a la cafetera, muy concentrado. Fue hacia él. Su mirada cayó sobre el libro de cocina abierto. Las páginas estaban manchadas de café, pero la decoloración acentuaba más que borraba los dibujos a lápiz. Kitty se inclinó a mirarlos, y luego cogió la lupa que había junto al libro. Estudió cada dibujo, y se detuvo en uno de ellos.

—Qué encantador —dijo—. Es Neeve, por supuesto. Debió de ser la primera niña que usó el estilo Arrecife del Pacífico. Qué increíble sofisticación.

Sintió que una mano la cogía con fuerza por la muñeca:

—¿Qué has dicho? —preguntó Myles—. *¿Qué has dicho?*

Cuando Neeve llegó a «Estrazy's», su primera parada en busca del vestido blanco, encontró los salones atestados. Había compradores de «Saks», «Bonwit's» y «Bergdorf», así como de boutiques del tipo de la suya. No tardó en advertir que el tema de conversación general era Gordon Steuber.

—Sabes, Neeve —le dijo el comprador de «Saks»—, toda la ropa que tenemos de Steuber será imposible venderla. La gente es rara. ¿Recuerdas cómo se retrajeron las ventas de

255

«Gucci» y de «Nippon» cuando los condenaron por evasión de impuestos? Una de mis mejores clientes me dijo que no haría florecer los negocios de delincuentes.

Una empleada de ventas le susurró a Neeve que su mejor amiga, que era la secretaria de Gordon Steuber, estaba aterrorizada.

—Steuber ha sido bueno con ella —le dijo—, pero ahora él está en problemas graves, y mi amiga teme que pudieran caerle encima a ella también. ¿Qué harías tú?

—Decir la verdad —dijo Neeve—. Y sobre todo, que no malgaste su lealtad con Gordon Steuber. No se la merece.

La empleada logró encontrarle tres vestidos blancos largos. Uno de ellos, Neeve estaba segura que sería perfecto para la hija de la señora Poth. Lo encargó, y reservó los otros dos.

Eran las seis y cinco cuando llegó al edificio de Sal. Las calles se estaban vaciando. Entre las cinco y las cinco y media, el estruendo de la zona cesaba abruptamente. Entró al vestíbulo, y le sorprendió ver que el guardia no estaba en su escritorio en el rincón. «Probablemente había ido al lavabo», pensó mientras se dirigía a los ascensores. Como siempre, después de las seis, sólo funcionaba un ascensor. La puerta se estaba cerrando cuando oyó pasos rápidos sobre el piso de mármol. Antes de que la puerta terminara de cerrarse y el ascensor empezara a subir, pudo ver por un instante un chándal gris y un corte de pelo *Punk*. Las miradas se encontraron.

El mensajero. En un momento de recuerdo absoluto, Neeve supo que era el mismo que había visto al acompañar a la señora Poth a su coche; y el mismo que había visto al salir de una de las tiendas.

Con la boca repentinamente seca, apretó el botón del piso duodécimo, y después todos los botones de los restantes nueve pisos superiores. En el piso doce, salió del ascensor y corrió los pocos pasos que la separaban de la oficina de Sal.

La puerta del salón de ventas de Sal estaba abierta. Entró corriendo y cerró tras de sí. El salón estaba vacío.

—¡Sal! —gritó, casi presa del pánico—. ¡Tío Sal!

Él salió de prisa de su oficina privada.

—¡Neeve! ¿Qué pasa?

—Sal, creo que alguien me está siguiendo. —Neeve se aferró al brazo del hombre—. Cierra con llave, por favor.

Sal la miraba fijamente:

—Neeve, ¿estás segura?

—Sí. Lo vi tres o cuatro veces.

Esos ojos hundidos, la piel pálida. Neeve sintió que las mejillas se le ponían blancas.

—Sal —susurró—, sé quién es. Trabaja en la cafetería.

—¿Por qué iba a estar siguiéndote?

—No lo sé. —Neeve miraba fijamente a Sal—. Salvo que Myles haya tenido razón durante todo este tiempo. ¿Es posible que Nicky Sepetti haya querido verme muerta?

Sal abrió la puerta que daba al pasillo. Podían oír el susurro del ascensor que bajaba.

—Neeve —dijo—, ¿estarías dispuesta a hacer una prueba?

Sin saber qué podía esperar, Neeve asintió.

—Dejaré esta puerta abierta. Tú y yo podemos hablar. Si alguien está detrás de ti, será mejor no asustarlo.

—¿Quieres que me ponga en un sitio donde pueda verme?

—Claro que no. Colócate detrás de ese maniquí. Yo estaré detrás de la puerta. Si alguien entra, lo tendré a mi merced. Lo importante sería detenerlo, y averiguar quién lo envía.

Miraron el indicador. El ascensor estaba en la planta baja. Comenzó a subir.

Sal corrió a su oficina, abrió el cajón de su escritorio, sacó una pistola y volvió al salón.

—Tengo un arma, con su permiso, desde que me asaltaron hace unos años —susurró—. *Neeve, ponte detrás de ese maniquí.*

Como en un sueño, Neeve le obedeció. En el salón sólo había encendido un mínimo de luces, pero aun así Neeve advirtió que el maniquí estaba vestido con la nueva línea de Sal. Colores otoñales oscuros, morado y azul oscuro, pardo sombrío y negro azabache. Los bolsillos y cinturones brillaban con los colores de la colección Arrecife del Pacífico.

Corales rojos y dorados, aguamarinas y esmeraldas, plateadas y azules, se combinaban en versiones microscópicas de los delicados dibujos que Sal había esbozado en el acuario, tantos años antes. Los accesorios eran el recordatorio de su gran diseño clásico.

Miró el echarpe que le rozaba el rostro. *Ese dibujo*. Esbozos. *Mamá, ¿me estás dibujando? Mamá, eso no es lo que tengo puesto… Oh, bámbola mía, es sólo una idea, que podría ser algo tan bonito…*

Esbozos… Los esbozos que había hecho Renata tres meses antes de morir, un año antes de que Anthony della Salva asombrara al mundo de la moda con el estilo Arrecife del Pacífico. Apenas la semana pasada, Sal había tratado de destruir el libro por causa de uno de esos dibujos.

—Neeve, dime algo —el susurro de Sal atravesó el salón, como una orden perentoria.

La puerta estaba entreabierta. Neeve oyó que afuera el ascensor se detenía.

—Estaba pensando —dijo ella, tratando de que su voz sonara normal—. Adoro el modo en que has incorporado el estilo Arrecife del Pacífico en la colección de invierno.

La puerta del ascensor se abrió. Siguió el débil sonido de pasos en el corredor.

La voz de Sal sonó feliz:

—Dejé que todos se fueran temprano. Han estado trabajando sin descanso para preparar el desfile. Creo que ésta es mi mejor colección en años. —Tras dirigirle una mirada tranquilizadora, se colocó detrás de la puerta. Las luces escasas proyectaban su sombra contra la pared opuesta del salón, la pared que estaba decorada con el mural Arrecife del Pacífico.

Neeve miró el mural, tocó el echarpe del maniquí. Trató de responder, pero las palabras no le venían a la boca.

La puerta se abrió lentamente. Vio la silueta de una mano, y el cañón de una pistola. Con el mayor cuidado Denny entró al salón, buscándolos con la vista. Bajo la mirada atónita de Neeve, Sal salió sin sonido de atrás de la puerta. Alzó la pistola.

—Denny —dijo suavemente.

Denny dio media vuelta, y en ese momento Sal disparó. La bala entró en medio de la frente de Denny, que soltó la pistola y cayó, sin un sonido.

Estupefacta, Neeve vio cómo Sal sacaba un pañuelo del bolsillo, y con él recogía la pistola de Denny.

—Lo mataste —susurró Neeve—. Lo mataste a sangre fría. ¡No tenías por qué hacerlo! No le diste ninguna oportunidad.

—Te habría matado. —Sal dejó su pistola sobre el escritorio de la recepcionista—. Yo sólo te estaba protegiendo. —Empezó a caminar hacia ella, con la pistola de Denny en la mano.

—Tú *sabías* que vendría —dijo Neeve—. Sabías su nombre. Tú planeaste esto.

La máscara de simpatía y jovialidad que había sido la expresión permanente de Sal, había desaparecido. Tenía las mejillas hinchadas, y el rostro brillante de sudor. Los ojos que siempre parecían brillar, ahora se habían reducido a líneas que desaparecían en el rostro carnoso. La mano todavía ampollada y roja, alzó la pistola y apuntó a Neeve. Gotas de la sangre de Denny brillaban en la tela de la chaqueta de Sal. En la alfombra, un charco circular de sangre rodeaba sus pies.

—Por supuesto que lo hice —dijo—. Se ha corrido la voz de que Steuber fue quien mandó matarte. Lo que nadie sabe es que *yo* lancé el rumor, y *yo* soy el que puse el contrato. Le diré a Myles que logré matar a tu asesino, aunque demasiado tarde para salvarte. No te preocupes, Neeve. Consolaré a Myles, sé cómo hacerlo.

Neeve se sentía clavada en el suelo, incapaz de moverse, más allá del miedo.

—Fue mi madre la que inventó el estilo Arrecife del Pacífico —le dijo—. Tú se lo robaste, ¿no es verdad? Y de algún modo, Ethel lo descubrió. Eres tú el que la mató. *Tú* la vestiste, no Steuber. *Tú* sabías qué blusa correspondía a qué traje.

Sal empezó a reírse, con una risa sin alegría que le sacudió el cuerpo:

—Neeve —dijo—, eres mucho más inteligente que tu

padre. Es por eso que tengo que librarme de ti. Tú supiste que algo andaba mal, cuando Ethel no se presentó. Lo comprendiste al ver todos sus abrigos en el armario. Yo sabía que te darías cuenta. Cuando vi el dibujo del Arrecife del Pacífico en el libro de cocina, supe que tenía que librarme de él de cualquier modo, aun cuando significara quemarme la mano. Tarde o temprano tú habrías establecido la relación. Myles no lo habría reconocido aunque lo viera ampliado al tamaño de un cartel luminoso. Ethel descubrió que mi historia de la inspiración que me dio el acuario de Chicago, era una mentira. Le dije que podía explicárselo y fui a su casa. Era inteligente, ella también. Me dijo que sabía que yo había mentido, y que sabía *por qué* había mentido: porque yo había robado el diseño. Y lo probaría.

—Ethel vio el libro de cocina —dijo Neeve—. Copió uno de los dibujos en su agenda.

Sal sonrió:

—¿Fue así como estableció la relación? No vivió lo suficiente para decírmelo. Si tuviéramos tiempo, te mostraría la carpeta de dibujos que me dio tu madre. Ahí está toda la colección.

Éste no era el tío Sal. No era el amigo de la infancia de su padre. Éste era un extraño que la odiaba, y que odiaba a Myles.

—Tu padre y Dev, tratándome como si yo fuera una gran broma, desde que éramos pequeños. Riéndose de mí. Tu madre. Clase alta. Hermosa. Con una comprensión de la moda que sólo se tiene si uno ha nacido con ella. Desperdiciando todo ese talento en un idiota como tu padre, que no puede distinguir una bata de andar por casa de un vestido de coronación. Renata siempre me miraba desde lo alto. Sabía que yo no tenía el don. Pero cuando quiso consejo acerca de adónde llevar sus dibujos, ¿a quién recurrió?

Hizo una pausa, y terminó:

—Neeve, tú todavía no sabes lo mejor del cuento. Eres la única que lo sabrá, y no sobrevivirás para contarlo. Neeve, pequeña idiota, yo no me limité a *robar* la idea del estilo Arrecife del Pacífico a tu madre, *¡le corté el cuello por él!*

260

—¡Es Sal! —susurró Myles—. Él arrancó el asa de la cafetera. Trató de arruinar esos dibujos. Y es posible que Neeve esté con él ahora.

—¿Dónde? —dijo Kitty cogiendo a Myles de brazo.

—En la oficina de él. La Calle 36.

—Mi coche está fuera. Tiene teléfono.

Asintiendo con la cabeza, Myles corrió a la puerta, y por el pasillo. Pasó un minuto de agonía hasta que llegó el ascensor. Se detuvo dos veces para recoger pasajeros antes de llegar abajo. Tomando a Kitty de la mano, Myles atravesó a la carrera el vestíbulo. Se precipitaron en el coche, que estaba enfrente.

—Yo conduciré —dijo Myles. Con un chirriante giro de ciento ochenta grados salió disparado por la Avenida West End, deseando que un coche patrulla lo viera y lo siguiera.

Como siempre en una crisis, se sentía fríamente tranquilo. Su mente se volvía una entidad separada del cuerpo, sopesando los posibles caminos de acción. Le dio un número a Kitty para que lo marcara. Ella obedeció en silencio, y le tendió el teléfono.

—La oficina del jefe de Policía. Habla Myles Kearny. Póngame con el jefe.

Conducía al máximo de velocidad que le permitía el tráfico pesado a esa hora. Se saltó todos los semáforos que encontró en rojo, dejando tras de sí un reguero de conductores insultándolo. Estaban en Columbus Circle.

La voz de Herb:

—Myles, estuve tratando de localizarte. Steuber puso un contrato sobre la vida de Neeve. Tenemos que protegerla. Y otra cosa, Myles, creo que hay una conexión entre el asesinato de Ethel Lambston y la muerte de Renata. El corte en forma de V en la garganta de la Lambston... es exactamente la misma herida que mató a Renata.

Renata, el cuello cortado. Renata, tendida tan quieta en el parque. sin señales de lucha. Renata no había sido asaltada sino que había encontrado a un hombre en el que confiaba, el amigo de infancia de su marido. Oh, cielos, pensó Myles. Oh, cielos.

—Herb, Neeve está en casa de Anthony della Salva. Doscientos cincuenta Oeste Calle 36. Piso doce. Herb, manda a los muchachos allí rápido. Sal es el asesino.

Entre las Calles 56 y 44, estaban repavimentando el canal derecho de la Séptima Avenida, pero los obreros se habían marchado. Myles atropelló los caballetes y corrió por sobre el asfalto todavía fresco. Ya pasaban la Calle 38, la 37...

Neeve. Neeve. Neeve. Que llegue a tiempo, rezaba Myles. Salva a mi niña.

Jack colgó el teléfono, todavía absorbiendo lo que acababa de oír. Su amigo, el director del acuario de Chicago, había confirmado lo que ya sospechaba. El nuevo museo marítimo se había abierto dieciocho años antes, pero el espléndido acuario del último piso que imitaba la sensación de caminar por el fondo del mar en pleno Arrecife de Pacífico, no se había inaugurado hasta *dieciséis* años antes. Era poca la gente que sabía que había habido un problema con los tanques, y la planta de Arrecife del Pacífico se había abierto al público dos años más tarde que el resto de acuario. Era algo que la comisión directiva no incluía en los folletos de propaganda. Jack lo sabía porque había vivido en Chicago, y había visitado el acuario con frecuencia.

Anthony della Salva decía que la inspiración para su estilo Arrecife del Pacífico se la había dado una visita al acuario de Chicago, *diecisiete* años atrás. Imposible. ¿Por qué había mentido?

Jack miró las voluminosas carpetas de notas de Ethel; los recortes de entrevistas y artículos sobre Sal; los gruesos signos de interrogación junto a las líricas descripciones que hacía Sal de su primera experiencia al ver en el acuario la exhibición del Arrecife del Pacífico; la copia del dibujo del libro de cocina. Ethel había detectado una discrepancia, y la había perseguido. Ahora estaba muerta.

Jack pensó en la absoluta insistencia de Neeve, en que había algo extraño en el modo en que estaba vestida Ethel. Recordó una frase de Myles: «Todo asesino deja su tarjeta de visita.»

Gordon Steuber no era el único diseñador que podía haber cometido un error, al vestir a su víctima con prendas aparentemente apropiadas. Anthony della Salva podía haber cometido exactamente el mismo error.

La oficina de Jack estaba en silencio, el silencio que sobreviene cuando se vacía un ambiente en el que habitualmente hay mucha actividad de gente y teléfonos y máquinas de escribir. Jack cogió la guía telefónica. Anthony Della Salva tenía seis direcciones comerciales diferentes. Probó la primera. No hubo respuesta. La segunda y tercera tenían contestadores automáticos:

—El horario de atención es de ocho y media de la mañana a cinco de la tarde. Por favor, deje su mensaje.

Probó en el apartamento del edificio «Schwab». Al cabo de la sexta señal de llamada se rindió. Como último recurso llamó a la tienda. Que responda alguien, rogaba.

—La «Casa de Neeve».

—Necesito encontrar a Neeve Kearny. Habla Jack Campbell, un amigo de ella.

La voz de Eugenia se hizo cálida:

—Usted es el editor...

—Ella iba a reunirse con Della Salva —la interrumpió Jack—. ¿Dónde?

—En la oficina central de él. Doscientos cincuenta Oeste, Calle 36. ¿Hay algún problema?

Sin responder, Jack colgó de un golpe.

Su oficina estaba en Park Avenue y la Calle 41. Corrió por los pasillos desiertos, logró pillar el ascensor que estaba bajando, y paró un taxi. Le arrojó veinte dólares al taxista y le gritó la dirección. Eran las seis y dieciocho.

«¿Fue esto lo que le pasó a mamá?», pensó Neeve. ¿Lo habrá mirado aquel día, como lo miro yo, y habrá visto operarse esa transformación en su rostro? ¿Tuvo alguna advertencia previa?

Neeve sabía que moriría. Toda la semana había estado sintiendo que su tiempo se agotaba. Ahora que ya estaba más allá de toda esperanza, de pronto le parecía muy importante responder a esas preguntas.

Sal se había acercado. Estaban a poco más de un metro. Detrás de él, cerca de la puerta, el cuerpo derrumbado de Denny, el muchacho del restaurante que se molestaba en abrirle el café. Por el rabillo del ojo, Neeve podía ver la sangre que manaba de la herida de la frente; el enorme sobre manila que había venido cargando, estaba empapado en sangre, y el peinado *punk*, que era una peluca, cubría piadosamente parte de la carta.

Parecía como si hubiera transcurrido una eternidad desde el momento en que entrara Denny por la puerta. ¿Pero cuánto había transcurrido en realidad? ¿Un minuto? Menos. El edificio parecía desierto, pero era posible que alguien hubiera oído el disparo. Alguien podía investigar. Se suponía que el guardia seguía abajo... Sal no tenía tiempo que perder, y ambos lo sabían.

A lo lejos, Neeve oyó un débil gemido. Un ascensor se movía. Alguien podía venir. ¿Podría dilatar el instante en que Sal apretara el gatillo?

—Tío Sal —dijo en voz baja—, ¿podrías decirme una cosa? ¿Por qué tuviste que matar a mamá? ¿No podrías haber trabajado con ella? Todos los diseñadores emplean aprendices de talento.

—Cuando veo lo genial, no quiero compartirlo, Neeve —le dijo Sal sin emoción.

Las puertas del ascensor en el pasillo se deslizaron. Alguien estaba ahí. Para impedir que Sal oyera el sonido de los pasos, Neeve gritó:

—Mataste a mamá por tu codicia. Nos consolaste y lloraste con nosotros. Frente a su ataúd le dijiste a Myles: «Trata de pensar que tu preciosa duerme.»

—¡Cállate! —Sal alzó la mano.

El cañón de la pistola le apuntaba al rostro. Neeve giró la cabeza y vio a Myles de pie en la puerta.

—¡Corre, Myles, te matará! —gritó.

Sal dio media vuelta.

Myles no se movió. La autoridad absoluta de su voz resonó en el salón al decir:

—Dame esa pistola, Sal. Todo ha terminado.

Sal apuntaba a uno u otro. Con la mirada rebosante de miedo, y odio, empezó a retroceder mientras Myles avanzaba.

—¡No te acerques más! —gritó—. Dispararé.

—No, no lo harás, Sal —dijo Myles, con la voz mortalmente tranquila, sin el menor rastro de miedo o duda—. Mataste a mi esposa. Mataste a Ethel Lambston. En un segundo más habrías matado a mi hija. Pero Herb y la Policía estarán aquí en cualquier momento. Ya saben sobre ti. De ésta no podrás escaparte mintiendo. *Así que dame esa pistola.*

Sus palabras se habían ido espaciando y sonaban con terrible vigor y desprecio. Hizo una pausa antes de seguir:

—Y si no quieres dármela, hazte y haznos a todos un favor: mete el cañón en tu boca de mentiroso y vuélate los sesos.

Myles le había dicho a Kitty que no saliera del coche. Ella esperó, torturada por la impaciencia. Rezaba por él. Comenzó a oír el sonido insistente de sirenas. De pronto, frente al coche se detuvo un taxi del que saltó Jack Campbell.

—Jack. —Kitty abrió la portezuela y corrió tras él al vestíbulo. El guardia estaba al teléfono.

—Della Salva —dijo Jack.

El guardia alzó una mano:

—Espere un minuto.

—El piso doce —dijo Kitty.

El único ascensor que funcionaba a esa hora no estaba en la planta baja. El indicador marcaba el piso duodécimo. Jack tomó al guardia por un brazo:

—Conecte otro ascensor.

—Eh, qué se ha creído…

En la calle frenaban varios coches patrulla. El guardia abrió muy redondos los ojos. Le arrojó una llave a Jack:

—Con esto se abren.

Jack y Kitty ya estaban subiendo cuando la Policía irrumpió en el vestíbulo. Jack dijo:

—Creo que Della Salva…

—Lo sé —dijo Kitty.

El ascensor se detuvo en el piso duodécimo.

—Espere aquí —le dijo Jack.

Llegó a tiempo para oír a Myles decir con voz tranquila:

—Si no la usas contigo, Sal, *dame esa pistola*.

Jack se quedó en el umbral. El salón estaba a media luz, y la escena parecía una pintura surrealista. El cuerpo en la alfombra. Neeve y su padre frente a la pistola que los apuntaba. Jack vio el brillo del metal en el escritorio cerca de la puerta. Una pistola. ¿Podría alcanzarla a tiempo?

Antes de que pudiera decidirse, vio a Anthony della Salva bajar el brazo.

—Tómala, Myles —su voz adquirió un acento de ruego—. Myles, no *quise* hacerlo. Nunca quise hacerlo. —Cayó de rodillas y se abrazó a las piernas de Myles—. Myles, tú eres mi mejor amigo. Diles que no quise hacerlo.

Por tercera y última vez en el día, el jefe de Policía Herbert Schwartz conferenció en su oficina con los detectives O'Brien y Gómez. Herb acababa de regresar de la oficina de Anthony della Salva. Había llegado inmediatamente detrás del primer patrullero. Había hablado con Myles después de que se llevaran a Della Salva.

—Myles, te torturaste durante diecisiete años culpándote por no haber tomado en serio la amenaza de Nicky Sepetti. ¿No es hora de que renuncies a la culpa? ¿Acaso piensas que si Renata te hubiera llevado a ti sus dibujos, habrías podido ver el genio que había en ellos? Puedes ser un buen policía, pero de ropa no sabes nada. Recuerdo que Renata decía que tenía que elegirte todas las mañanas la corbata.

Myles estaría bien. Qué vergüenza, pensó Herb, que ya no se aceptara lo de «ojo por ojo, diente por diente». Los contribuyentes mantendrían a Della Salva por el resto de su vida…

O'Brien y Gómez esperaban. El jefe de Policía parecía exhausto. Pero había sido un día bueno. Della Salva había admitido el asesinato de Ethel Lambston. La Casa Blanca y el alcalde podían quedarse tranquilos.

O'Brien tenía unas pocas cosas que decirle al jefe:

—La secretaria de Steuber se presentó voluntariamente hace una hora. Lambston fue a ver a Steuber hace diez días. En efecto, lo amenazó con desenmascararlo. Probablemente se había enterado del tráfico de drogas, pero ya no importa. No fue él quien la mató.

Schwartz asintió.

Gómez tomó la palabra:

—Señor, ahora sabemos que Seamus Lambston es inocente de asesinato. ¿Quiere presentar cargos por agresión física y destrucción de pruebas?

—¿Encontraron el arma homicida?

—Sí. En esa tienda india donde ella nos dijo.

—Dejemos en paz a esos pobres infelices —dijo Herb poniéndose de pie—. Ha sido un día muy largo. Buenas noches, caballeros.

Devin Stanton estaba tomando un cóctel antes de la cena, con el cardenal, en la residencia episcopal de la Avenida Madison, y mirando las noticias de la televisión. Eran viejos amigos, y hablaban del inminente capelo cardenalicio que le esperaba a Devin.

—Te echaré de menos, Dev —le dijo el cardenal—. ¿Estás seguro de que quieres el empleo? Baltimore puede ser un horno en verano.

El programa de noticias se interrumpió con un boletín de urgencia. El famoso diseñador de modas Anthony della Salva había sido arrestado por los asesinatos de Ethel Lambston, Renata Kearny y Denny Adler, y por intento de asesinato de la hija del ex jefe de Policía Kearny, Neeve.

El cardenal se volvió hacia Devin:

—¡Pero ésos son tus amigos!

Devin se había puesto de pie de un salto:

—Si me disculpas…

Ruth y Seamus Lambston encendieron el televisor para ver el noticiario de las seis de la NBC, seguros de que, al hablar del asesinato de Ethel Lambston, la noticia sería que su ex marido había fallado en la prueba del detector de mentiras. De hecho, habían quedado atónitos cuando a Seamus le permitieron salir de la jefatura, convencidos como estaban de que su arresto era solamente cuestión de tiempo.

Peter Kennedy había tratado de ofrecerles algún aliento.

—Las pruebas de los detectores de mentiras no son infalibles. Si llegamos a juicio, tendremos la prueba de que pasó el primero al que se sometió.

Ruth había sido llevada a la tienda hindú. La cesta donde había metido la daga había sido cambiada de lugar. Fue por eso que los policías no la habían encontrado. Ella revolvió hasta hallarla, y observó el modo impersonal en que la metían en una bolsita de plástico.

—La lavé —les dijo.

—No siempre las manchas de sangre desaparecen.

«¿Cómo pudo suceder? —se preguntaba, sentada en el pesado sillón tapizado de terciopelo que había odiado durante tantos años, y que ahora le resultaba cálido y cómodo—. ¿Cómo fue que perdimos el control de nuestras propias vidas?»

El boletín sobre el arresto de Anthony della Salva salió al aire justo cuando ella se disponía a apagar el aparato. Ruth y Seamus se miraron, sin poder comprender todavía, y luego, torpemente, se tendieron los brazos.

Douglas Brown escuchó con incredulidad el informe del telediario de la «CBS», después se sentó en la cama de Ethel (no, en la cama *de él*), y hundió la cabeza entre las manos. Había terminado. Esos policías no podrían probar que él le había robado dinero a Ethel. Era su heredero. Era rico.

Quiso celebrarlo. Buscó en su billetera el número de la recepcionista amistosa del trabajo. Pero vaciló. Esa chica que limpiaba, la actriz. Había algo en ella. Ese nombre idiota. «Tse-Tse.» Su número estaba en la agenda telefónica de Ethel.

El teléfono sonó tres veces antes de que la chica contestara:

—Allo.

«Debe de ser una compañera de habitación francesa», pensó Doug.

—¿Podría hablar con Tse-Tse? Habla Doug Brown.

Tse-Tse, que estaba ensayando el papel de una prostituta francesa, se olvidó del acento:

—Muérete, miserable —le dijo, y colgó.

Devin Stanton, arzobispo designado de la diócesis de Baltimore, se detuvo en la puerta del salón y miró las siluetas de Neeve y Jack dibujadas contra la ventana. Por encima de ellos, una luna en cuarto creciente había logrado abrirse paso entre las nubes. Con una furia que no aminoraba, Devin pensaba en la crueldad, la codicia y la hipocresía de Sal Espósito. Antes de que su formación eclesiástica lo obligara a volver a los principios de la caridad cristiana, murmuró para sí: «Asesino hijo de perra.» Luego, al ver a Neeve en brazos de Jack, pensó: «Renata, espero y ruego que sepas que todo terminó bien.»

Detrás de él, en el estudio, Myles levantó la botella de vino. Kitty estaba sentada en un rincón del sofá, con su cabellera roja, suave y brillante bajo el resplandor de la lámpara victoriana de mesa.

Myles se oyó a sí mismo decir:

—Tienes el cabello de un hermoso tono rojizo. Supongo que mi madre lo llamaría rubio fresa. ¿Estaría bien?

Kitty sonrió:

—En algún tiempo, sí. Ahora la Naturaleza está recibiendo ayuda.

—En tu caso, la Naturaleza no necesita ninguna ayuda.

De pronto Myles sintió la lengua atada. ¿Cómo se le agradece a una mujer por haber salvado la vida de la hija de uno? Si Kitty no hubiera relacionado el dibujo con el estilo Arrecife del Pacífico, él no habría llegado a tiempo para salvar a Neeve. Recordó el modo en que se habían confundido en un solo abrazo Neeve, Kitty, Jack y él, cuando la Policía se llevó a Sal. Había sollozado:

—No escuché a Renata. Nunca la escuché. Y fue por eso que ella recurrió a él, y murió.

—Recurrió a él porque quería la opinión de un profesional —le había dicho Kitty con firmeza—. Debes reconocer que tú no podías ofrecerle eso.

¿Cómo decirle a una mujer que a causa de su presencia toda la terrible ira y culpa que uno ha llevado encima durante tantos años queda de pronto en el pasado, y que en lugar de sentirse vacío y devastado, uno se siente fuerte y ansioso por vivir el resto de su vida? Imposible.

Myles comprendió que seguía con la botella de vino en la mano.

Miró en derredor en busca de la copa de ella.

—No sé bien dónde estará —le dijo Kitty—. Debo de haberla puesto en alguna parte.

Había un modo de decírselo.

Deliberadamente, Myles llenó su propia copa hasta el borde y se la tendió a Kitty:

—Bebe de la mía.

Neeve y Jack estaban junto a la ventana y miraban el río, la autopista, el horizonte de edificios que se alzaba al otro lado del agua, en Nueva Jersey.

—¿Por qué fuiste a la oficina de Sal? —le preguntó Neeve.

—En las notas de Ethel acerca de Sal, había referencias al estilo Arrecife del Pacífico. Eso era imposible. Todo encajó en su sitio cuando me di cuenta. Después, al enterarme de que estabas con él, casi me volví loco.

Muchos años atrás, Renata, una niña de diez años que corría hacia su casa en medio de dos ejércitos disparándose, había entrado en la iglesia por un «presentimiento», y allí había encontrado y salvado a un soldado norteamericano. Neeve sintió el brazo de Jack que la rodeaba por la cintura. El movimiento no era vacilante, sino firme y seguro.

—¿Neeve?

Durante todos esos años, ella le había estado diciendo a Myles que cuando sucediera, ella lo sabría.

Cuando Jack la atrajo hacia sí, supo que al fin había ocurrido.

FIN